UN PETIT CARNET ROUGE

Née en 1974 en Suède, Sofia Lundberg est une journaliste et ancienne rédactrice en chef de magazine. *Un petit carnet rouge*, d'abord autoédité, a connu un tel succès sur Internet qu'il a aussitôt été repéré par un éditeur suédois, avant d'être vendu dans près de trente pays.

SOFIA LUNDBERG

Un petit carnet rouge

TRADUIT DU SUÉDOIS PAR CAROLINE BERG

CALMANN-LÉVY

Titre original :

DEN RÖDA ADRESSBOKEN

Un petit carnet rouge a été publié pour la première fois en Suède en 2015.

Nouvelle édition : Forum, Stockholm, 2017

ISBN : 978-2-253-07440-3 – 1re publication LGF

À Doris,
le plus bel ange dans le ciel.
Tu m'as donné le souffle pour respirer
et les ailes pour voler.

Et pour Oscar, mon trésor.

1

La salière. Le pilulier. La coupe avec les pastilles pour la gorge. Le tensiomètre dans sa pochette ovale en plastique. La loupe avec son ruban en dentelle rouge, attaché avec trois gros nœuds, emprunté à un rideau de Noël. Le téléphone à grosses touches. Le carnet de téléphone relié en cuir rouge patiné par le temps, dont les coins rebiquent un peu, révélant le papier jauni des pages. Elle range soigneusement les objets sur la table de la cuisine. Ils doivent être posés droit et de manière décorative. Et surtout ne pas faire de plis sur la nappe bien repassée en lin bleu ciel.

Elle se repose un peu en regardant la pluie et la rue noyée de gris. Les gens qui passent, pressés, avec ou sans parapluie. Les arbres nus. Les flaques de boue sur l'asphalte, l'eau qui ruisselle dans le caniveau.

Un écureuil apparaît sur une branche et un éclair de joie s'allume dans ses yeux. Elle se penche, suit les mouvements vifs du petit animal et sa queue touffue qui se balance tandis qu'il se déplace avec agilité de branche en branche. Elle se redresse quand il saute sur le trottoir et part vers de nouvelles aventures.

Il doit bientôt être l'heure de manger, songe-t-elle en passant la main sur son estomac. Elle ramasse la loupe d'une main tremblante pour lire l'heure sur sa fine montre en or. Les chiffres sont trop petits quand même, et elle doit renoncer. Elle joint les mains sur ses genoux et ferme les yeux en attendant le bruit familier de la porte d'entrée.

« Eh bien, Doris, on s'est endormie ? »

Une voix exagérément forte la tire du sommeil. Elle sent une main sur son épaule. Mal réveillée, elle sourit vaguement et acquiesce en regardant la jeune auxiliaire de vie penchée au-dessus d'elle.

« J'ai dû m'assoupir quelques instants. » Les mots restent coincés et elle doit s'éclaircir la voix.

« Tenez, buvez un verre d'eau. » L'aide à domicile revient rapidement avec un verre et Doris boit docilement une gorgée.

« Merci… Pardon, je ne me rappelle plus comment vous vous appelez. » C'est encore une nouvelle jeune fille. L'autre a démissionné pour reprendre ses études.

« C'est moi, Doris ! Ulrika ! Alors, comment allons-nous aujourd'hui ? » demande-t-elle. Puis elle s'en va sans attendre la réponse.

Qui ne vient jamais, de toute façon.

Doris observe en silence les gestes précipités d'Ulrika dans la cuisine. Elle sort le poivre du placard et range la salière qui était sur la table. Elle laisse derrière elle une nappe pleine de plis.

« Pas de sel. Je vous l'ai déjà dit », gronde Ulrika sévèrement, agitant sous son nez la boîte qui contient son repas. Doris hoche la tête et soupire en regardant

Ulrika arracher le film plastique. Elle verse la sauce, les pommes de terre, le poisson et les petits pois, mélangés en une bouillie indéfinie, sur une assiette en céramique brune qu'elle enfourne dans le micro-ondes en tournant le bouton sur deux minutes. L'appareil démarre avec un bourdonnement. Une odeur de poisson se répand dans l'appartement. En attendant, Ulrika tripote ses affaires. Elle rassemble les journaux et le courrier en un seul tas et vide le lave-vaisselle.

« Il fait froid, dehors ? » Doris tourne la tête vers le ciel lourd et mouillé. Elle ne se souvient plus quand elle est sortie de chez elle pour la dernière fois. C'était l'été. Ou le printemps, peut-être.

« Oh la, oui ! Ce sera bientôt l'hiver. Les gouttes étaient comme des petits glaçons aujourd'hui. Heureusement que j'ai une voiture et que je ne suis pas obligée de marcher. En plus, j'ai trouvé une place dans la rue, juste devant la porte. Pour le stationnement, on est quand même mieux en banlieue, où j'habite. Ici, en ville, c'est impossible de se garer, à part quelquefois où on a de la chance. » Les mots se déversent de la bouche d'Ulrika pendant quelques minutes, puis elle se met à fredonner une chanson populaire que Doris a déjà entendue à la radio. L'aide à domicile virevolte dans l'appartement. Époussette la chambre. Doris l'entend déplacer les objets. Pourvu qu'elle ne renverse pas le vase, celui qui est peint à la main et auquel elle tient tant.

Ulrika revient avec une robe, la rouge bordeaux, en laine, celle qui a des bouloches sur les manches et un fil qui pend de l'ourlet. La dernière fois que Doris l'a portée, elle a essayé de l'arracher, mais la douleur dans son dos l'a empêchée de se pencher assez bas. Elle tend la main pour attraper le fil, mais referme ses doigts dans le vide. Ulrika est déjà repartie poser ses vêtements sur le dossier d'une chaise. Elle revient et déboutonne la robe de chambre de Doris. Elle enlève les manches avec précaution. Doris gémit doucement quand la douleur du dos irradie dans les épaules. Elle est là tout le temps, la nuit comme le jour, sans doute pour lui rappeler à quel point elle est vieille.

« Allez, on va se lever, maintenant. À trois, je tire, d'accord ? » Ulrika passe les bras sous ses aisselles, la hisse en position verticale et lui retire sa robe de chambre. Doris est debout, au milieu de la cuisine, dans la lumière froide du matin, nue à l'exception de ses sous-vêtements. Ulrika les lui retire également. Doris cache sa poitrine quand l'attache du soutien-gorge lâche dans son dos. Ses seins tombent mollement vers son ventre.

« Mais, vous êtes gelée, ma pauvre ! Venez, il fera plus chaud dans la salle de bains. »

Ulrika lui prend la main et Doris la suit à petits pas prudents. Elle sent sa poitrine claquer contre son torse et la retient. C'est vrai qu'il fait plus chaud dans la salle de bains. C'est grâce aux serpentins d'eau chaude qui passent sous le carrelage. Elle enlève ses pantoufles et profite de la délicieuse sensation de chaleur sous ses pieds.

« Voilà, on va s'habiller, maintenant. Allez, on lève les bras. »

Elle s'exécute, mais les bras refusent de monter plus haut qu'à l'horizontale. Ulrika a du mal à passer la robe au-dessus de la tête. Quand le visage de Doris apparaît dans l'encolure, l'aide à domicile sourit.

« Coucou ! Quelle jolie couleur. Elle vous va très bien. Vous voulez mettre un peu de rouge à lèvres ? Et du blush sur les joues, peut-être ? »

Ses produits de beauté sont alignés sur une petite table à côté du lavabo. Ulrika brandit le bâton de rouge à lèvres mais Doris secoue la tête, sort de la salle de bains et s'en va vers la cuisine.

« Où en est le déjeuner ? demande-t-elle en chemin.

— Oh, mon Dieu ! Je l'avais complètement oublié. Quelle idiote je fais. Je vais devoir le faire réchauffer une seconde fois. »

Ulrika se précipite vers le four micro-ondes, ouvre la porte et la claque à nouveau, tourne le bouton sur une minute et appuie sur « start ». En attendant le *ding* familier indiquant que la nourriture est chaude, elle remplit un verre de jus d'airelles. Quand elle pose l'assiette sur la table, Doris fronce le nez devant la triste bouillie, mais la faim conduit quand même la fourchette à ses lèvres.

Ulrika s'assied face à elle, une tasse à la main. Celle avec les roses rouges. Celle que Doris n'ose jamais utiliser, de peur de la casser.

« Un café, c'est l'or de la journée, claironne Ulrika. Je n'ai pas raison ? »

Doris acquiesce. Elle ne quitte pas la tasse des yeux.

Pourvu qu'elle ne la fasse pas tomber.

« Vous avez fini ? » demande Ulrika après un moment de silence. Doris hoche la tête. Ulrika se lève et débarrasse la table. Elle revient avec une autre tasse de café fumant. Une bleu marine de Höganäs[1].

« Et un petit café pour madame. Maintenant, on va se reposer un peu, d'accord ? »

Elle se rassoit.

« Quel temps épouvantable. Il n'en finit pas de pleuvoir. »

Doris s'apprête à faire un commentaire, mais Ulrika poursuit : « J'espère que je n'ai pas oublié de mettre une paire de chaussettes de rechange dans le sac du gamin. Les gosses vont être trempés, aujourd'hui. Enfin, je suppose qu'ils ont des chaussettes à leur prêter à la crèche. Sinon, je vais récupérer un enfant pieds nus et de mauvais poil. On s'inquiète toujours pour ses enfants, n'est-ce pas ? Vous savez ce que c'est ? Combien d'enfants avez-vous, Doris ? »

Doris secoue la tête.

« Ah ? Vous n'en avez pas ? Je suis désolée ! Mais alors, vous n'avez personne pour vous rendre visite, ma pauvre ! Vous n'avez jamais été mariée ? »

La familiarité de l'auxiliaire de vie la surprend. Elles ne posent pas autant de questions, d'habitude, pas avec autant de franchise, en tout cas.

« Vous avez des amis qui viennent vous voir de temps en temps, au moins ? » Elle montre le petit carnet rouge sur la table.

---

1. Höganäs est une entreprise suédoise installée dans la ville du même nom. Elle fabrique des poudres métalliques et de la céramique. La société fournit la famille royale. *(Toutes les notes sont de la traductrice.)*

Doris ne répond pas. Jette un coup d'œil à la photographie de Jenny, celle posée sur le guéridon de l'entrée qu'Ulrika n'a manifestement jamais remarquée. Jenny qui est si loin d'elle, et pourtant si proche. Par la pensée.

« Bon, continue Ulrika, moi, il va falloir que j'y aille. Nous reprendrons cette conversation la prochaine fois. »

Elle range les tasses dans le lave-vaisselle, y compris celle avec les roses peintes à la main, passe un coup d'éponge sur l'évier et met la machine en route. Avant que Doris n'ait eu le temps de dire ouf, elle est déjà partie. Par la fenêtre, Doris la voit enfiler son manteau en marchant et s'engouffrer dans une petite voiture rouge, avec le logo de la commune sur la portière. À petits pas, Doris s'approche du lave-vaisselle et interrompt le programme de lavage. Elle sort la tasse peinte à la main, la rince avec soin et la cache tout au fond du placard, derrière les coupelles à dessert. Elle vérifie sous tous les angles, on ne la voit de nulle part. Satisfaite, elle retourne s'asseoir à la table de la cuisine et lisse la nappe. Remet les objets en ordre. Le pilulier, les pastilles pour la gorge, la loupe et le téléphone reprennent leur place habituelle. Quand elle arrive au petit carnet rouge, sa main reste un instant en suspens. Elle ne l'a pas ouvert depuis longtemps. Elle soulève la couverture et son regard se pose sur les noms inscrits à la première page. Ils sont tous rayés. Dans la marge à côté, elle a écrit : *DÉCÉDÉ*.

Un petit carnet rouge

A. ALM, ERIC

Tant de noms ont le temps de défiler dans la vie d'un être humain. Tu as déjà pensé à ça, Jenny ? Tous ces noms qui apparaissent et disparaissent. Des noms qui brisent le cœur et font monter les larmes aux yeux. Des amants ou des ennemis. Je feuillette parfois mon carnet d'adresses. Il est devenu une sorte de carte au trésor de mon existence. Je vais prendre ma plume et te parler de lui. Pour que toi, Jenny, la seule personne qui se souviendra de moi, tu saches ce que fut ma vie. Ce sera une sorte de testament. Je vais te faire don de mes souvenirs. Ils sont ce que j'ai de plus cher.

Nous étions en 1928. C'était le jour de mon anniversaire et j'allais avoir dix ans. Avant d'ouvrir le paquet, j'ai su qu'il contenait un objet important. Je l'ai vu à une étincelle, dans les yeux de mon père. Ces yeux sombres, constamment occupés ailleurs, attendaient ma réaction avec une intensité inhabituelle. Le cadeau était enveloppé dans un papier de soie, fin et ravissant. Je l'ai caressé du bout des doigts, j'ai senti sa douceur, admiré l'écheveau compliqué du motif. J'ai joué avec le ruban : large, rouge, avec un joli nœud sur le côté. C'était le plus beau paquet que j'avais jamais vu.

« Allez ! Ouvre ! » Ma petite sœur Agnes était penchée, excitée, au-dessus de la table de la salle à manger, les deux coudes appuyés sur la nappe, ce qui lui a valu les remontrances de maman.

« Allez, Doris, ouvre-le, maintenant ! » Même papa semblait bouillir d'impatience.

Les extrémités de la boucle entre le pouce et l'index, j'ai fait durer le plaisir quelques secondes supplémentaires. À l'intérieur se trouvait un carnet d'adresses, relié avec une couverture en cuir rouge qui dégageait une légère odeur de teinture.

« Dans ce carnet, tu vas pouvoir réunir tes amis, a dit mon père en souriant. Tous ceux que tu vas rencontrer au cours de ta vie. Dans tous les endroits passionnants que tu vas visiter. Afin de ne jamais les oublier. »

Il m'a pris le carnet des mains et l'a ouvert. Sous la lettre *A*, il avait inscrit son propre nom, Eric Alm, ainsi que l'adresse et le numéro de téléphone de l'atelier. Le téléphone qui venait tout juste d'être installé et dont il était si fier. À la maison, nous ne l'avions pas encore.

C'était un grand homme, mon père. Pas physiquement. Pas du tout. Mais il se sentait à l'étroit dans notre maison, c'était un peu comme si son esprit s'échappait à travers le monde, dans des lieux nouveaux et inconnus. J'avais parfois l'impression qu'il n'avait pas envie d'être avec nous, que le quotidien l'ennuyait. Il avait soif de connaissance et remplissait notre foyer de livres. Il ne parlait pas beaucoup, autant qu'il me souvienne. Même pas avec ma mère. À la maison, il était sans cesse plongé dans ses bouquins. Parfois, je venais me blottir sur ses genoux. Il ne protestait pas, se contentait de me pousser un peu pour ne pas que je cache les images et les mots qui captaient son attention. Il avait une bonne odeur de bois, ses cheveux étaient toujours couverts d'une fine couche de sciure et on aurait dit qu'ils étaient déjà aussi gris que ceux d'un vieil homme. Ses mains étaient rêches et gercées. Tous les soirs, il les enduisait soigneusement de vaseline et mettait de minces gants en coton pour dormir.

Je mettais mes mains à moi autour de son cou en une douce étreinte. Et nous restions là tous les deux, dans notre monde. Je l'accompagnais dans ses voyages imaginaires, au fil des pages. Il lisait des ouvrages parlant d'autres pays, d'autres cultures et ensuite il piquait des épingles sur une grande mappemonde fixée au mur. Comme s'il était déjà allé dans tous ces endroits. « Un jour, disait-il, j'irai découvrir le monde. » Il inscrivait des numéros à côté des épingles. Des un, des deux et des trois. Dans l'ordre de ses priorités. Peut-être aurait-il dû être explorateur ?

Mais il y avait la menuiserie de son père. Un héritage à administrer. Un devoir à remplir. Chaque matin, depuis la mort de grand-père, il se rendait à l'atelier, consciencieusement, et il travaillait avec son apprenti dans le local triste aux murs encombrés de montagnes de planches, dans l'odeur prégnante de la térébenthine et du white-spirit. Nous, les enfants, n'avions pas le droit d'entrer, alors nous restions sur le pas de la porte, pour regarder. À l'extérieur, contre la façade en bois sombre, poussait un rosier grimpant avec des roses blanches. Quand les pétales tombaient, nous les ramassions et les faisions tremper dans des bols d'eau pour fabriquer notre propre parfum dont nous nous aspergions le cou.

Je me souviens des chaises et des tables à moitié terminées, empilées les unes sur les autres, de la sciure et des copeaux de bois, des outils accrochés au mur : ciseaux, scies, râpes, marteaux. Chaque objet avait sa place. De son poste derrière le banc de sciage, papa surveillait tout l'atelier, avec son grand tablier en cuir brun couvert d'éraflures et son crayon derrière l'oreille. Il travaillait toujours jusqu'à la tombée de la nuit. Été comme hiver. Puis il rentrait à la maison. Où il retrouvait son fauteuil.

Papa. Son esprit est encore auprès de moi. Sous les journaux empilés sur la chaise qu'il a fabriquée, avec l'assise brodée par ma mère. Il rêvait de parcourir le monde et tout ce qu'il a fait c'est laisser son empreinte entre les quatre murs de notre maison, dans quelques allégories artisanales : le fauteuil à bascule de maman avec ses pièces savamment ouvragées, les bibelots en bois délicatement sculptés de ses mains et la bibliothèque où certains de ses livres se trouvent encore. Mon papa.

2

Le moindre mouvement lui demande autant de volonté que d'efforts physiques. Elle déplace ses jambes de quelques millimètres et s'arrête. Pose ses mains sur les accoudoirs. Une à la fois. Elle attend. Pousse sur ses pieds. S'accroche à l'accoudoir d'une main et prend appui avec l'autre sur le bord de la table. Se balance une ou deux fois d'avant en arrière pour prendre son élan. Elle a une chaise avec un haut dossier rembourré et ses pieds sont posés sur des repose-pieds qui les rehaussent de plusieurs centimètres. Elle doit recommencer plusieurs fois la manœuvre avant de parvenir à se lever. À la troisième tentative, elle réussit. Ensuite, elle doit rester un instant immobile, la tête inclinée et les deux mains en appui sur la table, jusqu'à ce que le vertige passe.

Son exercice quotidien consiste en une promenade dans les deux pièces de son appartement. De la cuisine au salon en passant par le vestibule. Le tour du canapé. Un arrêt pour enlever les feuilles mortes du bégonia rouge sur le rebord de la fenêtre. Puis retour à la chambre à coucher et à son coin bureau sur lequel est posé l'ordinateur qui est devenu l'un de ses objets les plus chers. Elle s'assied avec précaution. Son fauteuil pour écrire est également équipé de repose-pieds en plastique. Ils sont si hauts désormais qu'elle n'a presque plus de place pour glisser ses jambes sous la table. Elle ouvre son portable, réveille le disque dur qui émet son ronronnement doux et familier. Elle clique sur l'icône Explorer et lit les nouvelles du journal *Dagens Nyheter* sur sa page d'accueil. Elle s'étonne chaque jour que ce petit appareil puisse contenir le monde entier. Qu'elle, une femme toute seule, à Stockholm, puisse, si l'envie lui en prenait, communiquer avec des gens de tous les pays de la planète. Cette technologie occupe ses journées. Elle rend l'attente de la mort plus supportable. Chaque après-midi, elle s'installe ici, parfois même le matin de bonne heure et le soir aussi, quand le sommeil tarde à venir. C'est sa précédente aide à domicile, Maria, qui lui a appris à s'en servir. Skype, Facebook, e-mails. Elle disait que personne n'était trop vieux pour apprendre. Doris, qui était bien de son avis, lui avait répondu que personne n'était trop vieux pour réaliser ses rêves. Peu de temps après, Maria avait repris des études.

Ulrika n'a pas l'air de s'intéresser à l'informatique. Elle n'a jamais fait le moindre commentaire sur l'ordinateur, ni demandé à Doris à quoi il lui servait. Elle se contente de le dépoussiérer en passant dans la pièce, pendant que sa liste de « choses à faire » mouline dans sa tête. Peut-être qu'elle est sur Facebook, elle aussi ? La plupart des gens y sont, apparemment. Doris a un compte, c'est Maria qui l'a créé. Elle a trois amis. Maria, sa nièce Jenny à San Francisco et Jack, le fils aîné de Jenny. De temps en temps, elle va jeter un coup d'œil dans leurs vies, suit des événements et regarde des images d'un autre monde. Quelquefois, elle va même espionner la vie de leurs amis. Ceux dont le profil est public.

Ses doigts fonctionnent encore. Un peu moins vite qu'avant, bien sûr. Et puis, au bout d'un moment, ils la font souffrir et l'obligent à se reposer. Doris écrit pour rassembler ses souvenirs. Se remémorer le passé. Elle espère que ce sera Jenny qui trouvera tout cela plus tard, quand elle sera morte. Elle qui lira ce qu'elle écrit et sourira en regardant les quelques photographies qu'elle a conservées. Doris voudrait aussi que ce soit Jenny qui hérite de toutes les jolies choses qu'elle possède : les meubles, les tableaux, la tasse peinte à la main. Elle aimerait que ses affaires ne terminent pas dans une benne à ordures. Elle frémit à cette idée, pose les doigts sur le clavier et commence à écrire pour faire taire ses pensées. *À l'extérieur, contre la façade en bois sombre poussait un rosier grimpant avec des roses blanches*, tape-t-elle aujourd'hui. Une phrase. Puis c'est le silence et la plongée dans un océan de souvenirs.

Un petit carnet rouge

~~A. ALM, ERIC~~ DÉCÉDÉ

As-tu déjà entendu un véritable cri d'outre-tombe, Jenny ? Un cri né d'une authentique douleur ? Un cri qui vient du fond du cœur, qui s'insinue dans chaque atome, qui ne laisse personne indemne ? Moi j'en ai entendu plusieurs, mais tous m'ont rappelé le premier, le plus terrible.

Il venait de la cour. Par la fenêtre, j'ai vu mon père. Il était là, debout, et son hurlement résonnait entre les murs de pierre. De sa main jaillissait un sang écarlate qui teintait l'herbe blanche de gelée. Il avait un foret planté dans le poignet. Son cri a perdu en puissance et il s'est écroulé sur le sol. Nous sommes nombreux à nous être précipités dans l'escalier et à voler à son secours. Maman a noué son tablier autour de son poignet et lui a tenu le bras en l'air. Quand elle a appelé à l'aide, elle hurlait au moins aussi fort que lui. Le visage de mon père était effrayant de pâleur et ses lèvres étaient d'un bleu violacé. La suite se fond dans un brouillard. Des hommes l'ont porté dans la rue. Une voiture est venue le chercher et elle est repartie. Je revois une rose, unique, blanche et pétrifiée sur le rosier grimpant et la gelée qui l'enveloppait dans sa froidure. Quand tout le monde est parti, je suis restée là à la regarder. Cette rose était une survivante. J'ai prié Dieu pour que mon père ait la même force qu'elle.

Des semaines d'attente fébrile ont suivi. Chaque jour, nous voyions notre mère envelopper les restes du déjeuner, le gruau, le pain et le lait, avant de partir pour l'hôpital. Le plus souvent, quand elle revenait, le paquet n'avait pas été ouvert.

Un jour, elle est rentrée avec les vêtements de mon père pliés sur le panier qui contenait encore son repas. Elle avait les yeux gonflés et rouges d'avoir trop pleuré. Rouges comme le sang empoisonné de mon père.

Tout s'est figé. La vie s'est arrêtée. Pas seulement celle de mon père, mais la nôtre, aussi. Le cri d'outre-tombe en ce matin glacé de novembre a brutalement mis fin à mon enfance.

Un petit carnet rouge

S. SERAFIN, DOMINIQUE

Les pleurs, la nuit, n'étaient pas les miens, mais ils résonnaient si fort en moi qu'il m'arrivait de me réveiller et de le croire. Quand ma sœur et moi allions nous coucher, maman s'asseyait dans le fauteuil à bascule de la cuisine. J'ai pris l'habitude de m'endormir bercée par ses sanglots. Elle pleurait, cousait un peu et pleurait encore. Le bruit arrivait par vagues à travers les murs jusqu'à notre chambre d'enfants. Elle pensait que nous dormions. Mais nous ne dormions pas. Je l'entendais renifler. Je sentais sa peur d'être seule, de ne plus être à l'abri, dans l'ombre omniprésente de mon père.

Il me manquait à moi aussi. Je ne le verrais plus jamais, assis dans son fauteuil, plongé dans un livre. Je ne grimperais plus jamais sur ses genoux pour le suivre dans ses voyages autour du monde. Tous les câlins de mon enfance, je les avais reçus de mon père.

S'ensuivirent des mois difficiles. De jour en jour, le porridge que nous mangions matin et soir devenait plus liquide. Notre réserve d'airelles, cueillies dans les bois et séchées, touchait à sa fin. Un jour, maman a tué une palombe avec le fusil de mon père. Nous avons eu juste assez de viande pour un ragoût et c'était la première fois depuis la mort de papa que nous mangions à notre faim, la première fois que la nourriture nous mettait du rouge aux joues, la première fois que nous riions à nouveau ensemble. Mais le rire n'a pas duré.

« Tu es l'aînée, tu vas devoir te débrouiller seule, à présent », m'a dit maman un jour en pressant un bout de papier dans le creux de ma main. J'ai eu le temps de voir se former des larmes dans ses yeux verts avant qu'elle ne retourne à sa vaisselle et se mette à frotter frénétiquement avec une lavette humide les assiettes dans lesquelles nous venions de manger. La cuisine dans laquelle nous nous trouvions, ce jour-là, il y a si longtemps, restera à jamais le musée de mon enfance. Je me souviens de chaque détail. La robe bleue qu'elle était en train de recoudre, posée sur le tabouret. La casserole dans laquelle avaient cuit les pommes de terre, la mousse qui avait débordé et qui était restée collée sur les bords. L'unique bougie qui plongeait la pièce dans une douce pénombre. Les déplacements de ma mère entre l'évier et la table. Le frottement de sa robe sur ses jambes.

« Qu'est-ce que ça veut dire ? » ai-je réussi à articuler.

Ses mouvements sont devenus plus brusques, mais elle ne s'est pas retournée.

« Tu me chasses ? » ai-je continué.

Pas de réponse.

« Réponds-moi, maman ! Tu ne veux plus de moi ? »

Elle a baissé les yeux.

« Tu es grande maintenant, Doris, il faut que tu comprennes. C'est une bonne place que je t'ai trouvée. Et comme tu peux voir sur ce papier, ce n'est pas très loin d'ici. Nous pourrons nous voir.

— Et l'école ? »

Elle a levé les yeux et regardé dans le vide.

« Papa n'aurait jamais accepté que tu me retires de l'école. Pas tout de suite. J'ai encore tellement de choses à apprendre ! » lui ai-je crié. Agnes s'est mise à pleurnicher sur sa chaise.

Je me suis écroulée sur la table et j'ai fondu en larmes. Maman est venue s'asseoir près de moi et elle a mis sa main sur mon front. Je me souviens qu'elle était encore tiède et humide d'eau de vaisselle.

« Ne pleure pas, s'il te plaît, mon cœur », m'a-t-elle murmuré, sa tempe contre la mienne. Puis un tel silence est tombé dans la pièce que j'aurais presque pu entendre les grosses larmes qui coulaient sur ses joues et se mêlaient aux miennes.

« Tu rentreras à la maison tous les dimanches, c'est ton jour de congé. »

Ses paroles rassurantes se sont peu à peu transformées en un marmonnement sourd et je me suis endormie dans ses bras.

Le lendemain matin, je me suis réveillée face à la réalité brutale et incontournable que j'allais devoir quitter le havre de ma maison pour une destination inconnue. J'ai pris, sans me plaindre, le sac que me tendait ma mère avec mon linge, mais je n'ai pas pu la regarder dans les yeux. J'ai serré ma petite sœur dans mes bras et je suis partie, sans un mot. Je portais d'un côté mon sac et de l'autre, trois livres de mon père, attachés ensemble par une ficelle. Sur le billet dans ma poche il y avait un nom, écrit par ma mère de son écriture soignée : *Dominique Serafin*, suivi de recommandations sévères : *Pense à faire la révérence. Surveille ton langage.* J'ai marché lentement dans les rues de Söder vers l'adresse indiquée en dessous du nom : Bastugatan 5. Ma nouvelle maison.

Quand je suis arrivée à destination, je suis restée un long moment immobile. J'ai regardé les encadrements rouges autour des grandes et belles fenêtres. La façade était en pierre et une allée au pavage régulier conduisait dans la cour. Il y avait un monde entre cette maison et la bicoque en bois décatie dans laquelle j'avais vécu jusque-là. Une femme est sortie par la porte cochère. Elle portait des souliers en daim bien propres et une robe blanche scintillante sans marquage à la taille. Un chapeau cloche beige était enfoncé sur sa tête et à son bras se balançait un petit sac en cuir, assorti à ses chaussures. Embarrassée, j'ai lissé ma méchante robe en lainage qui m'allait aux genoux. J'ai essayé de m'imaginer à quoi ressemblait mon nouvel employeur. Je ne savais même pas si Dominique était un homme ou une femme. Comment l'aurais-je su ? Je n'avais jamais entendu ce prénom auparavant.

J'ai monté lentement l'escalier, m'arrêtant sur chaque marche de marbre brillant. Dominique Serafin habitait au deuxième étage. La porte à double battant en chêne sombre était la plus grande que j'aie jamais vue. Je me suis avancée et j'ai frappé un unique coup à l'aide d'un gros heurtoir en forme de tête de lion. Je regardais le lion dans les yeux en écoutant le bruit résonner dans l'appartement. Une jeune fille en robe noire et tablier blanc m'a ouvert et m'a fait la révérence. J'ai déplié le billet pour le lui montrer, mais elle n'a pas eu le temps de le lire avant qu'une femme fasse son apparition. La jeune fille en noir s'est effacée et elle est allée se coller contre le mur, toute raide.

La femme avait des cheveux auburn nattés en deux longues tresses elles-mêmes entortillées en un gros chignon dans sa nuque. Plusieurs rangs de perles blanches de différentes longueurs brillaient autour de son cou. Sa robe à mi-mollet, en soie émeraude, se terminait en une jupe plissée qui dansait à chacun de ses mouvements. Elle était riche, je l'ai vu au premier coup d'œil. Elle m'a examinée des pieds à la tête, a aspiré une longue bouffée de sa cigarette fichée dans un long fume-cigarette noir et a soufflé la fumée vers le plafond, du coin des lèvres.

« Eh bien, eh bien ! s'est-elle exclamée avec un fort accent français, d'une voix grave et rauque, sans doute due à la consommation de tabac. Vous êtes bien jolie, mademoiselle. Je vous garde. Allons, entrez vite. »

Puis elle a tourné les talons et disparu dans le fond de l'appartement. Je me suis arrêtée sur le paillasson du hall, tenant mon sac et mes livres devant moi. La jeune fille en noir a hoché la tête et m'a invitée à la suivre. Nous avons traversé la cuisine jusqu'à la chambre des domestiques, dans laquelle j'ai découvert le petit lit qui serait le mien, à côté de deux autres lits. J'ai posé mes affaires. Sans qu'on me le demande, j'ai sorti de mon sac mon unique robe de rechange et je l'ai enfilée. Je l'ignorais encore à ce moment-là, mais j'étais la plus jeune des trois bonnes et allais donc devoir m'acquitter de toutes les tâches que les autres refusaient d'accomplir.

Je me suis assise sur le lit et j'ai attendu, les pieds serrés et les mains croisées sur mes genoux. Je me souviens encore du sentiment de solitude qui s'est abattu sur moi dans cette petite chambre. Je ne savais plus qui j'étais et j'ignorais ce qui m'attendait. Les murs étaient froids et la tapisserie jaunie par l'humidité. À côté de chaque lit se trouvait une petite table de chevet avec une unique chandelle dans son bougeoir. Deux bougies étaient à moitié consumées, la troisième était neuve avec sa mèche encore enduite de cire.

Je n'ai pas eu à attendre très longtemps avant d'entendre les pas sonores de ma maîtresse sur le carrelage et le bruissement de sa jupe. Mon cœur battait fort. Elle s'est arrêtée sur le pas de la porte et je n'ai pas osé la regarder.

« Tu dois te lever quand j'arrive dans une pièce. Comme ça, bien droite. »

J'ai bondi sur mes pieds et elle a aussitôt tendu les mains vers mes cheveux. Ses doigts fins et froids se sont posés partout sur moi. Elle m'a examinée sous toutes les coutures, puis elle a donné son verdict :

« Propre et nette. C'est bien. Tu n'es pas une fille légère, n'est-ce pas ? »

J'ai secoué la tête. Elle a examiné mon cuir chevelu, écartant une mèche après l'autre. Elle m'a tiré l'oreille pour regarder derrière, ses ongles durs m'ont égratigné la peau.

« C'est là qu'ils se cachent, derrière les oreilles. J'ai horreur de ces bestioles », a-t-elle murmuré, parcourue d'un frisson de dégoût. Un rayon de soleil entrant par la fenêtre révélait le duvet fin sur son visage à travers la mince couche de poudre transparente.

L'appartement était grand et rempli d'œuvres d'art, de sculptures et de meubles dans des essences sombres. Il sentait la cigarette et une autre odeur que je ne connaissais pas. Les journées étaient calmes et paisibles. Madame faisait partie de cette classe privilégiée qui n'a pas besoin de travailler pour vivre confortablement. Je n'ai jamais su d'où elle tenait son argent. Parfois, je m'imaginais des choses à propos de son mari. Je me demandais si elle le gardait enfermé dans un grenier, quelque part.

Le soir, elle recevait beaucoup. Des femmes avec de jolies robes et des tas de diamants. Des hommes en habit avec des chapeaux. Ils entraient sans enlever leurs chaussures et déambulaient dans le grand salon comme s'ils étaient au restaurant. L'air s'emplissait de fumée et de conversations en anglais, en français et en suédois.

Les soirées de Madame m'ont familiarisée avec des idées qui m'étaient étrangères. L'égalité salariale pour les hommes et les femmes, le droit à l'éducation. La philosophie, l'art et la littérature. Et aussi avec des comportements nouveaux. Rire à voix haute, se disputer en public. J'ai vu des couples s'embrasser ouvertement dans les coins. C'était assez choquant.

Je m'accroupissais pour ramasser les verres et essuyer le vin renversé. Des jambes virevoltaient gracieusement de pièce en pièce, juchées sur des talons hauts ; les paillettes et les plumes de paon tombaient par terre et venaient se coincer entre les larges lames du parquet. Je devais ensuite marcher à quatre pattes, jusqu'au lever du jour, le nez au ras du sol, pour effacer toute trace de la fête, avec mon petit couteau de cuisine. Tout devait être impeccable pour le lever de Madame. Nous travaillions dur, les nappes devaient toujours être parfaitement repassées. Le bois des tables devait être ciré et les verres devaient scintiller de propreté. Madame dormait tard. Quand elle sortait de sa chambre, en fin de matinée, elle inspectait toute la maison, systématiquement. Si elle avait une remarque à faire, c'était toujours moi qui étais accusée. Parce que j'étais la plus jeune. J'ai vite appris ce qui attirait son attention et j'ai pris l'habitude le matin de refaire un tour avant son réveil pour réparer les erreurs que les autres avaient commises.

Les rares heures de sommeil que je réussissais à voler, sur le matelas en crin trop dur, étaient insuffisantes. Mon corps était constamment meurtri par les longues journées à supporter les coutures de l'uniforme noir qui me sciaient la peau. Par l'implacable hiérarchie et par les gifles. Par les invités de Madame et leurs mains baladeuses.

Un petit carnet rouge

N. NILSSON, GÖSTA

Les convives qui avaient trop bu s'endormaient parfois sur place. C'était à moi de les réveiller et de les mettre à la porte. Mais l'homme dont je vais te parler maintenant, Jenny, ne dormait pas. Il avait les yeux perdus dans le vague, des larmes coulaient sur ses joues en un flot continu et il luttait pour ne pas tourner la tête vers un fauteuil où un autre homme – jeune avec des boucles châtain doré qui lui faisaient comme une auréole autour de la tête – était endormi. La chemise blanche du jeune homme était déboutonnée sur sa poitrine, dévoilant un tricot de corps jauni. Dans l'échancrure du vêtement, sur la peau bronzée, on pouvait apercevoir le tatouage un peu tremblé, à l'encre bleue et verte, d'une ancre de bateau.

« Vous êtes triste, pardonnez-moi, je… »

Il a poussé un long soupir et posé une épaule sur l'accoudoir de cuir du fauteuil, de sorte qu'il était presque couché.

« L'amour est impossible », a-t-il gémi en hochant la tête pour lui-même et l'espace vide devant lui qu'il matérialisait par son regard figé.

« Vous êtes saoul. Soyez gentil, levez-vous, je voudrais que vous soyez parti avant que Madame se réveille. » J'essayais de prendre un ton ferme. Sa main s'est emparée de la mienne tandis que je m'efforçais de l'aider à se mettre debout.

« Mademoiselle ne le voit donc pas ?

— Quoi donc ?

— Eh bien que je souffre !

— Si, je le vois bien. Allez vous coucher et cuver quelques heures. Je suis sûre qu'ensuite, votre souffrance vous paraîtra plus douce.

— S'il vous plaît, laissez-moi contempler cette perfection. Laissez-moi jouir un instant encore de cette liaison fatale. »

Les mots s'emmêlaient sur sa langue, dans sa tentative de saisir l'état d'esprit dans lequel il se trouvait. J'ai secoué la tête, amusée.

C'était la première fois que je rencontrais ce pauvre fou, mais pas la dernière. Quand tout le monde avait quitté l'appartement, et que le jour commençait à se lever sur les cheminées de Södermalm, il restait souvent là, perdu dans ses pensées. Il s'appelait Gösta. Gösta Nilsson. Il habitait un peu plus bas dans la rue Bastugatan, au numéro 25.

« On réfléchit mieux, la nuit, ma petite Doris », m'affirmait-il quand je lui demandais de rentrer chez lui. Puis il partait en titubant dans le noir, les épaules basses et la nuque ployée. Sa casquette était de travers et sa veste trop grande, élimée au col et aux manches, pendait d'un côté, comme si elle avait été cousue de travers. Et pourtant, il avait de l'allure. Il était souvent bronzé, il avait des traits classiques, un nez droit et des lèvres fines. Il y avait beaucoup de bonté dans ses yeux, mais aussi une grande tristesse. L'étincelle du bonheur semblait s'être éteinte en lui.

J'ai mis quelques mois à comprendre qu'il s'agissait de l'artiste que Madame adulait. Elle avait accroché des tableaux de lui aux murs de sa chambre à coucher, d'immenses toiles avec des carrés et des triangles dans des couleurs vives. Les dessins ne représentaient rien, juste une explosion de couleurs et de formes. On aurait dit qu'un enfant avait donné libre cours à son imagination sur la toile. Je ne les aimais pas, mais alors pas du tout. Madame n'arrêtait pas d'en acheter de nouveaux. Parce que le prince Eugène en achetait. Et parce que investir dans le cubisme était à la mode, que c'était un placement, bien que personne n'y entende rien. Elle appréciait surtout qu'il soit un original, comme elle.

C'est avec Madame que j'ai appris qu'il faut de tout pour faire un monde. Qu'il faut savoir sortir des sentiers battus et qu'il y a une infinité de routes qui conduisent à notre inéluctable trépas. Que nous pouvons nous trouver à la croisée des chemins et nous sentir perdus, mais que tout finit toujours par s'arranger. Et enfin que les virages ne sont pas forcément dangereux.

Gösta posait toujours des questions.

« Tu préfères le rouge ou le bleu ? »

« Si tu pouvais aller n'importe où, dans quel pays irais-tu ? »

« Combien de bonbons peut-on acheter pour une couronne ? »

Après cette dernière question, il me jetait une pièce de une couronne. Il l'expédiait en l'air d'une pichenette et je la rattrapais en riant.

« Promets-moi d'acheter des bonbons pour toute la somme, d'accord ? »

Il voyait bien que j'étais toute jeune. Encore une enfant. Il n'a jamais essayé de me tripoter comme les autres amis de Madame. Il ne se permettait pas de faire des commentaires sur mes lèvres ou sur mes seins qui commençaient à pointer. Parfois, il m'aidait en cachette. Il ramassait des verres et les portait à l'office. Si Madame s'en était rendu compte, elle m'aurait battue. Ses grosses bagues en or laissaient des marques rouges sur mes joues que je cachais avec de la farine de blé.

3

« *Hi, auntie Doris*[1] *!* »

Le petit garçon sourit et agite la main si près de l'écran qu'on ne voit que ses yeux et le bout de ses doigts.

« *Hi, David !* » Elle agite la main à son tour puis la pose sur sa bouche pour lui envoyer un baiser volant. Au même instant, on tourne l'écran et le baiser atterrit sur sa maman. Doris rit en entendant le rire de Jenny. C'est contagieux, un rire.

« Tante Doris, comment vas-tu ? Tu ne te sens pas trop seule ? » Comme son fils, Jenny s'approche de la caméra au point qu'on ne voit plus que ses yeux. Doris éclate de rire.

« Mais non, pourquoi veux-tu que je me sente seule ? » Elle secoue la tête. « Tu es là, toi. Et puis il y a les filles qui viennent tous les jours. Tout va très bien.

— Tu es sûre ? » Jenny a l'air dubitatif.

« Absolument ! Parlons de toi, plutôt, qu'est-ce que tu deviens ? Comment avance ton livre ?

1. En anglais dans le texte : « Salut tante Doris ! »

— Ah non ! Je t'en prie, ne commence pas avec ça. Je suis débordée. Les petits veillent à ce que je n'aie pas une seconde à moi. Je ne comprends pas que tu t'obstines à remettre sans cesse le sujet sur le tapis. Pourquoi est-ce si important ?

— Parce que tu en meurs d'envie. Tu as toujours voulu écrire. À moi, tu ne peux pas mentir. Essaye de trouver le temps.

— Un jour, peut-être. Pour l'instant, je m'occupe de mes enfants. Attends, je vais te montrer quelque chose. Tyra a fait ses premiers pas, hier. Regarde comme elle est mignonne. »

Jenny tourne la caméra vers sa petite fille, assise par terre en train de se faire les dents sur le coin d'un journal. Elle pleurniche quand Jenny la met debout. Refuse de se tenir sur ses jambes, se laisse retomber dès que ses pieds touchent le sol.

« *Come on, Tyra, walk, please. Show auntie Doris.* Allez Tyra, marche, montre à tante Doris comme tu te débrouilles bien.

— Laisse-la tranquille. À un an, on préfère s'amuser avec un journal qu'avec sa vieille tante à l'autre bout du monde », dit Doris.

Jenny soupire. S'en va dans la cuisine avec Tyra et l'ordinateur.

« Vous avez repeint ?

— Oui, je ne t'ai pas dit ? C'est beau, non ? » Elle tourne l'appareil et, pendant quelques secondes, l'image devient floue. Doris plisse les yeux pour mieux voir.

« Très joli. Tu as toujours eu du goût pour la décoration.

— Je ne sais pas. Willie trouve que c'est trop vert.

— Et toi ?

— Moi, j'aime bien. J'adore le vert clair. C'était la couleur que maman avait dans la cuisine, tu te rappelles ? Dans son petit appartement à New York.

— À New York, tu es sûre ?

— Mais oui, tu ne te souviens pas ? Dans l'immeuble en briques rouges ? Celui avec le prunier dans le jardin.

— À Brooklyn, tu veux dire ? Oui, je me rappelle. Avec cette table trop grande qui n'a jamais trouvé sa place.

— C'est vrai ! J'avais complètement oublié cette histoire de table. Maman avait refusé de s'en séparer quand elle a rompu avec cet avocat. Il a fallu la scier en deux pour la faire entrer dans la pièce. Elle était tellement collée contre le mur qu'il fallait rentrer son ventre pour s'asseoir.

— Ah oui, mon Dieu ! Il y avait beaucoup de choses très bizarres dans cet appartement. » Doris sourit à ce souvenir.

« Ce serait bien si tu venais nous voir à Noël.

— Oui, ce serait bien. Il y a trop longtemps que je ne suis pas venue. Mais mon dos me fait un peu mal. Et mon cœur ne marche pas fort non plus. Je crois que les voyages, c'est terminé pour moi.

— J'espère que tu pourras quand même venir. Tu me manques. »

Jenny pose l'ordinateur sur le plan de travail et tourne le dos à Doris.

« Excuse-moi, mais il faut que je prépare un en-cas. » Elle sort du pain d'un tiroir, du beurre et du fromage du réfrigérateur, installe Tyra à califourchon sur sa hanche parce qu'elle s'est de nouveau mise à pleurer. Doris attend patiemment pendant que Jenny beurre des tartines d'une seule main.

« Tu as l'air fatigué. Est-ce que Willie t'aide un peu ? » demande-t-elle à Jenny quand elle revient devant l'écran. Tyra est maintenant tranquillement assise sur les genoux de sa mère, le sandwich écrasé sur son visage. Elle a du beurre sur les joues qu'elle essaye d'attraper avec sa langue. Jenny la tient avec un bras et boit un grand verre d'eau en même temps.

« Il fait de son mieux. Il a beaucoup de travail, tu sais. Il ne peut pas être partout.

— Vous arrivez quand même à vous voir, un peu ?

— Presque pas. Mais ça va s'arranger. C'est juste pour quelques années. Tant que les enfants sont petits. C'est un type bien, tu sais. Il se bat, lui aussi. Ce n'est pas facile de subvenir aux besoins d'une famille.

— Tu devrais quand même lui demander de t'aider à la maison. Il faut que tu dormes. »

Jenny hoche la tête. Pose un baiser dans les cheveux de Tyra. Change de sujet.

« Ça m'ennuie vraiment que tu sois seule à Noël. Tu n'as pas quelqu'un avec qui tu pourrais passer la soirée ? » Jenny sourit gentiment.

« Ne t'inquiète pas. J'ai passé des tas de réveillons toute seule, dans ma vie. Tu as assez de soucis comme ça. Le plus important, c'est que les enfants passent un beau Noël. Noël, c'est pour les enfants. Au fait, j'ai dit bonjour à David et à Tyra, mais je n'ai pas encore vu Jack.

« Jack ! » Jenny appelle son fils aîné, sans obtenir de réponse. Elle se retourne brusquement, Tyra fait tomber sa tartine et elle se remet à pleurer.

« JACK ! » Jenny a le visage rouge, tout à coup. Elle secoue la tête, agacée, pose son verre et se baisse pour ramasser la tartine. Elle souffle dessus et la redonne à Tyra.

« Il est impossible. Il est là-haut, mais il… Je ne m'en sors pas avec lui. *JACK !*

— Il grandit. Comme toi au même âge. Tu te rappelles quand tu étais adolescente ?

— Euh, non, je ne vois pas de quoi tu parles », Jenny a retrouvé le sourire. Elle se cache la figure.

« Tu étais une vraie diablesse. Et regarde ce que tu es devenue. Tu vas voir que tout ira bien pour Jack aussi.

— J'espère que tu as raison. Mais c'est inhumain parfois d'être parent. On passe son temps à s'inquiéter pour ses enfants.

— Ça fait partie du jeu, Jenny. Et c'est très bien comme ça. »

Jenny tire sur les pans de sa chemise blanche, découvre une tache de beurre et frotte dessus pour tenter de la faire disparaître.

« Oh ! C'était ma seule chemise propre. Qu'est-ce que je vais me mettre, maintenant ?

— On ne voit rien du tout. Cette chemise te va très bien. Tu es ravissante, Jenny, comme toujours !

— Je n'arrive jamais à être bien habillée, ces temps-ci. Je ne comprends pas comment font mes voisines. Elles ont des enfants, elles aussi, mais cela ne les empêche pas d'être toujours impeccables.

Rouge à lèvres, brushing, talons hauts. Même si j'essayais, avant la fin de la journée, je ressemblerais à une pauvre junkie qui fait le trottoir.

— Allons, Jenny ! C'est juste que tu as un peu perdu confiance en toi. Quand je te regarde, moi, je vois une beauté naturelle. Tu as hérité cela de ta mère qui l'a hérité de ma sœur.

— C'est toi qui étais une vraie beauté, dans ta jeunesse.

— C'est vrai que j'ai été belle, à une époque. Nous n'avons pas à nous plaindre, ni l'une ni l'autre.

— La prochaine fois que je viendrai te voir, je veux que tu me montres encore des photos. Je ne me lasse pas de voir comment c'était quand vous étiez jeunes, grand-mère et toi.

— Si je suis encore en vie.

— Arrête ! Je ne veux pas t'entendre parler comme ça ! Tu ne vas pas mourir. Tu dois rester avec moi pour toujours, ma tante adorée, tu dois...

— Tu es tout de même assez grande pour comprendre que la mort est inévitable, ma chérie ? Nous devons tous mourir un jour ou l'autre, c'est même la seule chose dont nous puissions être absolument sûrs.

— Quelle horreur. Tais-toi, s'il te plaît ! Il faut que je raccroche, d'ailleurs. Jack doit partir pour son entraînement. Reste en ligne pour lui dire bonjour quand il descendra. On se rappelle la semaine prochaine. Je t'embrasse. »

Jenny pose l'ordinateur sur une commode dans l'entrée et appelle Jack à nouveau. Cette fois, il arrive immédiatement. Il est en tenue de football américain avec des épaules larges comme un encadrement de porte. Il dévale l'escalier, deux marches à la fois, en regardant ses pieds.

« *Say hi to aunt Doris* », dit Jenny d'un ton autoritaire. Jack lève les yeux et hoche la tête vers le petit écran où apparaît le visage curieux de Doris. Elle agite la main.

« Bonjour, Jack, comment vas-tu ?

— Super ! répond-il. *But I must go now*[1]. Salut, Doris ! »

Doris lève la main vers sa bouche pour lui envoyer un baiser, mais Jenny a coupé la communication.

L'après-midi lumineux à San Francisco, plein de bavardages, d'enfants, de rires et de cris est remplacé par l'obscurité et la solitude.

Et le silence surtout.

Doris éteint l'ordinateur. Elle plisse les yeux pour lire l'horloge murale au-dessus du sofa. Le balancier oscille avec un tic-tac patient. Elle se balance dans son fauteuil en suivant le rythme de la pendule. Elle n'essaye pas de se lever, rassemble ses forces. Elle pose les mains sur la table et prend son élan. Cette fois, ses jambes obéissent du premier coup. Elle fait quelques pas et entend un bruit dans la serrure.

« Alors, Doris, on fait un peu d'exercice ? Ça fait plaisir. Mais pourquoi est-ce que vous n'allumez pas un peu de lumière ? Il fait noir comme dans un four, ici ! »

L'auxiliaire de vie déboule dans l'appartement. Elle allume toutes les lampes, ramasse des objets,

1. « Mais je dois y aller maintenant. »

claque des portes, parle toute seule. Doris s'en va dans la cuisine et s'assied dans le fauteuil près de la fenêtre. Arrange lentement les objets sur la table. Elle cache la salière derrière le téléphone.

Un petit carnet rouge

N. NILSSON, GÖSTA

Gösta était un homme de contradictions. La nuit et aux premières lueurs de l'aube, il était fou, plein de larmes et de doutes. Le soir, il avait besoin qu'on le remarque. Il se nourrissait du regard des autres. Il avait besoin d'être au centre de toutes les conversations. Il montait sur la table pour chanter à tue-tête. Riait plus que les autres. Donnait son avis haut et fort dans les discussions politiques. Abordait avec passion la question du chômage et du droit de vote des femmes. Mais le plus souvent, il parlait d'art. De la dimension divine de la création. Un aspect que les faux artistes ne comprendraient jamais. Je lui ai demandé un jour comment il pouvait être sûr d'être un véritable artiste. Si en réalité ce n'était pas ceux qu'il appelait des imposteurs qui l'étaient ? Il m'a pincé la taille et s'est lancé dans une harangue passionnée sur le cubisme, le futurisme et l'expressionnisme. La perplexité avec laquelle j'écoutais son discours l'a fait éclater de rire.

« Tu comprendras quand tu seras grande, petite fille. La forme, les lignes, les couleurs. C'est un miracle d'être capable avec ces seuls outils de saisir le principe du vivant. »

Je crois que cela lui plaisait que je ne comprenne pas. C'était reposant pour lui que je ne le prenne pas au sérieux comme les autres. C'était comme si nous partagions un secret. Nous marchions ensemble dans l'appartement, il me suivait, accélérait le pas de temps en temps pour me rattraper et me murmurer à l'oreille : « Bientôt je pourrai dire à mademoiselle qu'elle a les yeux les plus verts et le plus merveilleux sourire que j'aie jamais vu. » Je rougissais. Il disait cela pour me faire plaisir. Dans le monde hostile dans lequel je vivais, il a été mon soutien. Il a remplacé mon père et ma mère qui me manquaient tant. En arrivant, il cherchait toujours mon regard, comme pour s'assurer que j'allais bien. Et il me posait une question, simplement pour établir un contact. C'est drôle comme certaines personnes s'attirent mutuellement. C'est ce qui s'est passé entre Gösta et moi. Après quelques rencontres, j'ai commencé à voir en lui un ami, et j'attendais ses visites avec impatience. J'avais l'impression qu'il lisait dans mes pensées.

Parfois, il arrivait accompagné. Le plus souvent, il s'agissait d'un homme jeune, bien fait et très bronzé, qui dans son genre et son éducation détonnait avec l'élite culturelle que recevait Madame. Ses jeunes compagnons passaient en général la soirée assis sagement dans un coin, pendant que Gösta vidait verre après verre d'un vin presque noir. Ils écoutaient les conversations avec intérêt, mais n'y participaient jamais.

Un soir, je les ai vus. Il était tard et j'étais entrée dans la chambre de Madame afin de regonfler ses oreillers pour la nuit. Ils étaient debout face à face, leurs visages très proches l'un de l'autre, devant deux toiles de Gösta, posées par terre contre le montant du lit. Gösta tenait le jeune homme par les hanches. Quand je suis entrée, il l'a lâché comme s'il s'était brûlé. Ni l'un ni l'autre n'ont rien dit, mais Gösta a mis son index devant ses lèvres en me regardant droit dans les yeux. J'ai retapé les oreillers et je suis sortie. L'ami de Gösta est parti. Et il n'est plus jamais revenu.

Aujourd'hui, on dit que la folie et la créativité vont de pair. Que les grands artistes sont souvent ceux qui ont le plus tendance à broyer du noir, à être tristes et à souffrir de névroses. À cette époque, personne ne pensait de la sorte. C'était une tare d'aller mal. Il était interdit d'en parler. Tout le monde allait bien tout le temps, y compris Madame, avec son maquillage irréprochable, ses cheveux parfaitement lissés et ses bijoux étincelants. Personne n'entendait son angoisse la nuit après que tout le monde était parti et qu'elle se retrouvait seule avec ses pensées. Si elle recevait autant, c'était sans doute pour éviter d'avoir le temps de réfléchir.

Gösta venait à ces soirées pour la même raison. La solitude le chassait de chez lui, où les toiles invendues s'empilaient contre les murs, lui rappelant sa pauvreté. Régulièrement, il sombrait dans la mélancolie dont j'avais été témoin à notre première rencontre. Il restait jusqu'à ce que je le chasse. Il parlait souvent de retourner à Paris. À cette douce existence qu'il avait tant aimée. Pour y retrouver ses amis, l'art, l'inspiration. Mais il n'en avait pas les moyens. Madame était l'injection de France dont il avait besoin pour survivre. À petites doses.

« Je n'arrive plus à peindre », m'a-t-il déclaré un soir avec un profond soupir.

Je ne savais jamais si je devais encourager son spleen.

« Pourquoi dites-vous cela ?

— Ça ne vient plus. Je ne vois plus d'images. Je ne vois plus la vie en couleur. Ce n'est plus comme avant.

— Je n'y connais rien à tout ça, vous savez », ai-je répliqué en lui caressant maladroitement l'épaule.

Qu'aurais-je pu lui dire ? Moi, une petite fille de treize ans. Je n'entendais rien à la vie. Ni à l'art. Pour moi, un beau tableau était un tableau qui représentait la vie comme elle était. Pas par des carrés tordus de toutes les couleurs qui, à leur tour, formaient des silhouettes tordues. Je trouvais plutôt rassurant qu'il ne parvienne plus à imaginer ces horribles images que Madame entreposait dans son dressing pour qu'il puisse manger tous les jours. Mais avec le temps, il arrivait que je m'arrête, le plumeau à la main, devant l'une de ses toiles. La juxtaposition des couleurs et l'architecture des lignes parvenaient soudain à retenir mon attention et à éveiller mon imagination. J'y voyais chaque fois une chose différente. Et j'ai fini par adorer les contempler.

Un petit carnet rouge

S. SERAFIN, DOMINIQUE

Elle ne tenait pas en place. Ce sont les autres filles qui me l'ont appris. Ses soirées la préservaient de l'ennui, ses déménagements lui évitaient la dépression. Ses départs étaient rapides, imprévisibles. Elle leur trouvait toujours une justification. Elle avait trouvé un meilleur appartement, plus grand et mieux placé, dans un quartier plus chic.

Presque un an, jour pour jour, après notre première rencontre, elle est entrée dans la cuisine. Elle s'est appuyée contre le manteau de la cheminée. D'une main, elle tripotait le bord de son chapeau, le ruban, son collier, ses bagues. Elle était aussi nerveuse que si elle avait été la domestique, et nous ses patronnes. Elle, qui se tenait toujours bien droite et le menton levé avec arrogance, avait l'air ce jour-là d'une enfant qui vient demander à un adulte l'autorisation de prendre un biscuit. Nous lui avons fait une révérence et, à cet instant, nous avons probablement toutes pensé la même chose. Qu'elle allait nous renvoyer. Le spectre de la pauvreté nous a fait trembler.

Chez Madame, nous avions de la nourriture à profusion et malgré les dures journées de labeur, c'était une bonne vie. Nous sommes restées muettes, les mains croisées devant notre tablier, la tête basse à la regarder à la dérobée.

Elle hésitait. Son regard allait de l'une à l'autre, comme si elle était confrontée à un choix qu'elle répugnait à faire.

« Paris ! » s'est-elle exclamée tout à coup, les bras écartés et les paumes offertes. Un petit vase posé sur la cheminée a fait les frais de sa soudaine euphorie. Les débris de porcelaine se sont répandus entre nos pieds. Je me suis accroupie aussitôt pour les ramasser.

Le silence est revenu dans la pièce. J'ai senti son regard sur moi et j'ai levé les yeux.

« Doris. Fais tes bagages, nous partons demain matin. Les autres, vous pouvez disposer. Je n'ai plus besoin de vous. »

Elle a attendu notre réaction. Elle a vu les larmes dans les yeux des autres filles. Deviné le trouble dans les miens. Comme personne ne disait rien, elle a tourné les talons, hésité une seconde, et elle est sortie. Depuis le couloir, elle a lancé :

« Nous prenons le train demain à sept heures. Jusque-là, tu as quartier libre ! »

C'est ainsi que le lendemain, je me suis retrouvée dans un wagon de troisième classe brinquebalant, en route pour Malmö. Autour de moi, des étrangers se tortillaient inconfortablement sur les banquettes en bois, dont la surface usée me fichait des échardes dans les fesses. La voiture sentait le moisi, la transpiration et le lainage humide, les gens toussaient et se mouchaient. À chaque gare, des passagers descendaient du train et d'autres y montaient. Parfois une paysanne arrivait chargée d'une cage avec des poules ou des canards pour un court trajet entre deux paroisses. Leurs fientes avaient une odeur âcre et les volatiles remplissaient le compartiment de caquètements assourdissants.

Je crois que je ne me suis jamais sentie aussi seule que dans ce train. J'étais en route vers le rêve de mon père, celui qu'il avait partagé avec moi au fil des pages de ses livres, quand mon enfance était encore un cocon douillet. Mais pour moi, ce jour-là, son rêve ressemblait plutôt à un cauchemar. Quelques heures auparavant, je courais aussi vite que mes jambes pouvaient me porter dans les rues de Söder pour embrasser ma mère et lui dire au revoir. Elle a souri, comme doit faire une maman. Elle a ravalé son chagrin et m'a serrée longtemps dans ses bras. Je sentais les battements de son cœur contre ma poitrine, forts et rapides. Ses mains et son front étaient humides de sueur. Son nez était encombré et j'ai eu du mal à reconnaître sa voix à mon oreille.

« *Assez* est le mot que je veux te donner pour t'accompagner dans ton voyage, a-t-elle murmuré. Assez de soleil pour illuminer tes jours, assez de pluie pour apprécier le soleil, assez de joie pour nourrir ton âme, assez de peine pour savoir profiter des petits plaisirs et assez de rencontres pour savoir dire adieu. »

Elle a dû lutter contre ses larmes pour me transmettre ce message, mais quand elle est arrivée au bout, elle n'a pas pu les retenir plus longtemps. Elle a relâché son étreinte et elle est entrée dans la maison. Je l'ai entendue marmonner sans savoir si elle me parlait encore ou si elle se parlait à elle-même.

« Sois forte ! Sois forte ! Sois forte ! répétait-elle.

— À toi aussi, je te souhaite *assez*, maman ! » lui ai-je lancé, sans la suivre.

Agnes était encore avec moi dans la cour. Elle s'est accrochée à mes jambes quand j'ai voulu partir. Je lui ai demandé de me lâcher, mais elle a refusé. Finalement j'ai dû décrocher ses petits doigts boudinés l'un après l'autre et me mettre à courir assez vite pour qu'elle ne puisse pas me rattraper. Je me souviens qu'elle avait de la terre sous les ongles. Et je revois son bonnet de laine grise brodé de petites fleurs rouges. Elle a pleuré très fort, mais elle s'est vite arrêtée. Sans doute parce que maman est venue la chercher. Je regrette encore aujourd'hui de ne pas avoir eu la force de me retourner à cet instant pour agiter la main. De ne pas avoir eu assez de courage pour savoir dire adieu.

Cette phrase de ma mère a été l'étoile qui m'a guidée dans l'existence. Me la rappeler m'a donné de la force chaque fois que j'en ai eu besoin. Assez de force en tout cas pour faire face aux difficultés que j'ai rencontrées. Comme nous en rencontrons tous.

Un petit carnet rouge

S. SERAFIN, DOMINIQUE

Je me rappelle la lune, son mince croissant sur un fond d'encre bleue. Les toits en dessous et le linge aux balcons. La fumée de charbon montant de centaines de cheminées. Le roulement régulier du train qui semblait faire partie de moi. Le jour commençait juste à poindre quand, après un trajet interminable et d'innombrables changements, nous sommes enfin arrivés à la gare du Nord. Je me suis levée et me suis penchée par la fenêtre. J'ai respiré l'air printanier et dit bonjour aux va-nu-pieds qui couraient le long des voies, la main tendue. Certains passagers leur lançaient une pièce et ils s'arrêtaient alors. Se groupaient autour du petit trésor et se battaient pour décider qui l'emporterait.

Moi, je gardais précieusement mon argent. Je l'avais rangé dans une petite bourse plate en cuir, attachée à la ceinture de ma jupe avec un ruban blanc. Je vérifiais sans cesse qu'elle s'y trouvait encore, suivant du bout des doigts sa forme arrondie sous le tissu. Maman me l'avait donnée juste avant mon départ.

C'était l'argent de ses économies, qu'elle gardait pour les imprévus. Peut-être m'aimait-elle, après tout ? J'étais tellement en colère contre elle. Souvent, je me suis dit que je ne voulais plus jamais la revoir, alors qu'elle me manquait terriblement. Il ne se passait pas un jour sans que je pense à elle, et à Agnes.

Cette bourse me rassurait tandis que je roulais vers ma nouvelle vie. Sa pression sur mon ventre m'apaisait. Soudain, le frottement des freins a fait hurler les roues du train, j'ai mis les mains sur mes oreilles et un homme assis sur la banquette en face de moi m'a souri. Je n'ai pas répondu à son sourire et me suis empressée de descendre.

Un porteur chargeait les bagages de Madame sur un chariot en métal noir. J'attendais à côté en regardant s'élever la montagne de valises, mon petit sac de voyage posé à mes pieds. Le jeune porteur faisait des allers-retours entre le train et le quai, le visage baigné de sueur. Il s'épongeait dans sa manche crasseuse. Les sacs, les valises, les cartons à chapeau s'empilaient les uns sur les autres sur le chariot bientôt surchargé.

Les passagers se frayaient un chemin. Les longues jupes sales des pauvresses frôlaient les souliers cirés et les pantalons soigneusement repassés des hommes de la bonne société. Quant aux femmes raffinées, elles se faisaient attendre. Ce n'est que lorsque le quai a été désert, et que les autres voyageurs – en particulier ceux de troisième classe – ont disparu, qu'elles ont descendu majestueusement les trois marches en fer du marchepied, sur leurs hauts talons.

Le visage de Madame s'est éclairé d'un sourire en m'apercevant. Ses premiers mots n'ont cependant pas été pour me dire bonjour. Elle a commencé par se plaindre du trajet trop long et de ses sinistres compagnons de voyage. De son dos qui la faisait souffrir et de la chaleur. Elle mélangeait le français et le suédois et j'ai vite perdu le fil. Mais elle ne semblait pas s'attendre à ce que je lui réponde, de toute façon. Soudain elle a tourné les talons et s'est élancée sur le quai en direction de la gare. Le porteur et moi l'avons suivie. Il poussait le chariot devant lui et devait y mettre tout son poids pour le faire avancer. Alors j'ai attrapé d'une main la barre à l'avant et j'ai tiré pour l'aider. Avec l'autre, je portais mon petit sac de voyage. Ma robe noire était humide de transpiration et une odeur rance et forte montait à mes narines.

La salle des pas perdus, avec ses piliers vert-de-gris élégamment ouvragés, était bondée de monde qui déambulait dans tous les sens, sur le sol en dalles de pierre. Le bruit de leurs semelles résonnait sous la haute voûte. Un petit garçon vêtu d'une chemisette bleu ciel et d'une culotte courte, noire, nous a emboîté le pas, une rose à la main. Sa frange raide tombait devant ses yeux bleus qui me regardaient d'un air suppliant. J'ai secoué la tête mais il a continué à me tendre la fleur en opinant du bonnet. De l'autre main, il mendiait une pièce. Derrière lui marchait une petite fille avec deux grosses nattes brunes et une robe marron trop grande pour elle. Elle vendait du pain et la laine de sa jupe était tachée de farine. Elle brandissait une miche sous mon nez pour me faire sentir la bonne odeur de boulangerie. J'ai secoué la tête et accéléré le pas, mais les enfants ont fait de même. Un monsieur en costume trois-pièces m'a soufflé un gros nuage de fumée au visage. Je me suis mise à tousser et Madame a éclaté de rire.

« Tu es choquée, ma petite ? »

Ellc s'est arrêtée.

« Ici, ce n'est pas du tout comme à Stockholm, n'est-ce pas ? Ah, Paris ! Comme tu m'as manqué ! » a-t-elle ajouté avec grandiloquence, follement heureuse, avant de se lancer dans un long panégyrique en français. Puis elle s'est tournée vers les enfants d'un air sévère, leur a dit quelques mots, qu'ils ont écoutés attentivement. La fille a fait une révérence, le garçon s'est incliné respectueusement et ils se sont enfuis à toutes jambes.

Un chauffeur nous attendait devant la gare, à côté d'une grosse voiture noire. Il nous a ouvert la portière arrière. C'était la première fois que je montais dans une automobile. Le siège était fait du cuir le plus doux qu'on pût imaginer. Quand je me suis assise, l'odeur m'a envahi les narines et j'en ai été bouleversée. Elle me rappelait mon père.

Le plancher était garni de petits tapis persans dans les tons rouge, noir et blanc. J'ai posé mes pieds de part et d'autre pour ne pas les salir.

Gösta m'avait parlé des rues, de la musique et des parfums. Il m'avait décrit les maisons biscornues de Montmartre. J'ai regardé défiler, ébahie, les façades blanches joliment ornementées. Madame aurait été parfaitement à sa place dans ces beaux quartiers. Elle aurait ressemblé à toutes les autres dames distinguées qui déambulaient sur les trottoirs avec leurs jolies robes et leurs bijoux coûteux. Mais ce n'est pas là que nous nous sommes arrêtées. Madame n'avait pas envie de ressembler aux autres. Elle voulait se démarquer de son entourage. Elle voulait bousculer l'ordre établi. Pour elle, la différence était la norme. C'était pour cela qu'elle aimait à s'entourer d'artistes, d'écrivains et de philosophes.

C'était à Montmartre qu'elle se sentait chez elle. Lentement, nous avons gravi la colline escarpée, jusqu'à une petite maison peinte à la chaux avec une porte rouge, en bois. Madame était surexcitée, son rire résonnait dans la voiture. Elle débordait d'enthousiasme en m'entraînant dans les pièces de la maison qui sentait l'humidité et le renfermé. Les meubles étaient recouverts de draps. Madame courait d'une pièce à l'autre en les arrachant au passage, dévoilant les tapisseries multicolores et les bois sombres et sculptés. La décoration faisait penser à celle de l'appartement de Södermalm. Ici aussi, les murs étaient couverts de tableaux, accrochés sur plusieurs rangées. Des motifs abstraits, des thèmes divers. Classique et moderne dans un joyeux mélange. Il y avait des livres partout. Des centaines de livres. Rien que dans le salon se dressaient trois grandes bibliothèques murales, remplies de volumes reliés en cuir fin. Un escabeau sur rails était appuyé à l'une d'elles, permettant d'accéder aux étagères supérieures.

Madame a quitté la pièce et moi je suis restée pour lire les noms des auteurs. Jonathan Swift, Rousseau, Goethe, Voltaire, Dostoïevski, Arthur Conan Doyle. Des noms que, jusque-là, j'avais seulement entendu mentionner. Ils étaient tous là. Ces ouvrages recelaient des idées dont on avait discuté en ma présence, mais que je n'avais pas comprises. J'en ai sorti un d'une étagère pour m'apercevoir qu'il était en français. Ils étaient tous en français. Je me suis écroulée dans un fauteuil en marmonnant les quelques mots que je connaissais dans cette langue. *Bonjour, au revoir, pardon, oui.* Le voyage et toutes ces nouvelles aventures m'avaient épuisée. Je ne parvenais plus à garder les yeux ouverts.

Quand je me suis réveillée, Madame avait posé sur moi un plaid au crochet. Je me suis enroulée dedans. Le vent soufflait à travers une fenêtre ouverte. Je me suis levée pour la fermer. Puis je me suis assise devant un petit bureau pour écrire une lettre à Gösta, ce que je m'étais promis de faire dès mon arrivée. J'ai rassemblé toutes mes impressions et je les ai décrites, comme j'ai pu, avec mon vocabulaire naïf de petite fille de treize ans. Le bruit de mes pas sur le quai de la gare, les odeurs nouvelles, les deux enfants avec leur miche de pain et leurs fleurs, les chanteurs de rue aperçus sur les trottoirs, Montmartre. Tout.

Je savais qu'il attendait de moi que je lui raconte chaque détail.

4

« La semaine prochaine, vous aurez une nouvelle auxiliaire de vie. Une remplaçante. » Ulrika parle toujours trop fort et éprouve le besoin agaçant de détacher chaque syllabe. « Je pars en vacances aux îles Canaries. »

Doris recule d'un pas, mais Ulrika avance en même temps et hausse encore la voix.

« Ça va me faire du bien de partir un peu et de me détendre. Il y a même une garderie pour les enfants. Comme ça, les parents peuvent passer la journée à bronzer tranquillement sur une chaise longue. Du soleil et de la chaleur. Vous vous imaginez, Doris ? Les Canaries ? Je parie que vous n'y êtes jamais allée, je me trompe ? »

Doris la regarde. Ulrika plie du linge, n'importe comment et à la hâte. Les manches vont être froissées. Elle l'empile. Les mots dégoulinent de sa bouche et le tas grandit.

« L'endroit où nous allons s'appelle Maspalomas. C'est peut-être un peu touristique, mais nous avons réservé dans un bel hôtel. Pas cher, en plus. À peine mille couronnes de plus que ce qu'on aurait payé pour une chambre dans un hôtel minable. Les petits vont pouvoir jouer dans la piscine et sur la plage. Il y a une belle grande plage de sable avec des dunes. Je crois que le sable vient d'Afrique. Il paraît qu'il a été apporté par les tempêtes. »

Doris regarde par la fenêtre. Elle prend sa loupe sur la table et cherche son ami l'écureuil.

« Vous, les vieux, vous pensez qu'on est fous de voyager à droite à gauche. Ma grand-mère s'étonne toujours que je veuille partir alors qu'on est si bien en Suède. Mais c'est amusant. Et c'est bon pour les enfants de découvrir le monde. Bon, maintenant, à nous, Doris. J'ai fini de plier le linge. On va aller prendre la douche. Vous êtes prête ? »

Doris se tourne vers Ulrika avec un sourire forcé, abaisse la loupe et la repose à sa place, parfaitement parallèle au bord de la table. L'écureuil ne s'est pas montré. Elle se demande où il niche. Et s'il avait été écrasé par une voiture ? Cet inconscient s'obstine à traverser la route sans arrêt. Elle sursaute en sentant les doigts d'Ulrika s'enfoncer sous ses aisselles.

« Et un, et deux, et trois ! »

Elle l'aide à se lever puis la retient pendant quelques secondes, le temps que le vertige passe.

« Vous me direz quand vous serez prête et on ira tranquillement vous installer dans votre spa personnel. »

Doris acquiesce mollement.

« Vous n'aimeriez pas avoir votre propre spa à la maison ? Avec un bain à remous, une masseuse personnelle et un soin du visage tous les jours ? Ce serait bien, non ? » Ulrika rit toute seule de son idée. « Je vous achèterai un masque pour le visage à l'aéroport et quand je reviendrai, vous aurez droit à un traitement spécial. Comme à l'institut de beauté. On va bien s'amuser. »

Doris hoche la tête et sourit aux bêtises d'Ulrika. Elle évite de commenter sa proposition de soin esthétique.

Dans la salle de bains, elle lève docilement les bras et laisse l'auxiliaire de vie lui retirer son haut, puis son pantalon, la déshabiller entièrement. Elle entre dans la douche à pas prudents. S'assied au bord du grand tabouret au siège percé que lui ont fourni les services sociaux de la commune. Elle tient la pomme de douche contre sa poitrine et laisse couler l'eau chaude sur sa peau. Elle ferme les yeux et jouit du moment. Ulrika la laisse seule et s'en va dans la cuisine. Doris monte la température et arrondit le dos. Le bruit de l'eau a toujours eu sur elle un effet apaisant.

Un petit carnet rouge

~~S. SERAFIN, DOMINIQUE~~ DÉCÉDÉE

J'avais découvert un lieu très spécial. Une petite place, tout près de la maison. La place Émile-Goudeau. Il y avait un banc et une jolie fontaine qui représentait quatre femmes les bras levés, retenant une coupole. Cette fontaine dégageait une véritable force et j'adorais écouter le bruit de l'eau ruisselant sur leurs robes longues. Il me faisait penser à Stockholm, à Södermalm et au bord de mer. À Paris, il n'y avait que la Seine et elle était loin de Montmartre. Les longues journées de travail chez Madame ne me laissaient pas le temps d'aller me promener sur les berges. Alors la fontaine sur la place est devenue mon havre.

Je m'y rendais parfois l'après-midi, pour écrire à Gösta pendant que Madame faisait la sieste. Nous échangions de nombreuses lettres. Je lui envoyais des photos de moi et de toutes ces choses qui lui manquaient tant. Les Parisiens, la nourriture, la culture, les squares, la vue sur Paris depuis le parvis du Sacré-Cœur. Les artistes qui étaient ses amis. Lui m'envoyait des photos de Stockholm. De ce qui me manquait à moi.

Chère Doris,

Tes histoires sont un élixir de vie. Elles me donnent le courage et la force de créer. Je peins comme jamais auparavant. Le flot d'images que tu me transmets par tes lettres m'aide à voir à nouveau la beauté qui m'entoure. L'eau. Les maisons. Un marin debout sur le quai. Toutes ces choses que je ne voyais plus depuis quelque temps.

Tu écris si bien, mon amie. Peut-être seras-tu écrivain un jour. Continue d'écrire. Si tu sens la moindre vocation dans ce sens, ne l'ignore pas. On naît artiste. C'est un pouvoir divin que nous avons l'honneur de servir. Je crois en toi, Doris. Je crois que tu détiens la force créatrice.

Il pleut à verse, aujourd'hui. Les gouttes tombent sur les pavés avec une telle violence que j'en entends l'impact depuis mon appartement au troisième étage. Les nuages sont si noirs que j'ai l'impression qu'ils me tomberaient sur la tête si je m'aventurais dehors. Alors je reste chez moi. Je peins. Je médite. Je lis. Parfois, je passe un moment avec un ami. Mais c'est lui qui vient me rendre visite. Je refuse de plonger dans la dépression sans fond qui accompagne la fin de l'automne en Suède. Je n'ai jamais autant souffert du manque de lumière qu'à présent. J'imagine l'automne à Paris. La douceur de l'air. Les couleurs chaudes.

Prends soin du temps qui passe. Je sais que tu as envie de rentrer chez toi. Je sens ta nostalgie, même si tu n'en parles pas. Chéris chaque heure que tu vis. Je suis sûr que ta mère et ta sœur vont bien, tu ne dois pas te faire de soucis pour elles. J'irai leur rendre visite pour m'en assurer.

Merci pour toute cette force que tu me donnes par tes lettres. Merci, chère Doris.

Écris-moi encore.

J'ai gardé ses lettres. Elles sont rangées dans une petite boîte en fer sous mon lit et elles m'ont accompagnée toute ma vie. Je les relis de temps en temps. Je pense que c'est Gösta qui m'a aidée à supporter les premiers temps, à Paris. Que sans lui, je n'aurais pas trouvé le courage d'apprécier cette ville qui m'était tellement étrangère. C'est par ses yeux que j'ai vu ce qu'il y avait à voir.

Je ne sais pas ce qu'il a fait des miennes. Peut-être les a-t-il brûlées dans la cheminée devant laquelle il s'asseyait si souvent. Mais je me rappelle tout ce que je lui ai écrit. Je me souviens des scènes détaillées que je lui décrivais. Le jaune des feuilles mortes tombant sur les rues de Paris. Les courants d'air froid qui passaient sous les fenêtres et me réveillaient la nuit. Les soirées de Madame auxquelles assistaient des artistes comme Léger, Archipenko et Rosenberg. L'immeuble de Montparnasse, au 86, rue Notre-Dame-des-Champs, où Gösta avait séjourné. Je suis entrée et je suis montée jusqu'au dernier étage afin de noter pour lui les noms inscrits sur chaque porte. Il a adoré ça. Il connaissait des gens qui vivaient encore là et certains lui manquaient. Je lui parlais de Madame et lui disais qu'elle donnait moins de fêtes qu'à Stockholm et préférait écumer les nuits parisiennes à la recherche de nouveaux artistes et de nouveaux écrivains à séduire. Je lui disais qu'elle dormait de plus en plus tard l'après-midi, ce qui me laissait le temps de lire.

J'ai appris le français à l'aide des livres de la bibliothèque et d'un dictionnaire. J'ai commencé par les moins épais et j'ai continué, volume après volume. Tous ces ouvrages merveilleux qui m'ont tant appris sur la vie et sur le monde. L'Europe, l'Afrique, l'Asie, l'Amérique étaient réunies sur ces étagères. Tous les pays, leurs parfums, leur climat, leur culture. Et leurs habitants. Ils vivaient dans des mondes différents et pourtant, ils étaient si semblables. Remplis de peurs, de doutes, de haine et d'amour. Comme nous tous. Comme Gösta. Comme moi.

J'aurais pu rester là pour toujours. Ma place était au milieu des livres, c'était parmi eux que j'étais heureuse. Malheureusement, cet état de grâce n'a pas duré.

Un jour, alors que je rentrais d'une course chez le boucher, mon panier plein de charcuterie, quelqu'un m'a arrêtée dans la rue. Pour une seule raison. Et aujourd'hui où mon corps perclus de rhumatismes et mes rides ont eu raison de ma beauté passée, j'ai plaisir à le dire : ce quelqu'un m'a arrêtée dans la rue parce que j'étais belle.

Un homme en costume noir a bondi d'une voiture qui s'est immobilisée au beau milieu de la circulation, pourtant très dense. Il a pris mon visage entre ses mains et m'a regardée dans les yeux. Mon français était encore très approximatif et il parlait si vite que je n'ai pas saisi tout ce qu'il me disait. Tout ce que j'ai compris, c'est qu'il me voulait. J'ai eu très peur et je me suis enfuie. J'ai couru aussi vite que j'ai pu, mais il m'a suivie avec sa voiture qui roulait au pas derrière moi. En arrivant devant la maison de Madame, je me suis précipitée à l'intérieur, j'ai claqué la porte et fermé tous les verrous.

L'homme est venu tirer la sonnette. Il a insisté jusqu'à ce que Madame vienne lui ouvrir elle-même, ce qu'elle a fait non sans m'injurier copieusement en français parce que cela faisait partie de mes attributions.

Dès qu'elle a découvert l'identité de son visiteur, son humeur a changé et, avec empressement, elle a invité le monsieur à entrer. Elle m'a fusillée du regard et m'a congédiée d'un geste. Elle faisait la belle et elle était aux petits soins pour lui, comme s'il avait été une altesse royale. Je n'y comprenais rien. Elle l'a conduit au salon, puis au bout de quelques minutes, elle a déboulé dans la cuisine où je me trouvais.

« Débarbouille-toi, arrange-toi ! Retire ton tablier. Mon Dieu, Monsieur veut te voir. »

Elle a pincé mes joues entre son pouce et son index pour les faire rosir.

« Voilà, c'est mieux. Souris, ma fille. Souris ! » a-t-elle chuchoté en me poussant devant elle. J'ai souri timidement à l'homme assis dans le fauteuil et il s'est levé aussitôt. Il m'a examinée des pieds à la tête. Il a regardé mes yeux, touché ma peau, pris ma taille fine entre ses mains. Il a poussé un soupir d'aise en touchant les lobes de mes oreilles. Quand il a eu fini de me tripoter, il m'a observée sans rien dire avant de retourner s'asseoir, à reculons. Comme je ne savais pas quoi faire, je suis restée plantée là à contempler le bout de mes souliers.

« Oui ! » s'est-il finalement écrié en cachant son visage dans ses mains. Ensuite, il s'est relevé et il m'a fait tourner sur moi-même plusieurs fois.

« Oui ! » a-t-il répété, quand je me suis arrêtée de tourner.

Madame riait, enchantée. Puis il s'est passé quelque chose de très bizarre. Elle m'a invitée à m'asseoir. Sur le sofa. Dans le salon. Avec eux. Elle a gloussé en voyant mes yeux écarquillés de surprise puis a réitéré son invitation d'un geste impérieux, pour me montrer qu'elle ne plaisantait pas. Je me suis assise tout au bord du canapé, les genoux serrés et le dos droit. J'ai lissé la jupe noire de ma tenue de travail qui était un peu froissée sur le devant, à l'endroit qu'aurait dû cacher mon tablier, et j'ai écouté avec attention leur conversation en français. Mais j'avoue que même les phrases que je comprenais me semblaient dénuées de sens. Je ne savais toujours pas qui était cet homme et pourquoi Madame en faisait si grand cas.

« Ma fille, je te présente Jean Ponsard », a-t-elle dit tout à coup dans un suédois teinté d'accent français. Comme si j'étais supposée savoir qui il était. « M. Ponsard est un grand couturier. Il veut t'engager comme mannequin pour porter ses créations. »

J'ai haussé les sourcils, étonnée. Mannequin ? Moi ? Je n'étais même pas sûre de savoir ce qu'était un mannequin, exactement. Madame m'a regardée, avec dans ses yeux verts une attente fébrile. Elle avait les lèvres entrouvertes, comme si elle s'apprêtait à répondre à ma place.

« Tu ne comprends pas ? Tu vas être célèbre. C'est le rêve de toutes les jeunes filles. Souris, au moins ! » Son irritation devant mon silence était si évidente que j'ai commencé à trembler. Elle a secoué la tête et a reniflé avec mépris et puis elle m'a dit d'aller rassembler mes affaires.

Une demi-heure plus tard, j'étais assise à l'arrière de la voiture de M. Ponsard. La valise qui se trouvait dans le coffre contenait mes vêtements mais pas un seul livre. Je les avais tous laissés chez Madame.

Je ne l'ai jamais revue. Bien plus tard, j'ai appris que la boisson l'avait emportée. On l'a retrouvée dans sa baignoire. Noyée.

5

« Jo-yeux a-nni-ver-saire, jo-yeux a-nni-ver-saire… » Doris s'arrête un instant. Elle a un chat dans la gorge. Elle est déjà couchée. Elle reprend la chanson, en regardant bien la caméra intégrée : « Joyeux aaa-nni-ver-saire, Jenny, jo-yeux a-nni-ver-saire ! » Quand elle a terminé, les enfants de Jenny l'applaudissent.

« Merveilleuse Doris ! Merci, merci ! Mais comment fais-tu pour toujours te souvenir de la date ?

— Comment pourrais-je l'oublier ?

— Évidemment ! Plus rien n'a été pareil après que je suis venue au monde, n'est-ce pas ?

— Exactement, ma chérie. Tu as changé ma vie. Tu étais tellement sage ! Et tellement mignonne quand tu éclatais de rire dans ton parc.

— J'ai peur que tu commences à perdre la mémoire, ma petite tante chérie. Je n'étais pas sage du tout. Les enfants sont insupportables et je ne faisais pas exception à la règle.

— Si, je t'assure. Tu étais un petit ange. Toutes les fées s'étaient penchées sur ton berceau, je m'en souviens parfaitement. »

Elle pose les doigts sur ses lèvres et envoie un baiser volant que Jenny fait semblant d'attraper.

« Peut-être que je faisais un effort pour être gentille quand tu étais là. J'avais besoin de toi.

— C'est possible. Et moi de toi. Bref, nous avions besoin l'une de l'autre.

— Au présent, s'il te plaît. Nous avons toujours besoin l'une de l'autre. Tu ne veux pas sauter dans un avion et venir ici ?

— Tu es folle. J'en suis incapable. Tu as soufflé tes bougies, déjà ?

— Non, pas encore. Ce soir. Quand les enfants seront rentrés de leurs activités. On mangera le gâteau une demi-heure avant de les coucher. » Jenny fait la grimace.

« Ça te fera du bien. Tu es maigre comme un clou. Tu es sûre que tu manges correctement ?

— Décidément, je crois que tu as aussi la vue qui baisse, Doris. Tu ne vois pas le pneu que j'ai là ? »

Elle se tape sur le ventre et saisit un bourrelet entre ses doigts.

« Non, moi je ne vois qu'une mince et ravissante mère de trois enfants. Ne commence pas à vouloir perdre du poids avec toute l'énergie que tu dépenses. Tu es parfaite. Un petit morceau de gâteau de temps en temps ne te ferait pas de mal.

— Tu mens toujours aussi bien. Tu te souviens du jour où je devais aller au bal de mon lycée et où j'ai découvert que ma robe était trop petite ? Elle était tellement serrée qu'elle craquait aux coutures. Tu as trouvé une solution en deux secondes avec ce châle que tu as noué autour de ma taille. »

Les yeux de Doris brillent à l'écran. « Oui, je me souviens. C'est vrai que tu étais un peu boulotte en ce temps-là. C'était l'époque de ce beau brun… Comment s'appelait-il, déjà, Morgan ? Michael ?

— Marcus. Marcus, l'amour de ma vie.

— Tu étais dévastée quand il a rompu. Tu t'es mise à manger des biscuits au chocolat pour le petit déjeuner.

— Je mangeais des biscuits au chocolat toute la journée, tu veux dire ! J'en avais caché partout dans ma chambre. Pire qu'une alcoolique. J'étais devenue *addict* au chocolat. Mon Dieu ce que j'étais malheureuse. Et je suis devenue énorme, en plus !

— Heureusement que tu as fini par rencontrer Willie. Et qu'il est venu mettre de l'ordre dans ta vie.

— De l'ordre, je ne sais pas. » Elle montre les tas de prospectus, de verres sales et de jouets qui jonchent la table de la cuisine.

« Enfin en tout cas, tu n'es plus grosse », réplique Doris.

— Non, je vois ce que tu veux dire, rétorque Jenny en riant. Disons que je ne suis plus énorme.

— Nous sommes d'accord. Je ne vois pas Tyra ? Elle dort ?

— Tu plaisantes ? Cette enfant ne dort jamais. Elle est là. » Jenny dirige la caméra vers le sol pour que Doris puisse voir la petite fille très concentrée sur le contenu d'un seau en plastique aux couleurs criardes.

« Bonjour, Tyra ! dit Doris gaiement. Qu'est-ce que tu fais, tu joues ? Tu en as un joli seau ! »

La fillette fait un grand sourire et secoue le seau qui fait un vacarme terrible.

« Elle comprend bien le suédois, dis donc !

— Bien sûr ! Je ne lui parle qu'en suédois. Enfin presque. Et puis elle regarde *Bolibompa*[1] sur l'ordinateur.

— C'est bien. Et les autres ?

— Les autres, je leur parle en suédois et ils me répondent en anglais. Je ne sais pas ce qu'ils retiennent. À moi aussi, il m'arrive d'oublier des mots. Ce n'est pas facile.

— Tu fais ce que tu peux, ma chérie. Tu as reçu ma lettre ?

— Oui, merci ! Elle est arrivée à temps. Et merci pour l'argent, aussi. Je vais acheter quelque chose de joli, avec.

— Quelque chose pour toi, hein ?

— Pour nous, en tout cas.

— Ah, non ! Tu connais la règle. Il faut que ce soit un objet qui ne soit que pour toi. Pas pour les enfants. Ni pour Willie. Tu mérites de te gâter un peu de temps en temps. Achète-toi un joli pull-over. Ou bien du maquillage. Ou bien offre-toi une de ces séances de spa dont tout le monde dit tant de bien. Ah non, je sais, sors avec une copine et amusez-vous toute la nuit.

— On verra. J'aimerais bien aller au restaurant avec toi et rigoler en nous rappelant des vieux souvenirs. Je te promets qu'on viendra te voir cet été. Toute la famille. Il faut que tu… »

---

1. *Bolibompa* : émission jeunesse. Sorte de Casimir suédois.

Doris fronce les sourcils. « Vas-y, tu peux le dire, tu sais : Il faut que je reste en vie jusque-là, c'est ça ?

— Non, ce n'est pas ce que je voulais dire. Enfin, si, bien sûr qu'il faut que tu restes en vie. Éternellement !

— Hum ! Je suis une vieille dame, maintenant, Jenny. Je n'arrive presque plus à me lever de ma chaise toute seule. Tu ne crois pas qu'il vaut mieux mourir, quand on en est là ? »

Elle regarde Jenny d'un air grave, mais très vite elle retrouve son sourire et s'exclame :

« Mais je n'ai pas l'intention de partir avant d'avoir pincé les joues de cette petite princesse ! Qu'est-ce que tu en penses, Tyra ? Il faut que nous fassions connaissance toutes les deux ! Pas vrai ? »

Tyra agite la main vers Doris pendant que Jenny lui envoie des dizaines de baisers volants des deux mains, avant de lui dire au revoir et de couper la communication. L'écran, qui l'instant d'avant était plein de vie et d'amour, devient noir. Comment le silence peut-il être aussi terrassant ?

Un petit carnet rouge

P. PONSARD, JEAN

J'avais l'impression d'avoir été vendue comme du bétail à la foire. Comme si on ne me laissait pas d'autre choix que de m'asseoir dans cette voiture et de partir vers l'inconnu. De dire adieu à ma vie tranquille derrière la porte rouge de Madame. Au moins, elle parlait ma langue. Elle avait marché dans les mêmes rues que moi.

M. Ponsard, lui, ne me parlait pas du tout, bien que nous soyons assis l'un à côté de l'autre sur la banquette arrière. Il n'a pas dit un mot pendant tout le trajet. Il n'a fait que regarder dehors. Les pneus rebondissaient sur les pavés en descendant la butte et j'enfonçais mes doigts sous le siège pour garder l'équilibre.

Il était élégant avec ses cheveux poivre et sel, sa coiffure bien lisse, la matière lustrée de son costume, ses gants en cuir fin, blancs, impeccables, sans la moindre tache. Ses souliers noirs étaient si bien cirés qu'on aurait pu se mirer dedans. Je contemplais ma propre tenue. Le noir de ma robe avait l'air sale dans la lumière du soleil qui filtrait par la vitre. J'ai passé la main dessus. Retiré quelques grains de poussière, gratté une petite trace de pâte avec mon ongle. Le pain devait être encore en train de lever dans la cuisine de Madame.

Il ne m'a jamais posé de question sur moi. Je crois qu'il ignorait même de quel pays je venais. Ce que j'avais dans la tête ne l'intéressait pas. Il n'y a probablement rien de plus avilissant que de mépriser l'intelligence de quelqu'un. De ne s'intéresser qu'à son apparence physique. Il n'a pas mis longtemps, en revanche, à remarquer mes défauts. Mes cheveux trop secs et trop indisciplinés. Ma peau trop mate. Mes oreilles trop décollées. Mes pieds trop grands pour les chaussures. Mes hanches, trop étroites, ou trop larges, en fonction du vêtement que j'essayais.

Mon sac de voyage est devenu toute ma garde-robe. Je n'aurais jamais cru rester aussi longtemps. Je l'ai glissé sous le lit de l'appartement que je partageais avec quatre autres mannequins. Nous étions toutes aussi jeunes, toutes aussi perdues.

Une matrone au regard dur et à la bouche pincée s'occupait de nous. Une expression d'éternel mécontentement avait sculpté les rides de son visage. Elles allaient des commissures des lèvres au menton, creusant deux abîmes d'amertume. Et au-dessus des lèvres, elles avaient sculpté des sillons nets comme des blessures qui lui donnaient l'air d'être éternellement fâchée, même quand elle somnolait dans le fauteuil du salon. La haine évidente qu'elle nous vouait, à nous, les jolies filles avec qui elle était condamnée à vivre, se traduisait de multiples façons, mais tout particulièrement dans sa manie obsessionnelle de contrôler nos repas. Nous n'avions droit à aucune nourriture après dix-huit heures. Celles qui rentraient plus tard se couchaient le ventre vide. Nous avions l'interdiction de sortir après dix-neuf heures. C'était son rôle de veiller à ce que nous ayons le teint frais et reposé le matin.

Elle ne nous adressait jamais la parole. Quand elle avait un moment de loisir, elle le passait à tricoter de la layette dans son fauteuil. Je me suis toujours demandé pour qui, si c'était son enfant et quand elle trouvait le temps de le voir.

Nous travaillions dur. Les journées étaient longues. On nous mettait des jolies robes que nous montrions dans les grands magasins et parfois dans les vitrines, en nous tenant bien droites. Des bonnes femmes nous pinçaient ici et là, elles palpaient les étoffes, examinaient les coutures et se plaignaient de détails ridicules pour faire baisser les prix. Parfois, nous posions pendant des heures devant un appareil photo. On nous demandait de bouger la tête, les mains et les pieds de quelques millimètres, afin d'obtenir l'attitude parfaite. Et ensuite, nous devions rester totalement immobiles jusqu'à ce que le photographe ait appuyé sur le déclencheur. C'était ça, être mannequin.

Avec le temps, j'ai appris à connaître mon visage sous tous les angles. Je savais comment modifier mon regard en plissant légèrement les yeux – pas trop, bien sûr, pour ne pas avoir de poches, mais assez pour lui ajouter du mystère et de l'intensité. Avec l'expérience, je savais d'une simple rotation des hanches donner une allure différente à mon corps.

M. Ponsard nous surveillait avec attention. Si nous étions trop pâles, il venait lui-même nous pincer les joues. Sans jamais nous regarder dans les yeux, il nous faisait mal avec ses doigts minces et manucurés et hochait la tête avec satisfaction quand il voyait le rose se répandre sur nos pommettes. Les larmes, nous les ravalions d'un battement de cils.

6

« Vous pleurez ? »

La remplaçante se penche sur elle en la trouvant les coudes appuyés sur la table, le visage dans les mains. Doris sursaute et s'essuie rapidement les yeux.

« Mais non », répond-elle, mais le tremblement dans sa voix la trahit. Elle rassemble quelques clichés en noir et blanc, les retourne sur l'envers.

« Je peux voir ? »

Sara, c'est son nom, est déjà venue deux fois. Doris secoue la tête.

« Ce n'est rien. Juste de vieilles photos. Des amis disparus. Tout le monde meurt. Les gens s'obstinent à vouloir vivre le plus longtemps possible, mais ce n'est pas drôle, vous savez, d'être la plus vieille. La vie n'a plus de sens quand tous les autres sont déjà morts.

— Vous voulez bien me montrer ? J'aimerais bien voir les personnes qui ont compté pour vous. »

Elle tripote un instant le tas de photographies. Hésite. Sa main reste suspendue.

« Vous avez une photo de votre maman, peut-être ? » hasarde Sara.

Doris choisit une photo. La regarde un instant.

« Je ne l'ai pas beaucoup connue. Seulement pendant mes treize premières années.

— Que s'est-il passé ? Elle est morte ?

— Non. Mais c'est une longue histoire. Trop longue pour vous intéresser.

— Vous n'êtes pas obligée de me raconter, si vous n'en avez pas envie. Choisissez-en une autre. »

Doris retourne la photo d'un jeune homme. Il est appuyé contre un tronc d'arbre, les jambes croisées, une main dans la poche. Il sourit. Ses dents blanches illuminent son visage. Elle s'empresse de la remettre à l'envers.

« Beau garçon. Qui est-ce ? Votre mari ?

— Non. Juste un ami.

— Il est encore en vie ?

— Je n'en sais rien. Je ne crois pas. Je l'ai rencontré il y a longtemps. Mais ce serait merveilleux s'il l'était. »

Doris sourit, mutine, et caresse le dos de la photographie.

Sara pose son bras autour des épaules de Doris sans rien dire. Elle est tellement différente d'Ulrika. Tellement plus douce et plus gentille.

« Vous êtes obligée d'arrêter au retour d'Ulrika ? Vous ne pourriez pas rester plus longtemps ?

— Malheureusement non. Dès qu'Ulrika sera rentrée, nous reprendrons le planning habituel. Mais en attendant, on va passer de bons moments, toutes les deux. Vous avez faim ? »

Doris acquiesce. Sara soulève le papier aluminium et pose la nourriture sur une assiette. Elle sépare soigneusement la purée, les légumes verts et la viande. Aplatit la purée avec une cuillère. Quand le plat est chaud, elle découpe une tomate et la pose en demi-lune dans un coin.

« Voilà. Appétissant, non ? dit-elle gaiement en posant l'assiette devant Doris.

— Merci, c'est gentil de présenter la nourriture comme ça. »

Sara la regarde, surprise.

« C'est joli et ce n'est pas en bouillie.

— Pourquoi, d'habitude c'est en bouillie ? » Sara fait la grimace. « Ça ne va pas du tout, ça. Il va falloir faire quelque chose. »

Doris sourit, un peu inquiète, et prend une bouchée. C'est bien meilleur que d'habitude.

« C'est quand même bien, les photos. » Sara regarde la pile de clichés sur la table, à côté de deux boîtes vides, en fer-blanc. « Ça aide à se souvenir d'événements qu'on aurait peut-être oubliés.

— Et aussi d'événements dont on préférerait ne pas se souvenir.

— C'est pour ça que vous pleuriez quand je suis arrivée ? »

Doris hoche la tête. Regarde ses mains sur la table, les doigts entrelacés. Sa peau est sèche et ridée, et ses veines d'un bleu sombre sont comme posées à la surface. Elle tend à Sara la photo d'une femme et d'une petite fille.

« Ma mère et ma sœur », dit-elle en essuyant une nouvelle larme.

Sara prend le cliché. L'observe longuement.

« Vous ressemblez à votre mère, vous avez la même étincelle dans les yeux. C'est ce qui rend les gens beaux, je trouve : avoir de la vie dans le regard. »

Doris acquiesce.

« Mais maintenant, ils sont tous morts. Ou terriblement loin. C'est triste.

— Et si vous rangiez ces photos dans deux tas différents ? Un pour celles qui vous font du bien et un autre pour celles qui vous font de la peine ? »

Sara se lève pour aller fouiller dans les tiroirs de la cuisine.

« Ah ! » s'écrie-t-elle triomphalement en trouvant ce qu'elle cherchait : un gros rouleau de Scotch. « On va mettre toutes les photos négatives dans une boîte et on va la fermer avec tout un rouleau d'adhésif.

— On peut dire que vous ne manquez pas d'idées ! pouffe Doris.

— Il n'y a plus qu'à la mettre à exécution ! » réplique Sara, gaiement. Quand Doris a fini de manger, la jeune femme prend les commandes des opérations. Elle pose les photos devant Doris une par une et Doris désigne la boîte dans laquelle elles doivent aller. Sara ne pose aucune question malgré sa curiosité. Elle regarde défiler tous ces gens, de tous les milieux, appartenant à des époques révolues. Elle se contente de poser les images à l'envers dans les boîtes pour que Doris n'ait plus à les regarder. Un grand nombre de vieux clichés fanés en noir et blanc atterrissent dans la boîte des mauvais souvenirs. Beaucoup de photos modernes, en couleur, sur lesquelles des enfants rient aux éclats, trouvent leur place dans la boîte des bons. Sara observe le visage de la vieille dame pendant qu'elle fait son choix, elle lui caresse doucement le dos.

Bientôt le tri est terminé. Sara déroule le Scotch transparent autour de la boîte négative, encore et encore. Elle retourne fouiller dans les tiroirs, trouve d'autres rouleaux d'adhésif. Du Scotch de peintre, et pour finir, elle ajoute plusieurs couches de gaffer argenté et pose triomphalement la boîte momifiée devant Doris.

« Et maintenant, je vous défie de l'ouvrir ! » claironne-t-elle avec un sourire jusqu'aux oreilles en tapant sur la boîte.

Un petit carnet rouge

N. NILSSON, GÖSTA

La page sous mes yeux restait blanche. J'étais fatiguée. Vide de mots. Vide de joie. J'étais assise sur mon lit, appuyée au mur, avec un oreiller dans le dos. La pièce était verte et sa couleur à elle seule me donnait la nausée. Je ne pouvais plus supporter le motif répétitif du papier peint. De grandes fleurs grasses d'un vert pâle se détachaient sur un fond vert sombre, dans un entrelacs de longues tiges souples et feuillues. Chaque fois que j'ai vu un papier peint comme celui-là par la suite, il m'a rappelé les soirées interminables passées dans cette chambre, l'ennui, la fatigue, la feinte camaraderie entre nous, les mannequins, mes courbatures et la tristesse de mon âme.

Je voulais écrire à Gösta, lui raconter tout ce qu'il brûlait d'entendre. Mais c'était au-dessus de mes forces. Il n'y avait plus de jolis mots dans ma tête pour décrire cette ville que j'avais fini par haïr. Les derniers rayons dorés du soleil s'insinuaient par la fenêtre, rendant plus laid encore le papier sur les murs. Je tournais doucement le stylo pour que la lumière se reflète sur sa surface brillante et rebondisse sur la tapisserie. Un mince rai lumineux s'est mis à danser tandis que je racontais les événements des dernières semaines. Déprimée, j'essayais malgré tout de transformer mes impressions en un récit distrayant.

Ma tête me faisait mal et je me suis massé les tempes pour atténuer la douleur. Les rouleaux piquants et durs sur lesquels les coiffeuses enroulaient nos cheveux tous les matins laissaient des marques rouges et même parfois des petits trous dans le cuir chevelu. Elles n'y allaient pas de main morte, tiraient et tordaient notre chevelure jusqu'à obtenir la coiffure parfaite. Chaque photo, chaque défilé, était un travail d'équipe à la recherche de cette perfection. Mon rôle à moi était d'être aussi belle le lendemain et le surlendemain. Aucun trou dans la tête, aucun bouton sur ma figure ne devait gâcher l'image d'une femme jeune et fraîche. Une femme à qui toutes les autres voulaient ressembler.

Mon physique était mon arme et mon outil. Je lui sacrifiais tout. Je faisais des régimes. J'étranglais ma taille dans des gaines et des corsets. Je posais tous les soirs sur mon visage des masques de beauté que je fabriquais moi-même avec du lait et du miel. J'enduisais mes jambes de liniment pour chevaux supposé favoriser la circulation. Jamais satisfaite, toujours en quête d'une beauté encore plus parfaite.

Tout cela pour quoi, je vous le demande.

J'étais belle naturellement. Mes yeux étaient grands et vifs avant d'être cernés. Mon teint était clair et lumineux avant que les rayons du soleil ne viennent en modifier la complexion. La peau de mon cou était lisse. Aucun produit de beauté au monde n'aurait pu améliorer mon apparence. Mais la plupart des gens ignorent ce qu'ils possèdent avant de l'avoir perdu. C'est ensuite qu'on le regrette.

J'étais trop occupée à m'apitoyer sur mon sort pour écrire à Gösta. Ma vie était très différente de ce que Gösta associait à Paris. Qu'aurais-je pu lui dire ? Que la Suède me manquait et que je pleurais toutes les nuits ? Que je détestais le bruit de la circulation qui ne s'arrêtait jamais, les odeurs, les Parisiens, la langue française, le climat ? Bref, tout ce que Gösta adorait. Paris était une ville où il avait été libre, alors que moi j'y étais prisonnière. J'ai posé la pointe du stylo sur le papier et j'ai commencé à écrire quelques lignes sur le temps. On peut toujours parler du temps. J'ai raconté à Gösta le soleil qui brillait obstinément, jour après jour. La chaleur qui collait à la peau. Mais ce n'était pas non plus ce qu'il avait envie d'entendre. J'ai déchiré la feuille en petits morceaux et je l'ai jetée. Les morceaux sont allés rejoindre dans la corbeille à papier les autres amorces de lettres, jamais terminées, jamais envoyées.

Les immeubles autour de la maison de couture étaient magnifiques avec leurs façades en stuc, mais moi, je ne voyais que l'asphalte sous mes pieds. Nos longues journées de travail ne me laissaient pas le temps de les admirer, ni le loisir de partir à la découverte de la ville. Je me souviens surtout des odeurs qui frappaient mes narines sur mon chemin pour rentrer à l'appartement. Encore aujourd'hui, je pense à Paris chaque fois que je passe devant une poubelle. Les rues étaient sales, les caniveaux charriaient des détritus. Devant les cuisines des restaurants, il n'était pas rare de voir des entrailles de poisson, des restes de viande et de légumes pourrissant à même le trottoir.

Dans le quartier où se trouvait la maison de couture, les rues étaient toujours propres. Des garçons à tout faire, avec des casquettes de tweed sur la tête, portant chemise blanche et gilet, nettoyaient chaque jour les trottoirs avec leur balai. Des voitures étincelantes, conduites par des chauffeurs en costume sombre, venaient stationner en épi devant la maison, le nez contre le trottoir. Je regardais avec fascination les belles dames qui en descendaient et entraient avec grâce par le grand portail. Toutes ces femmes venaient spécialement pour nous contempler. Sans jamais nous adresser la parole. Elles se contentaient de nous regarder. Des pieds à la tête et de la tête aux pieds.

Le soir, je trempais les pieds en question dans une bassine d'eau glacée. Pour les faire dégonfler après les longues journées en talons hauts. Souvent, les chaussures étaient trop petites. Les filles scandinaves avaient de grands pieds, mais tout le monde s'en fichait. Les chaussures devaient nous aller à toutes. Dans le meilleur des cas, il y avait du 37 ou du 38. Moi je faisais un 39.

Les semaines passaient. C'était toujours la même routine. Les longues journées, les séances de coiffure pénibles, les pieds enflés et douloureux, le maquillage qui bouchait les pores et irritait la peau. Je l'enlevais le soir avec de l'huile et un morceau de papier. L'huile me coulait dans les yeux et, pendant un moment, j'avais la vue brouillée, comme en lisant les lettres que Gösta m'écrivait de temps en temps.

Chère Doris,

Que se passe-t-il ? Je suis malade d'inquiétude. Chaque fois que le facteur arrive sans nouvelles de toi, je suis déçu.

Je t'en prie, écris-moi pour me dire que tu es en vie et que tu vas bien. Envoie-moi un signe.

Ton Gösta

Son inquiétude devint mon réconfort. Savoir qu'il se faisait du souci pour moi suffisait à ce que je me sente mieux. Je m'imaginais que nous étions des amants perdus vivant un amour impossible. J'avais posé une photo de lui sur ma table de nuit. Je l'avais découpée dans un article et gardée entre les pages de mon journal intime. Je l'ai mise dans un petit cadre doré trouvé sur un marché aux puces. La découpe ovale était si étroite qu'il n'y avait pas assez de place pour ses cheveux. J'ai dû découper la photo et ensuite, Gösta avait l'air d'avoir le crâne tout plat. Ce portrait me faisait sourire tous les soirs avant de m'endormir. Il avait l'air du fou qu'il était. Son regard me touchait au cœur. Étrangement, il me manquait plus que ma mère et ma petite sœur.

Je crois que j'étais un peu amoureuse de lui. Même si je savais qu'il n'avait pas ce genre de sentiment pour moi, ni pour les femmes en général. Mais il y avait quelque chose de très spécial entre nous. Un lien qui nous unissait. Un arc-en-ciel iridescent qui apparaissait et disparaissait au fil du temps.

7

Elle caresse doucement la première page. Elle mesure l'épaisseur du paquet de feuilles en posant sa main à côté. Le tas allait du bout de l'ongle du majeur à la deuxième phalange. Ce qui au départ ne devait être qu'une simple lettre pour Jenny était devenu beaucoup plus que cela.

Elle a tant de souvenirs.

Elle compose des chapitres. Elle les trie par nom. Des noms de personnes qui ne sont plus de ce monde. Elle consulte son carnet d'adresses. Tous ces gens qui un jour l'ont fait rire ou pleurer ne sont plus que des noms et des prénoms. Les morts changent dans la mémoire de ceux qui restent. Elle essaye de se souvenir de leur visage, de se les rappeler tels qu'ils étaient.

Une larme se forme dans son œil, tombe lourdement. Elle atterrit dans le coin droit, sur le mot DÉCÉDÉ. Elle est aussitôt absorbée par le papier et dilue l'encre d'imprimante. Petites rivières de chagrin.

Le silence est si pesant dans un appartement où l'on vit seul que tous les bruits sont amplifiés. *Tic tac, tic tac, tic tac.* Elle écoute le réveil blanc avec ses chiffres aussi gros que des pièces de une couronne, suit l'aiguille rouge des secondes pendant une minute entière. Elle le secoue et le rapproche de son visage pour mieux voir les chiffres. Il marque bien quatorze heures et non treize heures ? Elle le colle contre son oreille et écoute le tic-tac. Le mouvement de l'aiguille des secondes ne laisse aucun doute. Elle sent un creux dans son estomac. L'heure de son repas est depuis longtemps dépassée. Devant la fenêtre de la cuisine, la neige tombe dru. Il n'y a personne dans la rue, hormis une voiture qui monte la côte en dérapant. Quand elle disparaît, le silence revient.

Il est quatorze heures trente, à présent. Puis quinze heures trente. Quand le réveil marque dix-sept heures, Doris commence à se balancer impatiemment d'avant en arrière. Elle n'a rien mangé depuis la tartine de fromage insipide, sous film alimentaire, du petit déjeuner. Un reste que l'auxiliaire de vie a laissé dans le réfrigérateur, hier, après son dernier passage. Elle s'appuie au bord de la table, prend son élan et se lève. Il faut qu'elle réussisse à aller jusqu'au buffet. La boîte de chocolats que Maria lui a offerte lorsqu'elle a démissionné s'y trouve toujours. Une grande et belle boîte avec la photo du couple princier sur le couvercle. Elle l'a rangée là après le départ de Maria. Elle n'a pas osé l'ouvrir parce qu'elle était belle. Mais à présent elle a trop faim pour s'arrêter à de telles considérations. Sans compter qu'un léger diabète lié à l'âge la rend particulièrement sensible à l'hypoglycémie.

Elle garde les yeux fixés sur la porte. Fait quelques pas hésitants, mais doit s'arrêter à cause du vertige. Une multitude de petites étoiles blanches troublent sa vision et font tourner la pièce comme un manège. Elle tend la main. Cherche à prendre appui sur l'évier, mais ne rencontre que du vide et tombe. Son épaule et sa tête heurtent violemment le plancher et sa hanche cogne contre l'armoire de la cuisine. Elle gît sur le sol, le souffle coupé, des ondes de douleur se diffusent dans son dos. Le plafond et les murs tournent encore un peu avant de disparaître. Elle perd connaissance.

Quand elle revient à elle, Sara est accroupie à ses côtés, la main sur sa joue. Elle tient un téléphone serré contre son oreille.

« Elle est réveillée, maintenant. Qu'est-ce que je fais ? »

Doris lutte pour garder les yeux ouverts, mais ses paupières retombent sans cesse. Son corps repose lourdement sur le sol. Les lames irrégulières du plancher meurtrissent son coccyx.

Sa cuisse est déformée et la jambe repose dans un angle peu naturel. Sara touche la jambe blessée et Doris pousse un cri de douleur.

« Je crois que vous avez la jambe cassée, ma pauvre Doris. J'ai appelé une ambulance, elle ne va pas tarder. »

Sara s'efforce de cacher son inquiétude et caresse doucement la joue de Doris.

« Que s'est-il passé ? Vous avez eu un vertige ? C'est de ma faute. Le camion qui livre les repas a eu un accident et les plateaux sont arrivés avec beaucoup de retard. Je ne savais pas quoi faire alors je l'ai attendu. Et, évidemment, quand il est enfin arrivé, tout le monde s'est précipité pour aller se servir. J'aurais dû demander à passer devant, avec votre diabète et tout ça… J'ai été stupide ! Oh, mon Dieu, Doris, je suis tellement désolée. »

Doris tente vaillamment de lui sourire, mais elle parvient à peine à étirer les commissures des lèvres et encore moins à faire obéir sa main pour tapoter Sara sur la joue et la rassurer.

« Chocolat », murmure-t-elle très bas.

Sara lève les yeux vers le garde-manger.

« Du chocolat ? Vous voulez du chocolat ? »

Sara se précipite et fouille parmi les boîtes de conserve et les paquets de farine. Tout au fond, elle trouve la boîte de chocolats, arrache l'emballage en plastique et soulève le couvercle. Elle choisit soigneusement un chocolat au lait et le présente devant les lèvres de la vieille dame. Doris détourne la tête.

« Vous n'en voulez pas ? »

Doris soupire. Elle ne trouve pas la force de parler.

« Vous alliez chercher du chocolat, c'est ça ? »

Doris voudrait hocher la tête, mais son dos lui fait si mal qu'elle doit se contenter de baisser les paupières. Sara a toujours le chocolat dans la main. Il est vieux, la surface est devenue d'un gris blanchâtre. Elle devine que Doris devait garder la boîte pour une grande occasion. Qu'il s'agissait d'un cadeau trop beau pour qu'elle ose l'ouvrir.

Elle rompt le morceau et en présente à nouveau un petit bout à Doris.

« Allez, essayez quand même d'en manger un petit morceau. Ça va vous redonner des forces. Vous devez avoir terriblement faim. »

Doris laisse lentement fondre la petite bouchée contre son palais. À l'arrivée des ambulanciers, il y est toujours. Elle ferme les yeux et se concentre sur le goût sucré qui se répand dans sa bouche pendant qu'ils la touchent avec leurs mains froides. Ils ouvrent son chemisier et posent des électrodes sur sa poitrine. Ils la relient à des machines qui mesurent ses pulsations cardiaques et sa tension artérielle. Des voix s'adressent à elle, mais elle ne comprend pas ce qu'elles disent et, comme elle ne trouve pas la force de leur répondre, elle garde les yeux fermés et rêve qu'elle est ailleurs, dans un endroit agréable. Elle sursaute lorsqu'ils la piquent pour lui injecter un antalgique. Elle gémit doucement et serre fort les poings lorsqu'ils essayent de redresser sa jambe. Quand ils la posent sur la civière, la douleur est insupportable et elle se met à hurler et à frapper les secouristes. Les larmes coulent lentement sur ses tempes et forment une petite flaque dans ses oreilles.

8

Tout est blanc. Les draps, les murs, les rideaux qui entourent le lit, le plafond. Pas coquille d'œuf, non, un vrai blanc d'hôpital. Elle lève les yeux vers le plafonnier pour essayer de rester éveillée, mais son corps épuisé lui réclame le sommeil. Elle plisse les yeux pour mieux distinguer son nouvel environnement. Le sol est la seule surface qui ne soit pas blanche. La transition floue entre le jaune sale et le blanc la rassure sur le fait qu'elle n'est pas morte. Pas encore. La lumière qui brille au-dessus de sa tête n'est pas celle du paradis.

L'oreiller dans son dos est plein de bourrelets, les morceaux de mousse synthétique lui entrent dans les épaules. Elle essaye de se déplacer légèrement, mais le mouvement lui fait mal aux reins et elle doit fermer les yeux, le temps que cela passe. Elle est couchée de travers et la position inconfortable crée une tension d'un côté. Elle n'ose pas bouger par peur de la douleur. Elle pianote doucement une mélodie sur le drap avec l'index et le majeur et fredonne : « *Les feuilles mortes se ramassent à la pelle…* »

« Voilà, c'est elle, aucune visite, pas de famille en Suède. Elle souffre beaucoup. »

Elle tourne les yeux vers la porte. Une infirmière discute avec un homme en costume noir. Ils chuchotent mais elle entend ce qu'ils disent comme s'ils étaient à son chevet. Ils parlent d'elle comme si elle allait bientôt mourir. Le monsieur hoche la tête et la regarde. Son col de pasteur tranche nettement avec le reste de la tenue. Elle serre fort les paupières pour ne pas pleurer sur sa solitude. Elle voudrait tant que Jenny soit là pour lui tenir la main.

Si Dieu existe, qu'il envoie ce pasteur au diable, songe-t-elle.

« Bonjour Doris, comment allez-vous ? » Il tire une chaise à côté du lit et s'assied. Parle fort en articulant bien. Lorsqu'elle pousse un soupir excédé, il pose la main sur la sienne. Elle est chaude et lourde sur sa peau froide. Elle observe cette vieille main. Les veines courent comme des ramages sur sa peau flétrie. Comme sur sa main à elle. Sauf que celle du pasteur est bronzée et couverte de taches de rousseur. Et visiblement plus jeune. Elle se demande où il est parti en vacances et s'il a enlevé sa fraise à la plage. Elle regarde son cou pour voir s'il y a une marque. Il n'y en a pas.

« L'infirmière dit que vous avez très mal. Quelle malchance d'être tombée comme ça.

— Oui. » Elle murmure, mais l'effort suffit à briser sa voix. Elle s'éclaircit la gorge, mais la vibration se propage à ses reins et elle gémit.

« Vous allez vite vous remettre, vous allez voir. Je suis sûr que vous remarcherez bientôt.

— Je ne marchais déjà plus très bien avant, vous savez…

— On va quand même faire en sorte de vous remettre sur pied, d'accord ? Vous avez besoin d'aide pour quelque chose ? L'infirmière m'a dit que vous n'aviez pas de famille en Suède. Y a-t-il quelqu'un d'autre que je pourrais contacter ? Un ami, peut-être ? »

Elle renifle et le considère avec un sourire ironique.

« Vous n'avez pas remarqué comme je suis vieille ? Tous mes amis sont morts depuis longtemps. Vous verrez quand vous aurez mon âge. Ils sont tous partis, les uns après les autres.

— Je suis désolé de l'apprendre. » Le pasteur hoche la tête avec compassion, sans baisser les yeux.

« Les enterrements étaient les seules réceptions auxquelles je participais encore, ces dernières années. Maintenant, je n'y vais même plus. Il va falloir que je commence à organiser mes propres funérailles, bientôt.

— Nous devons tous mourir un jour. Aucun d'entre nous n'y échappe. »

Doris ne fait pas de commentaire.

« À quoi pensez-vous quand vous pensez à votre propre enterrement ?

— Je ne sais pas. À la musique, peut-être. Et je me demande qui sera présent. S'il y aura quelqu'un.

— Qu'est-ce que vous voudriez qu'on joue ?

— Du jazz. J'adore le jazz, dit-elle avec un sourire. J'aimerais qu'on joue des morceaux de jazz entraînants. Pour que les gens sachent que je m'amuse bien là-haut avec tous mes vieux amis. »

Son rire se termine par un violent accès de toux. Et à nouveau une douleur atroce.

Le pasteur a l'air inquiet, il reprend sa main.

« Tout va bien, parvient-elle à le rassurer entre deux quintes. Je n'ai pas peur. Si le paradis dont vous parlez, vous les hommes d'Église, existe vraiment, on va bien s'amuser quand je retrouverai tout le monde, là-haut.

— Tous ceux qui vous manquent ?

— Oui, et les autres aussi…

— Qui êtes-vous la plus impatiente de revoir ?

— Je suis obligée de choisir ?

— Non, bien sûr. Chaque personne a son importance et sa place dans votre cœur. C'était une question idiote, pardonnez-moi de l'avoir posée. »

Elle voudrait résister au sommeil, mais la silhouette noire disparaît peu à peu et ses mots se mélangent. Finalement, elle renonce à lutter. Sa tête retombe sur le côté. Il reste là, contemple son corps maigre et fragile. Ses cheveux blancs collent à son crâne après trop de temps passé au lit. En dessous, sa peau luit, fripée et translucide.

9

Il ne fait jamais vraiment nuit dans un hôpital. La lumière au-dessus des portes, les veilleuses au-dessus du lit, l'éclairage des corridors, toutes ces sources lumineuses s'insinuent sous vos paupières alors que vous aspirez à une obscurité complète. Il ne sert à rien de fermer fort les paupières et, de toute façon, qui pourrait s'endormir en faisant un tel effort ? Près de sa main droite pend un cordon avec au bout un bouton d'alarme. Elle le prend dans la main mais n'appuie pas. La chaise sur laquelle le prêtre était assis tout à l'heure est vide, à présent. Elle referme les yeux. Essaye de dormir. Quand ce n'est pas la lumière qui la dérange, c'est le bruit. Les sonneries pour appeler les infirmières. Un patient qui ronfle. Une porte qu'on ouvre et qu'on referme. Des allers-retours dans le couloir. Certains bruits sont plus intéressants que d'autres et éveillent sa curiosité. Le bip d'un SMS, par exemple. D'autres lui retournent l'estomac. Les vieux qui crient, crachent, pètent, vomissent. Ceux-là lui donnent hâte d'être au matin quand la lumière et la vie de l'hôpital noient les bruits les plus dégoûtants. Elle oublie tous les jours de demander des bouchons pour les oreilles, et la nuit, elle n'ose pas déranger le personnel.

L'insomnie rend la douleur plus difficile à supporter, malgré les médicaments. Elle lance jusqu'aux pieds. Bientôt on va pouvoir l'opérer. On doit lui poser une prothèse de hanche, la sienne ayant été fracturée dans sa chute. Elle a frissonné d'horreur en voyant la taille de la broche qu'ils vont enfoncer dans son squelette pour lui redonner sa mobilité. Jusque-là, elle a interdiction de bouger, sauf quand le kinésithérapeute vient, une fois par jour, la martyriser en l'obligeant à faire des mouvements impossibles. Elle aimerait bien que le pasteur se dépêche de lui rapporter son ordinateur. Elle a peine à croire qu'il va tenir sa promesse. Il a probablement déjà oublié. Les pensées se dissolvent peu à peu et elle s'endort malgré tout.

Quand elle se réveille à nouveau, il fait jour. Un petit oiseau est posé sur l'appui de la fenêtre. Il est gris et un peu jaune. Une mésange, peut-être ? Ou un simple moineau ? Elle ne se souvient plus lequel des deux a des plumes jaunes. L'oiseau gonfle son plumage et picore frénétiquement son ventre à la recherche des parasites qui l'irritent. Elle l'observe. Pense à l'écureuil, devant chez elle.

Un petit carnet rouge

P. PESTOVA, ELEONORA

Nora. Il y a si longtemps que je n'ai pas pensé à elle. Cette fille semblait sortie d'un conte de fées. Elle était la plus belle créature que j'aie jamais vue. Tout le monde l'admirait et toutes les femmes auraient voulu lui ressembler. Y compris moi. Elle était forte.

Je souffrais d'un terrible mal du pays. Je n'étais pas la seule, bien sûr. La nuit, dans l'appartement de la rue Poussin, il n'était pas rare d'entendre l'une d'entre nous sangloter dans son oreiller. Le matin, nous nous levions sagement et allions chercher au réfrigérateur des bocaux froids que nous appliquions sur nos yeux pour les décongestionner. Puis nous nous maquillions et passions la journée à faire des sourires hypocrites aux belles clientes de la maison de couture. Nous souriions tellement que nous avions mal aux joues quand nous rentrions le soir.

Une intense nostalgie peut changer une personne. Son regard s'éteint peu à peu et elle ne voit plus la beauté qui l'entoure, ne ressent plus les petites joies que la vie apporte chaque jour. Je ne savais plus regarder que dans le rétroviseur. Je ne savais apprécier que ce qui appartenait au passé et dont on m'avait privée.

Mais nous étions pauvres et l'opportunité qui nous était offerte nous poussait à serrer les dents. Nous prenions notre mal en patience, supportions les épingles dans le dos et les douloureuses séances de coiffure. Nora était différente. Elle souriait tout le temps. Ce qui après tout n'avait rien d'étonnant – elle était très demandée. Tout le monde voulait travailler avec elle. Pendant que nous avions des crampes aux joues à force d'étirer nos zygomatiques à l'atelier de couture, elle se faisait photographier pour Chanel ou dans *Vogue*.

Eleonora Pestova – même son nom était beau – venait de Tchécoslovaquie. Elle avait des cheveux bruns et courts, coiffés à la Louise Brooks, et des yeux d'un bleu éclatant. Quand elle portait un rouge à lèvres carmin, elle ressemblait à Blanche Neige. Avec son corset qui lui enserrait le buste et les seins, elle était l'incarnation de la garçonne que toutes les femmes rêvaient d'être en ce temps-là, au début des années trente. À cette époque, les robes étaient droites et mi-longues, même si les formes féminines commençaient à apparaître. On prétend que les jeunes d'aujourd'hui sont des *fashion victims.* Nous étions bien pires !

Alors que nous allions travailler à pied et que nous devions prendre soin de notre maquillage et de nos cheveux, Nora avait une automobile et arrivait toujours bien coiffée et bien maquillée. Nous gagnions tout juste de quoi nous en sortir, Eleonora gagnait des fortunes. Elle s'achetait de jolis sacs et de beaux vêtements, mais elle ne semblait pas très attachée au luxe. Le soir, elle lisait, assise sur son lit. Sur la table de chevet que nous partagions, la photo de Gösta était posée à côté de sa pile de livres qui ne cessait de grandir. Comme moi, du temps où j'étais chez Madame, elle se servait de la littérature pour fuir la réalité. Quand elle a compris que nous partagions la même passion, elle a commencé à m'en prêter quelques-uns. Je les lisais et ensuite, nous passions de longues soirées recroquevillées sur le petit balcon à la française à en discuter en fumant des cigarettes. Nous nous étions prescrit une ordonnance de dix cigarettes par soir. Les filles trop grosses ne travaillaient pas, et les cigarettes – ou les cigarettes de régime, comme nous les appelions alors – étaient notre cure minceur. La nicotine nous faisait tourner la tête et nous faisait rire pour un oui pour un non, même s'il n'y avait rien de drôle. Quand les cigarettes ont cessé de nous faire de l'effet, nous nous sommes mises à boire du vin. Nous le versions dans de grandes tasses à thé pour que la matrone ne s'en aperçoive pas.

Nora et la gaieté de ces soirées m'ont réconciliée avec Paris. J'ai pu reprendre ma correspondance avec Gösta parce que je n'avais plus besoin de mentir. J'ai recommencé à lui décrire ce que je voyais. Je m'inspirais de nombreux écrivains dont je lisais les œuvres, empruntant leur vision de la capitale française. Quand nous avions une journée de congé, nous allions visiter les quartiers dont ils parlaient. Nous jouions à être des femmes du XVIIIe siècle, avec de longues robes qui traînaient par terre. Nous imaginions la rue, la musique, l'amour, le romantisme de cette époque. Nous tâchions d'oublier la récession qui menaçait le monde.

C'est Nora qui m'a permis de décrocher ma première séance photo pour *Vogue*. Elle a prétendu être malade et elle m'a envoyée là-bas à sa place. Quand la voiture qui venait la chercher est arrivée devant notre porche, elle m'a poussée à l'intérieur en souriant. « Grandis-toi, souris. Ils ne verront pas la différence. Ils attendent une jolie femme et c'est ce que tu es. »

La voiture m'a conduite devant un grand bâtiment industriel à la sortie de la ville. Sur la porte était accrochée une petite plaque de métal. Je me rappelle encore aujourd'hui la forme anguleuse et discrète des lettres composant le nom du photographe. Claude Levi. Ça s'est passé exactement comme l'avait prédit Nora. Il s'est contenté de hocher la tête et de me montrer une chaise où je me suis assise pour attendre.

J'ai regardé des assistants apporter des vêtements avec lesquels ils ont habillé des mannequins d'essayage en bois. Claude a déambulé pendant un long moment en compagnie de la rédactrice du journal, examinant les tenues. Ils ont fini par en choisir quatre, toutes roses. Les assistants ont ajouté de longs colliers, rouges avec des perles de verre, puis ils se sont tournés vers moi et m'ont regardée. De haut en bas.

« Elle est différente.

— Elle n'était pas brune, la dernière fois ?

— Elle est jolie, c'est l'essentiel. Ce sera mieux avec une blonde », a dit la rédactrice en hochant la tête d'un air appréciateur. Puis ils m'ont tous tourné le dos. Comme si je n'étais pas un être de chair et de sang. Comme si j'étais l'un des mannequins en bois.

J'ai attendu là jusqu'à ce que quelqu'un vienne me poser, comme une poupée, sur une autre chaise. On m'a mis du vernis rouge sur les ongles, on m'a maquillée, on m'a bouclé les cheveux et on les a vaporisés à l'eau sucrée. Ma coiffure était si lourde et si cartonnée que je devais raidir la nuque pour garder la tête droite. Il ne fallait surtout pas déplacer un seul de mes cheveux soigneusement arrangés.

L'appareil photo était posé au milieu de la pièce sur un trépied en bois. Claude tournait autour de la boîte noire avec son soufflet de cuir en accordéon, il la déplaçait de quelques centimètres vers l'arrière, puis vers l'avant, puis sur le côté. Cherchant des angles de prise de vue. J'étais assise en biais sur une chaise, un bras posé sur le dossier. Des mains se promenaient partout sur moi. Lissant le tissu, redressant le collier, poudrant mon nez.

Claude me donnait des instructions. « Ne bouge pas la tête ! Tourne la main un centimètre vers la droite ! La robe est froissée ! » Quand enfin il appuyait sur le déclencheur pour prendre le cliché, je devais rester complètement figée jusqu'à la fermeture de l'obturateur.

L'histoire aurait pu s'arrêter là. Avec une jolie blonde dans une robe rose en couverture de magazine. Mais ça aurait été trop simple.

Quand la séance photo a été terminée, Claude Levi s'est approché de moi et il m'a demandé de poser pour un dernier cliché. Une photo d'art, m'a-t-il dit. J'ai gardé la robe pendant que la maquilleuse rassemblait ses fards, le coiffeur, ses brosses et ses lotions, l'habilleuse, ses vêtements et la rédactrice, sa personne. Tout le monde est parti et Claude m'a demandé de m'allonger sur le sol. Il a étalé mes cheveux autour de ma tête comme des rayons de soleil dans un dessin d'enfant et y a fixé des feuilles de bouleau à l'aide de pinces. Je ressentais une certaine fierté à être couchée là, un peu de vanité parce qu'il me l'avait demandé. C'était une sorte de compliment. Il s'est penché au-dessus de moi, a basculé le pied de l'appareil dont il tenait la chambre avec les deux mains. Il m'a demandé d'entrouvrir les lèvres. J'ai fait ce qu'il voulait. Il m'a demandé d'effleurer ma lèvre supérieure avec ma langue. J'ai hésité.

Alors il a posé l'appareil, il a pris mes poignets entre ses mains et les a bloqués au-dessus de ma tête. Il m'a fait mal. Il a approché son visage du mien et m'a embrassée, forçant sa langue entre mes dents. Je l'ai mordu aussi fort que possible et j'ai donné des grands coups de pied pour me libérer. Mais j'étais attachée au sol par mes cheveux. J'ai fermé les yeux, je me suis préparée mentalement à la douleur et j'ai tiré. Ma tête est venue cogner violemment contre la sienne et il a porté la main à son front en jurant. J'en ai profité pour me dégager et me mettre à courir. J'ai foncé dehors pieds nus, dans la robe qui ne m'appartenait pas, sans même prendre mes affaires. Je l'ai entendu me traiter de *putain !* en criant si fort que le mot a résonné entre les murs.

Je me suis enfuie aussi vite que j'ai pu. J'ai traversé la zone industrielle, courant au hasard entre les entrepôts. Je me suis coupée sur des bouts de verre, blessée sur des cailloux. Mes pieds saignaient mais je ne me suis pas arrêtée. L'adrénaline m'a poussée jusqu'à ce que je me sente en sécurité.

J'ai compris que je m'étais perdue et je me suis assise sur un muret de pierre. La robe rose était trempée de sueur et le tissu glacé sur ma peau. Des Parisiens en tenue de soirée sont passés près de moi et j'ai caché mes pieds sanglants en les pressant contre le mur. Personne ne s'est arrêté. Personne ne m'a demandé si j'avais besoin d'aide.

Le soir est tombé et j'étais toujours là.

La nuit est tombée et j'étais toujours là.

Mes plantes de pied déchirées ne saignaient plus quand, enfin, très lentement, je suis entrée en boitant dans une cour où j'ai volé une bicyclette. Un vieux vélo d'homme qui n'avait pas de cadenas. Je n'avais pas fait de vélo depuis mon enfance, à Stockholm et, même à cette époque, ça ne m'était pas arrivé très souvent. Je n'avais pas de bicyclette et ce n'était que lorsque le facteur avait fini sa tournée qu'il prêtait parfois la sienne aux enfants du quartier. J'ai sillonné la ville de long en large. J'ai vu le soleil se lever, rouge au-dessus des toits. J'ai vu les gens sortir de leur lit. Senti l'odeur des fours des boulangers et des cuisinières à bois qu'allumaient les ménagères. Goûté le sel de ma morve et de mes larmes. Les rues ont commencé à me sembler familières et enfin j'ai vu Nora bondir du banc sur lequel elle était assise près de la station Porte d'Auteuil, et s'élancer vers moi. Quand elle m'a vue, elle a crié de frayeur.

Nous nous sommes assises sur le trottoir, collées l'une contre l'autre, comme nous le faisions sur le balcon de l'appartement. Elle a sorti une cigarette de la poche de son manteau et l'a allumée pour moi. Ensuite, elle a écouté patiemment pendant qu'entre de longues bouffées, je lui racontais ce qui m'était arrivé.

« Je te jure que plus jamais nous ne travaillerons avec Claude, m'a-t-elle dit, sa tête appuyée contre la mienne.

— Non, nous ne travaillerons plus avec lui, ai-je répété en reniflant.

— *Vogue*, on s'en fiche.

— Oui. *Vogue*, on s'en fiche. »

Mais nous mentions toutes les deux. Nora a retravaillé plusieurs fois avec Claude après cet épisode. Et moi aussi. La vie de mannequin était ainsi. On ne disait pas non. Un bon job était une reconnaissance, et personne dans ce milieu n'aurait admis qu'un mannequin dise non. J'ai simplement fait bien attention de ne plus jamais me trouver seule avec lui.

Un petit carnet rouge

N. NILSSON GÖSTA

Je suis restée au lit pendant plusieurs semaines avec de gros bandages sur les pieds. La pièce avait une odeur rance de pourriture et de maladie. M. Ponsard était furieux. Il n'avait personne pour me remplacer à la maison de couture. Il venait me voir tous les jours et grognait en voyant que mon état ne s'améliorait pas. Je n'ai jamais osé lui raconter ce qui m'était arrivé. En ce temps-là, on ne parlait pas de ces choses-là.

Un jour est arrivée une lettre de Gösta qui ne contenait que ces quelques mots :

J'ARRIVE BIENTÔT !

Bientôt ? C'était quand bientôt ? L'idée que j'allais peut-être le revoir me remplissait d'allégresse, et j'espérais être en état de me promener à ses côtés dans cette ville qui était devenue la mienne. Voir son Paris et lui montrer le mien. Je l'ai attendu. Mais il n'est jamais venu et il ne m'a jamais écrit pour me donner une explication ou une date d'arrivée.

Mes pieds ont fini par cicatriser et j'ai pu marcher à nouveau. Mais Gösta ne donnait toujours pas de nouvelles. Chaque soir en rentrant, je demandais les yeux brillants à la matrone si j'avais reçu une visite, un appel, un message. La réponse était toujours non. Je n'oublierai jamais son visage mesquin et le sourire sardonique avec lequel elle me disait cela. En la voyant ainsi se réjouir du malheur de son prochain, je ne pouvais que la plaindre.

Nora et moi la détestions autant qu'elle nous haïssait. Quand j'y repense, je m'aperçois que je ne me souviens même pas de son nom. Je me demande si je l'ai jamais su. Pour nous, elle était *Mme la Gouvernante.* Ou quand elle ne pouvait pas nous entendre, *Mme Vinaigre.*

Il s'est passé des mois avant que je ne reçoive à nouveau une lettre de Gösta.

Chère Doris,

Les temps sont durs à Stockholm. Peut-être est-ce la même chose à Paris, dans cette ville si chère à mon cœur ? Le chômage frappe tout le monde et les gens préfèrent épargner leur argent plutôt que d'acheter de l'art. On me doit trois toiles. Je n'ai même plus de quoi m'acheter du lait. J'en suis arrivé à devoir troquer mes tableaux contre de la nourriture. Acheter un billet pour Paris est pour le moment du domaine de l'impossible. Chère petite Doris, ce n'est pas encore cette fois-ci que je te rendrai visite. Je vais rester rue Bastugatan, au numéro 25, et je commence à me demander si j'aurai une autre adresse dans cette existence. Je continue à rêver au jour où, enfin, nous nous reverrons.

Vis ! Frappe le monde d'étonnement. Je suis si fier de toi.

Ton ami,

Gösta

J'ai cette lettre sous les yeux en t'écrivant. Je l'ai toujours gardée. S'il te plaît, Jenny, ne jette pas mes lettres. Ou si tu ne veux pas de mes boîtes en fer, enterre-les avec moi.

Mon envie de voir Gösta allait grandissante. En fermant les yeux, je voyais les traits de son visage, j'entendais sa voix. Cette voix qui me parlait pendant que je faisais le ménage dans la maison de Madame, la nuit. Cette voix qui posait tant de questions, qui s'intéressait à ce que j'avais dans la tête.

Cet homme étrange, avec sa drôle de peinture et ses amoureux qu'il devait cacher au monde, est devenu mon ami imaginaire. Un trait d'union avec mon ancienne existence. Penser à lui me donnait le sentiment que quelqu'un, quelque part, tenait à moi.

Mais ses lettres se sont espacées avec le temps. Et les miennes aussi. Nora et moi avions remplacé nos soirées solitaires, le nez dans les livres, par des fêtes somptueuses, dans de magnifiques demeures. Et nous ne comptions plus les riches jeunes gens qui nous poursuivaient de leurs assiduités.

Un petit carnet rouge

P. PESTOVA, ELEONORA

Chaque jour, nous assistions à notre propre métamorphose, après que l'on nous eut maquillées, bouclé les cheveux et passé des vêtements ravissants. Le maquillage, à cette époque, était très différent de ce qu'il est aujourd'hui. On commençait par étaler avec un pinceau une épaisse couche de fond de teint qu'on poudrait ensuite abondamment. On traçait au-dessus des yeux un trait d'eye-liner noir. La forme d'un visage change complètement une fois qu'on a modifié ses lignes par des jeux d'ombres et effacé toutes les rides. Nos yeux devenaient immenses et leur couleur plus intense.

Notre beauté était notre outil de travail et nous savions en tirer avantage. Maquillées et vêtues de modèles haute couture, nous évoluions avec fierté et jouissions du pouvoir que donne la beauté. Une belle personne est écoutée, admirée. Cette réalité m'est cruellement apparue quand ma peau a perdu son élasticité et que mes cheveux sont devenus gris. Lorsque les gens ont cessé de se retourner sur moi dans la rue. La jeunesse finit toujours par s'enfuir. Personne ne passe au travers.

À Paris, c'était mon apparence physique qui me permettait d'avancer dans l'existence. À mesure que nous prenions de l'âge, que nous obtenions de meilleurs contrats, mieux rémunérés, nous sommes aussi devenues plus habiles dans l'art de jouer de notre pouvoir. Nous avons pris confiance en nous. Nous étions des femmes indépendantes, nous subvenions à nos besoins et pouvions même nous offrir un petit luxe de temps en temps. Le soir, nous sortions volontiers de l'appartement et partions à l'aventure dans la nuit parisienne où les intellectuels et les nantis se divertissaient sur des notes de jazz. Tu n'as pas idée comme nous nous sommes amusées.

Nous avions nos entrées partout. Nora n'aimait pas tant la fête que le champagne. Il ne se passait jamais très longtemps avant que quelqu'un vienne nous mettre dans la main une coupe de l'effervescent nectar. Nous arrivions ensemble, mais nous nous séparions rapidement. Nora restait près du bar et moi je rejoignais la piste de danse. Elle aimait avoir des conversations spirituelles avec des messieurs qui lui offraient à boire. Elle était cultivée, savait parler d'art, de politique et de littérature. Quand les hommes cessaient de l'abreuver, elle s'arrêtait de parler. Alors elle venait me chercher, tirait discrètement sur ma robe et nous quittions les lieux, la tête haute, avant que les serveurs ne se rendent compte que personne n'avait l'intention de payer les précieuses bulles.

La matrone s'était volatilisée depuis longtemps. Nous étions adultes et capables de veiller sur nous-mêmes. Ou en tout cas, nous étions supposées l'être. Les voisins nous regardaient de travers quand nous rentrions tard le soir, parfois accompagnées d'un ou deux admirateurs. Nous étions jeunes et libres mais nous étions aussi à la recherche de vrais hommes. C'était comme ça en ce temps-là. Les femmes cherchaient un mari. Nora disait que nous devions trouver un homme gentil, élégant et riche. Quelqu'un qui nous arrache aux fards et à la superficialité. Qui nous apporte la sécurité. Nous ne manquions pas de candidats. Ils étaient nombreux à se présenter à l'appartement, le chapeau à la main et un bouquet de roses derrière le dos. Ils nous invitaient à boire un café dans les plus beaux établissements de la capitale. Certains mettaient un genou à terre et nous demandaient en mariage. Nous répondions toujours non. Il y avait toujours quelque chose qui n'allait pas. Quand ce n'était pas leur façon de parler, c'était leurs vêtements, leur sourire ou leur odeur. Nora cherchait la perfection plus que l'amour. Elle était très déterminée. Elle refusait de retomber dans la pauvreté qu'elle avait connue pendant son enfance en Tchécoslovaquie. À en juger par la peine que je voyais dans ses yeux quand elle cachait au fond de son placard, sans les ouvrir, les lettres qu'elle recevait régulièrement, je comprenais qu'elle avait dû laisser là-bas un amour de jeunesse. Mais la raison n'a aucune chance contre l'amour. Cet adage s'est confirmé pour elle aussi.

Nora n'ouvrait jamais elle-même quand on sonnait à la porte. Si le visiteur venait pour elle, cela lui laissait le loisir de décider à distance si elle avait envie de le voir. Si elle ne se déplaçait pas, nous devions éconduire son prétendant en disant qu'elle était en voyage. Un soir, c'est moi qui ai ouvert. L'homme qui se trouvait en face de moi avait un gentil regard noisette, une barbe courte et un costume ample. Il a retiré sa casquette et passé la main dans sa brosse hirsute en hochant imperceptiblement la tête en guise de salut. Il avait l'air d'un paysan qui se serait perdu à la ville. Il avait une pivoine blanche à la main. Il s'est présenté. J'ai secoué la tête.

« Je regrette, elle n'est pas là. »

L'homme n'a rien dit. Il fixait un point derrière moi. Je me suis retournée. Eleonora était là. Entre eux circulait une énergie presque tangible. Ils ont commencé à se parler dans une langue que je ne comprenais pas et soudain, elle s'est jetée dans ses bras en pleurant.

Le lendemain, ils avaient disparu.

Un petit carnet rouge

~~P. PESTOVA, ELEONORA~~ DÉCÉDÉE

Le départ de Nora a laissé un grand vide. Je n'avais plus personne avec qui rire, plus personne pour m'entraîner dans les nuits parisiennes. Les livres sont redevenus ma seule compagnie, sauf qu'à présent, j'avais les moyens de me les acheter. Quand j'avais un jour de congé, je glissais un roman dans mon sac et filais au parc où je passais des heures à lire au soleil. Je dévorais des auteurs contemporains comme Gertrude Stein, Ernest Hemingway, Ezra Pound et Scott Fitzgerald. Ils m'emportaient loin de la vie glamour que nous avions vécue avec Nora. Je me sentais bien au milieu des arbres et des oiseaux, c'était reposant d'être ainsi en pleine nature. Il m'arrivait de mettre dans ma poche un petit sachet avec des restes de pain que j'émiettais sur le banc à côté de moi. Les pigeons venaient me tenir compagnie. Certains étaient si confiants qu'ils me mangeaient dans la main.

Nora m'avait laissé une adresse en partant. Au début, je lui ai écrit de longues lettres car elle me manquait terriblement. Elle ne m'a jamais répondu. J'essayais d'imaginer ce qu'elle faisait, à quoi elle occupait ses journées, quelle était sa vie avec l'homme aux yeux noisette. Je me demandais si l'amour allait pouvoir remplacer un quotidien fait d'argent, de luxe et d'admirateurs.

Un soir, on a frappé à la porte. Quand je l'ai vue, je l'ai à peine reconnue. Nora avait le teint buriné et les cheveux ternes. Elle a secoué la tête en voyant mon effroi et m'a écartée pour entrer. En réponse à la question que je n'avais pas encore posée, elle a murmuré avec dureté :

« Je n'ai pas envie d'en parler. »

Je l'ai serrée dans mes bras. Il y avait tant de choses que j'aurais voulu savoir. Les traits fins de Nora étaient noyés sous des joues bouffies. Elle était enveloppée dans un grand châle. J'ai senti son ventre rond et dur contre le mien.

J'ai reculé d'un pas et j'ai posé les deux mains dessus. « Tu es enceinte ! » me suis-je exclamée.

Elle a reculé et repoussé mes mains, la tête baissée, l'air buté, puis elle a resserré le châle autour d'elle.

« Je dois me remettre au travail, nous avons besoin d'argent. La moisson a été mauvaise, cette année. J'ai dépensé nos dernières économies pour acheter mon billet de train.

— Tu ne peux pas travailler dans cet état. M. Ponsard va être furieux en te voyant, ai-je rétorqué, choquée.

— S'il te plaît, ne lui dis rien, a-t-elle supplié tout bas.

— Je n'aurai pas besoin de lui dire quoi que ce soit, ma chéric. Ça sc voit. Tu ne peux plus le cacher.

— Je n'aurais jamais dû repartir avec lui ! a-t-elle sangloté.

— Tu l'aimes ? »

Elle a hésité avant d'acquiescer.

« Je vais t'aider, je te le promets. Tu vas rester ici quelques jours pour te reposer et ensuite je t'aiderai à retourner chez toi. Ta place est auprès du père de ton enfant.

— La vie est tellement plus dure, là-bas, a-t-elle avoué en ravalant ses larmes.

— Tu reviendras après ton accouchement. Tout sera encore là à ton retour ! Et ta beauté aussi. Je suis sûre que tu pourras retravailler à ce moment-là.

— Je dois recommencer à travailler maintenant », a-t-elle murmuré entre ses dents.

Cette nuit-là, elle a dormi dans mon lit. Nous étions serrées l'une contre l'autre et son haleine sentait légèrement l'alcool. Sans bruit, je me suis levée. Sans honte, j'ai fouillé son sac. Au fond, il y avait une bouteille. J'ai retiré le bouchon pour en renifler le contenu. Nora avait remplacé le champagne par de l'eau-de-vie bon marché. Elle avait continué à boire, même après avoir arrêté de faire la fête.

Finalement, elle a écouté mon conseil et elle a renoncé à aller voir M. Ponsard. Nous avons passé quelques jours ensemble à nous faire des confidences en marchant dans Paris. Une semaine plus tard, elle était repartie. J'ai caressé son ventre avant de la laisser monter dans le train. Belle et forte Nora – en quelques mois, elle était devenue l'ombre d'elle-même. Juste avant que le train s'en aille, elle s'est penchée par la fenêtre et elle a posé un petit ange doré en porcelaine au creux de ma main. Sans aucune explication. Elle a agité lentement la main pour me dire au revoir. J'ai couru à côté du train sur quelques dizaines de mètres, mais il a accéléré et je me suis laissé distancer. Je lui ai crié de m'écrire et de me donner des nouvelles du bébé. Elle m'a entendu et de temps à autre, j'ai trouvé une lettre d'elle dans la boîte. Elle y parlait de sa petite fille, Marguerite, de la dureté de la vie à la ferme et de ses regrets pour l'existence qu'elle avait laissée derrière elle. Puis ses lettres se sont faites plus rares et un jour j'ai reçu une lettre de Tchécoslovaquie avec un nom d'expéditeur que je ne connaissais pas. Elle contenait une carte postale rédigée en français et pleine de fautes d'orthographe. *Eleonora et mintnant mort.*

Je n'ai jamais su de quoi elle était morte. Peut-être est-ce l'alcool qui l'a tuée, elle aussi. Ou un autre enfant. Ou peut-être qu'elle en a eu assez, tout simplement.

Depuis ce jour, je pense à elle chaque fois que je vois un ange. Tous les anges me font penser au petit ange doré qu'elle a posé dans ma main. J'ai soigneusement rayé son nom dans mon carnet rouge quand j'ai reçu cette carte et écrit le mot DÉCÉDÉE avec un crayon jaune. Jaune comme le soleil, jaune comme l'or.

Un petit carnet rouge

S. SMITH, ALLAN

Tu te souviens de l'homme dont je garde le portrait à l'intérieur de mon médaillon, Jenny ? Celui que tu as trouvé dans le tiroir du secrétaire, la dernière fois que tu es venue me rendre visite ?

Je vais te raconter notre rencontre. J'étais assise sur un banc du parc, un jour, sous un tilleul. Le soleil s'infiltrait entre les fruits et les feuilles, diffusant ses rayons sur les pages du livre. Une ombre a masqué la lumière et quand j'ai levé la tête, j'ai vu deux yeux posés sur moi. Ils brillaient comme si leur propriétaire riait aux éclats. Je me rappelle encore comment il était habillé. Il portait une chemise blanche, froissée, un pull-over rouge en laine d'agneau et un pantalon beige. Pas de costume ni de col dur avec une épingle dorée. Aucun signe extérieur de richesse. Sa peau soyeuse et sa bouche sérieuse et bien dessinée m'ont aussitôt donné envie de l'embrasser. C'était un sentiment étrange. Il a regardé la place à côté de moi en haussant les sourcils, j'ai acquiescé et il s'est assis. J'ai essayé de poursuivre ma lecture, mais je ne parvenais plus à me concentrer. Je ne pensais qu'à l'énergie incroyable qui circulait entre nous. Et à son odeur, il avait une odeur délicieuse. J'avais l'impression qu'elle me pénétrait l'âme.

« Je pensais aller faire une petite promenade », a-t-il dit en levant les deux pieds devant lui et en montrant ses chaussures en toile usées, comme pour illustrer son propos. J'ai souri sans quitter mon livre des yeux. Nous avons écouté un moment le chant de la brise dans les feuilles et des oiseaux qui se courtisaient en pépiant gaiement. Je sentais qu'il me surveillait du coin de l'œil.

« Mademoiselle ne voudrait pas m'accompagner, par hasard ? »

Après un minuscule instant d'hésitation, j'ai accepté, et nous nous sommes promenés ensemble jusqu'à ce que le soleil descende derrière les arbres. Ma vie a changé à l'instant où cet homme a posé son regard sur moi. Il n'y avait plus que lui et moi et ça a été une évidence dès que nous avons fait nos premiers pas côte à côte. Il m'a embrassée devant ma porte en tenant tendrement mon visage entre ses mains. Nos corps étaient si proches que nous avions l'impression de ne plus former qu'un seul être. Ses lèvres étaient chaudes et douces. Il a inspiré profondément, le nez contre ma joue. Il m'a serrée dans ses bras. Longtemps. Il m'a murmuré à l'oreille : « Venez me retrouver demain. Même endroit. Même heure. » Puis il a fait un pas en arrière. Il m'a regardée des pieds à la tête, m'a envoyé un baiser et a disparu dans la nuit moite.

Il s'appelait Allan Smith, c'était un Franco-Américain et il avait de la famille à Paris chez qui il séjournait. C'était un homme plein de dynamisme et de grands projets. Il faisait des études d'architecture et rêvait de changer le monde et de redessiner la silhouette des villes.

« Paris est en train de devenir un grand musée. Il est temps d'entrer dans le modernisme, dans le fonctionnalisme nu. »

J'écoutais, fascinée. Il me faisait découvrir un univers qui m'était étranger. Il me décrivait des projets de construction, des matériaux nouveaux et la façon dont ils allaient révolutionner l'architecture. Mais il réfléchissait aussi à la manière dont vivaient les gens de notre époque et comment ils vivraient dans l'avenir. Il avait déjà la vision d'un monde où hommes et femmes travailleraient à l'extérieur et où il faudrait tenir une maison sans domestiques. Il brûlait pour ses idées, sautait sur les bancs du parc, gesticulait dans tous les sens pour illustrer sa pensée. Je me disais qu'il était fou, mais le complimentais pour son énergie. Alors il prenait ma tête entre ses mains et posait sa bouche brûlante sur la mienne. Elle avait un goût de soleil. Je sentais la chaleur de ses lèvres et je fondais tout entière. Avec lui, je me sentais en paix, je respirais plus calmement et il transmettait à mon corps une pesanteur nouvelle. J'aurais voulu passer le restant de ma vie dans ses bras.

L'argent, le statut social et l'avenir ont perdu tout leur sens pour moi dans ce parc en France, en ce jour de printemps où j'ai marché pour la première fois aux côtés de cet homme avec ses vieilles chaussures de tennis usées.

10

« C'est affreux de te voir dans cet état ! Tu as toujours mal ? Tu veux que je vienne ?

— Non, Jenny, qu'est-ce que tu viendrais faire auprès d'une vieille dame comme moi ? Tu es jeune, tu dois t'amuser, pas jouer la garde-malade. Et puis je ne suis pas toute seule, regarde ! »

Elle retourne l'ordinateur que le pasteur, fidèle à sa promesse, est allé chercher, et interpelle l'infirmière, occupée à mettre des draps sur un lit, de l'autre côté de l'allée.

« Infirmière, venez dire bonjour à ma Jenny. »

L'infirmière approche, se penche avec curiosité sur l'écran et l'unique visiteuse de Doris.

« Skype ! Bravo Doris ! Vous m'impressionnez ! Vous n'avez pas peur des nouvelles technologies, dites donc !

— Non, elle n'a peur de rien. Elle a une âme de pionnière. Vous n'êtes pas près de trouver une mamie de compétition comme Doris, confirme Jenny en riant. J'espère que vous vous occupez bien d'elle ? Ça va aller, sa jambe ? Elle va se remettre ?

— Vous pouvez compter sur nous. Nous faisons tout ce que nous pouvons pour qu'elle se sente bien en notre compagnie. Quant à son état, j'ai peur de ne pas être en mesure de vous répondre. Vous voulez parler à son chirurgien ? Je peux vous organiser un rendez-vous téléphonique si vous le souhaitez.

— Volontiers. Si tu es d'accord, Doris.

— Qu'est-ce que tu veux que je te dise ? Tu ne veux jamais me croire, réplique Doris en souriant. Mais s'il t'annonce que je vais mourir bientôt, dis-lui de ma part que je suis déjà au courant.

— Arrête tes bêtises ! Tu ne vas pas mourir. C'est ce que nous avons décidé, tu te rappelles ?

— Tu as toujours été une grande naïve, ma Jenny chérie. Tu as vu à quoi je ressemble ? Tu ne vois pas que la mort rôde dans chacune de mes rides ? Qu'elle lutte corps à corps avec moi ? Bientôt, elle aura gagné le combat. C'est comme ça. Et je t'avoue que ce sera un grand soulagement. »

Jenny et l'infirmière échangent un regard, l'une hausse les sourcils, l'autre soupire. Contrairement à Jenny, l'infirmière a une échappatoire : elle retape l'oreiller de Doris et s'enfuit dans le couloir.

« Je ne veux plus t'entendre parler sans arrêt de la mort, Doris. *Jack, come here ! Say hi to auntie, she's badly hurt and in a hospital*[1]. »

Obéissant, l'adolescent s'empresse de venir devant l'ordinateur. Il agite la main et sourit. Doris a tout juste le temps d'apercevoir un éclair argenté avant

1. « Jack, viens dire bonjour à tante Doris ! Elle s'est fait très mal et elle est à l'hôpital. »

que le gamin ne referme la bouche, se souvenant soudain de son appareil dentaire.

« Regarde, tante Doris. » Il incline la caméra vers le sol de la vaste entrée. Il monte sur son skateboard, jambes écartées, recule le pied arrière, cabre la planche, la fait tourner sur elle-même et la repose dans la direction opposée. Doris applaudit et s'écrie : « Tu es un champion, Jack !

— J'ai dit pas de skate dans la maison ! » gronde Jenny.

Elle reprend sa conversation avec Doris.

« Il n'a plus que ce skate-board en tête. C'est une véritable obsession. Quand ce ne sont pas les roues qu'il faut resserrer ou changer, ce sont les nouvelles figures auxquelles il doit s'entraîner. Tu verrais ses genoux ! Il va devoir vivre toute sa vie avec ces cicatrices.

— Fiche-lui la paix, Jenny. Tu ne veux pas lui offrir des protège-genoux, plutôt ?

— Parler de protège-genoux à un adolescent ? Tu plaisantes ? J'ai déjà essayé et il m'a envoyée paître. Il faudrait que je les lui fasse greffer sur les jambes pendant son sommeil. Les protège-genoux, ce n'est pas *cool*, tu comprends ? » Elle lève les yeux au ciel et soupire.

« Il est jeune. Il faut que jeunesse se passe. On ne meurt pas de quelques cicatrices. Il vaut mieux les avoir sur le corps qu'à l'âme. Il a l'air heureux, en tout cas.

— Oui, c'est vrai. Il est plein d'enthousiasme. Je suppose que j'ai de la chance. J'ai des enfants super.

— Tu as des enfants merveilleux. J'aimerais sauter dans un avion et venir les embrasser. C'est extraordinaire de pouvoir vous voir sur cet écran. Avant, c'était difficile de garder le contact. Je t'ai déjà raconté comme j'étais jeune la dernière fois que j'ai vu ma mère ?

— Oui, tu me l'as dit. C'était une époque difficile. Mais tu as tout de même fini par retourner en Suède.

— Oui. J'ai fini par rentrer chez moi. Mais parfois, je me dis que j'aurais mieux fait de rester là-bas, avec toi et ta maman.

— Ne dis pas ça. Ne recommence pas avec tes remords, s'il te plaît. Tu as assez de soucis comme ça. Si tu tiens absolument à être nostalgique, pense plutôt à tous les bons souvenirs que nous avons ensemble, se moque gentiment Jenny. Cela dit, je peux te trouver une maison de retraite à San Francisco, si tu as vraiment envie de revenir !

— Tu es un amour, Jenny, je ne sais pas ce que je ferais sans toi, ma chérie. Mais non merci, maintenant je vais rester ici, comme je l'ai décidé. Je n'ai plus la force de changer de continent, à nouveau… Et en parlant de force, je crois que je vais me reposer un peu. Je t'embrasse, mon cœur. Dis bonjour à Willie de ma part. On se rappelle bientôt.

— Moi aussi, je t'embrasse, ma Dossi ! Même heure, la semaine prochaine ? Ce sera juste après ton intervention…

— Oui, soupire Doris, je sais.

— Ne t'inquiète pas, ça va bien se passer. Tu vas vite être sur pieds, tu vas voir !

— Même heure, la semaine prochaine », murmure Doris en envoyant l'habituel baiser volant. C'est elle qui s'empresse de faire disparaître le visage de Jenny et son optimisme. Aussitôt, elle sent le silence se poser sur elle comme une épaisse couverture humide. Elle regarde l'écran vide. Elle n'a pas le courage de se mettre à écrire, comme elle en avait l'intention. Elle a du mal à respirer et un goût âcre emplit sa bouche après une remontée acide. Les antidouleurs perturbent sa flore intestinale. Elle est ballonnée et elle a des brûlures d'estomac. Elle pose l'ordinateur encore chaud sur son ventre et ferme les yeux. La chaleur de l'appareil lui fait du bien.

Une infirmière entre dans la chambre. Elle prend l'ordinateur et le pose sur la table de chevet. Elle remonte la couverture sur la vieille dame endormie et éteint la lumière.

Un petit carnet rouge

S. SMITH, ALLAN

Du feu coulait dans mes veines. Je n'ai presque pas dormi de la nuit et la journée de travail a passé comme dans un brouillard. Quand elle a enfin été terminée, j'ai descendu quatre à quatre les marches de l'escalier de la maison de couture. Lorsque je suis arrivée dans le parc, il m'attendait déjà, assis sur notre banc, un bloc de papier à dessin sur les genoux. Il était occupé à tracer une esquisse au crayon graphite. Une femme, nue, les cheveux se déversant sur son torse et cachant partiellement ses seins. J'étais un peu gênée en regardant son dessin. Il a détourné le bloc quand il s'est aperçu que je rougissais. Il a souri, confus.

« J'essayais de saisir votre beauté sur le papier, de mémoire », s'est-il excusé.

Je me suis assise près de lui et il a tourné les pages de son bloc à dessin pour me montrer son travail. Les croquis représentaient principalement des immeubles et des jardins. C'était un bon dessinateur, capable de restituer détails et perspectives en quelques traits. Sur une page, il avait dessiné un magnolia avec ses branches épaisses couvertes de fleurs à la ligne pure et élégante.

« Quelle est votre fleur préférée ? » m'a-t-il demandé.

J'ai réfléchi quelques secondes, pensant aux fleurs que j'aimais en Suède et qui me manquaient tant. J'ai fini par répondre la rose et je lui ai parlé de la rose blanche qui poussait sur le mur de l'atelier de mon père. Je lui ai dit combien il me manquait, lui ai raconté comment il était mort. Il a mis ses bras autour de moi et m'a serrée contre lui. J'ai posé ma joue sur sa poitrine. Il m'a caressé doucement les cheveux. J'ai cessé de me sentir seule.

La nuit est tombée sur le parc et sur le banc où nous étions assis. Je me rappelle avoir senti flotter dans l'air le capiteux parfum d'un jasmin. Les oiseaux se sont tus et les réverbères se sont allumés, baignant l'allée dans leur lumière ouatée.

« Vous sentez ? s'est-il subitement exclamé en déboutonnant les deux premiers boutons de sa chemise. Vous sentez la chaleur ? »

J'ai acquiescé et il s'est emparé de ma main pour la poser sur son front. Des gouttes de transpiration perlaient à la lisière de ses cheveux.

« Votre main est si fraîche, ma chère. » Il l'a prise entre les siennes et y a posé ses lèvres. « Comment faites-vous pour rester aussi fraîche alors qu'il fait une chaleur aussi étouffante ? »

Soudain, son visage s'est illuminé. Comme chaque fois qu'il lui venait une idée. Il s'amusait de sa propre imagination. Il s'est levé et m'a entraînée dans un pas de polka endiablé.

« Venez, je vais vous faire découvrir un endroit secret », m'a-t-il chuchoté à l'oreille.

Nous avons marché dans la nuit, lentement. Nous avions tout le temps du monde. C'était si facile de parler avec Allan. Je pouvais lui révéler mes pensées les plus profondes. Je pouvais lui parler de ma nostalgie. De mon chagrin. Il m'écoutait. Il me comprenait.

Nous avons fini par arriver au viaduc d'Auteuil, le pont à deux étages sur lequel passaient les trains pour traverser le large fleuve. En me tenant par la main, il a descendu l'escalier vers la berge où les péniches étaient amarrées pour la nuit.

« Qu'allez-vous me montrer, quel est cet endroit secret que vous voulez me faire découvrir ? » J'ai hésité, m'arrêtant à mi-chemin. Allan a insisté gaiement.

« Allez, venez, vous ne serez pas une vraie Parisienne tant que vous n'aurez pas plongé au moins une fois dans la Seine. »

Je l'ai regardé, éberluée. Me baigner, dans la Seine ? Comment pouvait-il me proposer une chose pareille ?

« Vous êtes fou ? Vous ne croyez tout de même pas que je vais me déshabiller devant vous ? »

J'ai fait un pas en arrière, mais il n'a pas lâché ma main. Il était irrésistible. Une seconde plus tard, j'étais à nouveau dans ses bras.

« Je ferme les yeux, a-t-il déclaré. Je vous promets de ne pas regarder. »

Nous avons marché sur les ponts des bateaux. Il y en avait trois, amarrés à couple. À la poupe du dernier était fixée une échelle. Allan a retiré sa chemise et son pantalon et il est entré dans l'eau en un plongeon impeccable. Un long silence a suivi, et les remous à la surface ont peu à peu disparu. J'ai crié son nom, affolée. Il est remonté à la surface près de la coque, s'est hissé et s'est appuyé sur les coudes au bord du pont. L'eau coulait de ses cheveux bruns. Son grand sourire dévoilait ses dents blanches qui brillaient dans l'obscurité.

« Je suis resté sous l'eau pour donner le temps à mademoiselle de sauter sans être vue. Allez ! Venez me rejoindre ! » a-t-il crié en riant avant de disparaître à nouveau.

J'avais appris à nager à Stockholm. Mais il faisait si noir, je me souviens que j'avais peur et que mon cœur battait fort. J'ai quand même fini par enlever mes chaussures et ma robe. Je portais un corset. Toutes les femmes en portaient en ce temps-là. Il était en soie épaisse, couleur chair, avec des coques rigides sur la poitrine. Je l'ai gardé. Quand j'ai tendu le pied vers l'eau, Allan m'a attrapée par la cheville. J'ai hurlé et je suis tombée dans ses bras avec un grand *plouf*. Son rire a résonné sous les arcades du pont.

Un petit carnet rouge

S. SMITH, ALLAN

Allan me faisait rire. Il modifiait radicalement ma vision du monde même s'il m'arrivait de me dire qu'il était un peu fou. Mais je me rends compte aujourd'hui, a posteriori, que ses visions reposaient sur une réelle compréhension de l'âme humaine et de la marche du temps. Quand je vois les jeunes gens de notre époque, je reconnais ceux qu'il me décrivait jadis, il y a si longtemps.

« La maison d'un individu est son petit monde à lui, disait-il souvent. Son royaume. C'est pour ça qu'une maison doit être adaptée au mode de vie de la personne qui l'habite. Une cuisine doit correspondre aux aliments qu'on y prépare et à la personne qui est derrière les fourneaux. Peut-être que, dans l'avenir, les logements n'auront même plus de cuisine ? À quoi serviraient-elles puisqu'il existe des restaurants où l'on prépare des plats bien meilleurs que ceux qu'on pourra jamais concocter à la maison ? »

Je trouvais très amusant d'imaginer une maison sans cuisine alors que les premiers réfrigérateurs et les premiers robots ménagers venaient tout juste de faire leur apparition. Alors que le rêve de toutes les femmes était de posséder une cuisine moderne avec le plus d'appareils possible.

« Peut-être que les cuisines de demain ressembleront à celles des restaurants, répliquais-je en riant. Et que tout le monde aura un cuisinier et une serveuse à son service ? »

Il faisait comme s'il n'entendait pas la pointe d'ironie dans mes commentaires et prenait un air grave.

« Ce que je veux dire, c'est que tout change. Les vieux bâtiments sont démolis et remplacés par de nouveaux. Le fonctionnel prend la place du décoratif. C'est pour ça que les pièces doivent être imaginées autrement. »

Je secouais la tête, ne sachant pas toujours s'il parlait sérieusement. J'adorais la fertilité de son imagination, sa capacité à traduire dans le réel des images abstraites, aussi surréalistes que certains tableaux qu'on pouvait voir à Paris à la même époque. Pour Allan, l'architecture était la base de toute interaction humaine et donc, la réponse à l'énigme de l'existence. Il vivait les matériaux, les angles, les façades, les murs et leurs ouvertures. Lors de nos promenades, il pouvait tout à coup s'arrêter et contempler un édifice jusqu'à ce que je lui jette quelque chose à la figure – un gant ou un châle – pour le sortir de sa transe. Quand cela arrivait, il se tournait vers moi et il me soulevait dans ses bras. Puis il me faisait tourner autour de lui comme si j'étais un enfant. J'aimais qu'il prenne ainsi possession de moi. Qu'il me traite comme sa femme. J'adorais qu'il s'accorde le droit de m'embrasser devant tout le monde, au milieu de la rue.

Parfois, il m'attendait sur un banc devant le studio où je travaillais. Quand ma journée était terminée et que je sortais, encore maquillée, il me prenait fièrement le bras et il m'emmenait dîner au restaurant, quelque part. Ce qui me surprend, encore aujourd'hui, c'est qu'Allan et moi n'ayons jamais été à court de sujets de conversation. Je ne me souviens pas d'une seule fois où il y ait eu un silence gênant entre nous. Nous pouvions marcher des heures dans Paris, sans voir la foule autour de nous, absorbés l'un par l'autre.

Il n'avait pas beaucoup d'argent. Il ne savait pas se tenir en société. Il ne sortait d'ailleurs jamais dans le grand monde, pour la simple et bonne raison que tous les vêtements qu'il possédait étaient désespérément démodés et trop grands. On aurait dit un adolescent qui aurait emprunté les vieux costumes de son père. S'il n'avait pas émané de lui un tel charme, le jour où je l'ai vu la première fois, sur ce banc, je ne lui aurais probablement jamais accordé un regard. Le souvenir de notre rencontre m'a toujours rendue très tolérante vis-à-vis de l'apparence des gens.

On n'a pas forcément besoin de s'intéresser aux mêmes choses, ou d'avoir le même genre, Jenny. Le plus important, c'est de savoir rire ensemble.

Un petit carnet rouge

S. SMITH, ALLAN

J'ai fait mon temps. J'ai souri avec mes lèvres rouge sang, pris la pose comme on me le demandait. J'ai contenté les clientes de M. Ponsard, incliné la tête devant la boîte carrée du photographe. Mais mon cœur se languissait d'amour. Chaque instant que je ne passais pas avec Allan, je le passais à penser à lui. Je nous voyais assis, côte à côte, sur un banc du parc. Il traçait des lignes sur son bloc à dessins et ses lignes devenaient des maisons. Il avait toute une ville dans son carnet. Souvent, nous nous imaginions que nous vivions dans l'une de ses maisons.

Parfois, je devais partir travailler hors de Paris. Je détestais cela et lui aussi. Un jour, il est venu me chercher à l'appartement dans une automobile qu'il avait empruntée. Je me rappelle encore la marque. C'était une traction avant Citroën noire. Il avait décidé de me conduire au château en Provence où je devais défiler, devant un public privé, avec des vêtements et des bijoux. Il n'était pas un chauffeur très expérimenté. Je me demande même si ce n'était pas la première fois qu'il était au volant d'une voiture. Le moins qu'on puisse dire, c'est que le trajet a été mouvementé et, pendant les premiers kilomètres, la voiturc calait constamment. J'ai cru mourir de rire.

« Si tu t'arrêtes toutes les cinq minutes, nous n'y arriverons jamais.

— Tu sais que s'il le fallait, je t'emmènerais sur la Lune à bicyclette, ma belle. Bien sûr que nous y arriverons. Accroche-toi, j'accélère. »

Il a appuyé sur le champignon et nous avons continué notre route dans un nuage de gaz d'échappement. Quand, enfin, nous avons tourné dans l'allée du château, avec plusieurs heures de retard, j'étais couverte de poussière et en nage. Nous étions en train de nous embrasser dans la voiture quand M. Ponsard a brusquement ouvert la portière. Il a jeté à Allan un regard glacial. Embrasser un homme avec qui je n'étais pas mariée faisait scandale et Allan en a pris pour son grade. Il a dû partir en courant dans l'allée gravillonnée pour ne pas se faire casser la figure. Malgré la gravité de la situation, j'ai eu le plus grand mal à ne pas éclater de rire en voyant Allan se retourner et me lancer des baisers, aussitôt qu'il a été à distance raisonnable.

Après la réception, j'ai filé en douce et découvert Allan endormi dans le parc du château. Nous avons retrouvé la voiture et nous nous sommes enfuis avant que M. Ponsard n'ait le temps de réagir. Nous nous sommes arrêtés dans un chemin isolé et nous avons passé la nuit, main dans la main, à compter les étoiles filantes, en imaginant que c'était le nombre d'enfants que nous aurions ensemble.

« Regarde, un garçon, a dit Allan en me montrant la première.

— Et voilà une fille, ai-je ajouté, tout excitée quand la suivante est tombée.

— Encore un garçon », a dit Allan en riant.

Quand la sixième étoile filante a traversé le ciel, il m'a embrassée en disant que cela faisait assez de bébés comme ça. Je lui ai caressé tendrement la nuque, j'ai plongé mes doigts dans ses cheveux et respiré son odeur jusqu'à ce qu'elle devienne une part de moi-même.

Un petit carnet rouge

S. SMITH, ALLAN

Nous nous connaissions depuis un peu plus de quatre mois quand, de façon totalement inattendue, il est brusquement sorti de ma vie. Du jour au lendemain, Allan a disparu. Personne n'est plus venu frapper à ma porte. Personne ne m'a plus attendue à la sortie du travail avec des baisers et des éclats de rire. J'ignorais où il habitait, je ne connaissais pas sa famille, je ne savais pas qui contacter pour essayer de comprendre ce qui avait pu se passer. J'avais senti à notre dernière rencontre qu'il était préoccupé. Il était moins joyeux et exalté qu'à l'accoutumée et il s'était habillé de manière plus stricte que d'habitude. J'ai cru que c'était pour me faire plaisir qu'il s'était acheté une veste et des souliers en cuir verni. Mais peut-être était-ce pour une autre raison ? Mon inquiétude et mon désespoir grandissaient de jour en jour.

Je l'ai cherché dans le parc, sur le banc où il s'asseyait pour dessiner des esquisses dans son bloc. Il était désert, hormis un pigeon à une patte qui faisait des allers-retours en sautillant à la recherche de quelques miettes de pain. J'y suis retournée tous les jours et je l'ai attendu pendant des heures, mais il n'est jamais revenu. Assise sur ce banc, j'avais l'impression de sentir sa présence.

Les semaines ont passé. Je parcourais seule les rues où nous marchions à deux, espérant le voir apparaître tout à coup, espérant que tout cela n'était qu'un cauchemar. Progressivement, son souvenir a commencé à ressembler à un rêve. Je me suis maudite d'avoir été aussi naïve et aveuglée par mon amour pour lui. Je m'en suis voulu de ne pas lui avoir posé plus de questions, de ne pas avoir exigé d'en savoir plus sur lui.

Où était-il parti ? Pourquoi m'avait-il abandonnée alors que ça devait être nous deux, pour la vie ?

Un petit carnet rouge

A. ALM, AGNES

Pendant la période qui a suivi la brusque disparition d'Allan, j'ai vécu comme un spectre. J'avais des cernes noirs et les paupières gonflées, ma peau était blême et mon teint brouillé après des nuits sans sommeil à pleurer toutes les larmes de mon corps. Je ne mangeais plus rien, j'étais maigre et apathique. À chaque instant, consciemment ou non, je pensais à lui.

Je déteste les séparations, Jenny. Encore aujourd'hui, dire adieu est la pire chose que je connaisse. Se séparer d'un être cher est une blessure à l'âme.

J'ai peine à l'avouer, mais avec le temps, on finit par oublier. Ce n'est pas que le souvenir des gens s'efface. Ce n'est pas qu'ils ne comptent plus. Mais la panique et l'angoisse ressenties au moment de la séparation se transforment en un sentiment plus neutre et plus supportable. Il arrive que l'ancienne amitié ne revienne même pas quand d'anciens amis croisent à nouveau notre route, et que les rapports qu'on a plus tard avec eux soient dictés par un sentiment d'obligation plus que par l'envie. Ils deviennent simplement des gens avec qui l'on garde le contact, à qui on écrit ou qui nous écrivent, dont on lit les lettres et à qui on pense quelques instants avant de ranger lettres et souvenirs dans une enveloppe abandonnée au fond d'un tiroir.

Après plusieurs années à Paris, le souvenir de ma propre mère avait pâli dans ma mémoire. L'idée qu'elle m'avait éloignée d'elle, qu'elle m'avait jetée du jour au lendemain dans une vie d'adulte dont j'ignorais tout, alors qu'elle avait gardé ma petite sœur à ses côtés, avait pris le dessus. Ma mère était devenue pour moi une personne qui avait fait un choix entre ses enfants. Il m'arrivait de penser à elle, bien sûr. Mais avec le temps, elle a cessé de me manquer.

Le souvenir d'Allan ne s'est jamais altéré, lui, pas du tout. Je ne l'ai jamais oublié. La douleur s'est estompée, mais pas l'amour. C'était un amour absolu.

J'ai continué à vivre. Au début, heure après heure. Puis, plus tard, jour après jour. Je me demandais ce qui n'allait pas chez moi pour qu'il ait soudain décidé de me quitter. Et puis, au bout d'un moment, je me suis mise à dépenser plus d'énergie à m'épiler les sourcils et à rentrer mon ventre qu'à penser à lui. Il y avait sept ans déjà que j'avais quitté la Suède. J'avais de l'argent et j'étais autonome, ce dont peu de femmes pouvaient se prévaloir à cette époque. Je ne vivais plus que pour la mode et le maquillage qui faisaient de moi quelqu'un d'autre, quelqu'un qu'on idéalisait. Quelqu'un qui n'existait pas vraiment. J'ai fini par me noyer dans cette éternelle quête de la perfection.

À tel point que le jour où j'ai reçu à mon domicile un télégramme m'annonçant la pire des nouvelles, j'étais partie écumer les magasins pour trouver une paire de souliers en cuir du même rouge qu'une robe que je venais de m'acheter. J'allais de boutique en boutique, un échantillon de tissu à la main, exigeant des marchands de chaussures qu'ils frottent le cuir afin de lui donner autant de brillance que possible, pour ensuite rejeter l'article parce que la boucle ne me convenait pas. C'était une vie terriblement superficielle et quand j'y repense, j'en ai honte. Il est très facile de transformer une fille en une sorcière égocentrique et imbue d'elle-même. C'est encore le cas aujourd'hui. Beaucoup de filles courent après la fortune et la célébrité. Peu s'arrêtent un instant pour réfléchir. La plupart des mannequins de cette époque venaient de riches familles de l'aristocratie. C'est grâce à elles que les mannequins ont acquis un statut et qu'elles sont devenues des modèles auxquels toutes les femmes veulent ressembler, le savais-tu, Jenny ?

Bref, revenons au fameux télégramme. Il m'avait été envoyé par la voisine de ma mère et il a mis fin efficacement à ma période d'autodestruction.

Chère Doris,

J'ai l'immense regret de t'annoncer que ta mère est morte des suites d'une longue maladie. Avec ses collègues de travail et ses amis, j'ai réussi à réunir assez d'argent pour le billet de la petite Agnes. Elle arrivera par le train, à Paris, le 23 avril à 13 heures. Je te la confie. Les affaires de ta mère sont entreposées dans l'un des greniers.

Espérant que la vie vous sourira à toutes les deux. Je t'envoie mes salutations dévouées.

Anna Christina

Une mère décédée que je ne connaissais plus. Une petite sœur qui débarquait dans ma vie comme un colis mal dirigé. La dernière fois que je l'avais vue, c'était une gamine de sept ans. À présent, c'était une adolescente dégingandée de quatorze ans que je voyais avancer vers moi sur le quai de la gare, l'air désorienté. Elle portait à la main une vieille valise entourée d'une ceinture en cuir. J'ai reconnu la ceinture de mon père, mouchetée de taches de peinture blanche. Son regard scrutait la foule à la recherche de… moi, sa sœur.

En me voyant, elle s'est arrêtée et m'a regardée fixement, tandis que les autres passagers continuaient à se presser vers la sortie. Ils la bousculaient au passage et elle vacillait d'un côté à l'autre, mais elle ne m'a pas quittée des yeux.

« Agnes ? » Ma question était inutile, elle était mon portrait craché à son âge. Un peu plus robuste que moi avec des cheveux plus foncés. Elle a continué à me regarder, les yeux écarquillés et la bouche entrouverte. Comme si elle avait vu un fantôme.

« C'est moi, ta sœur. Tu ne me reconnais pas ? »

Je lui ai tendu la main et elle l'a prise. Puis elle s'est mise à trembler et elle a laissé tomber son bagage. Elle a lâché ma main et a croisé les bras autour de sa poitrine, ses épaules remontant jusqu'aux oreilles.

« Viens là, petite. » Je l'ai prise dans mes bras et j'ai senti son jeune corps trembler contre le mien. J'ai inspiré profondément et absorbé son odeur. Elle m'a semblé familière.

« Tu as très peur, ai-je murmuré. Et tu es triste ? Je comprends. Ça a dû être dur pour toi de la perdre.

— Tu lui ressembles. Tu es exactement comme elle, a-t-elle bégayé, le visage enfoui dans mon épaule.

— C'est vrai ? Il y a si longtemps. Je ne me souviens plus. Je n'ai même pas une photo d'elle. Tu en as une, toi ? »

Je lui caressais lentement le dos et elle a commencé à respirer plus calmement. Elle m'a lâchée et a reculé de deux pas. De sa poche, elle a extrait une photographie froissée qu'elle m'a tendue. Maman était assise sur un tabouret de piano dans sa longue robe bleue. Celle qu'elle mettait pour les grandes occasions.

« Quand cette photo a-t-elle été prise ? »

Elle n'a pas répondu, peut-être qu'elle l'ignorait. Le regard de maman était si vivant. C'est à cet instant que j'ai pris conscience qu'elle était partie. Que je ne la reverrais plus jamais. La peine m'a serré la gorge. Ma mère était morte en pensant que je ne l'aimais pas. Et maintenant, je ne pouvais plus rien changer à cela.

« Peut-être la retrouverons-nous au ciel », ai-je tenté, mais mes mots ont fait pleurer Agnes. Mes larmes à moi étaient à l'intérieur. J'ai senti ma poitrine se pétrifier et un frisson glacé me traverser.

« Chut, ne pleure pas, petite. » Je l'ai à nouveau serrée contre moi et j'ai vu à quel point elle était fatiguée. Elle avait les paupières lourdes et des cernes bleus sous les yeux.

« Est-ce que tu savais que c'est à Paris qu'on trouve le meilleur chocolat chaud au monde ? »

Agnes a essuyé ses larmes.

« Et est-ce qu'on t'a déjà dit que le chocolat chaud est un bon remède contre le chagrin ? Et comme par un fait exprès, le plus beau café de Paris se trouve justement à deux pas d'ici, lui ai-je déclaré en lui montrant la direction. On y va ? »

J'ai pris ma petite sœur par la main et nous sommes sorties de la gare en silence. J'avais fait exactement le même trajet avec Madame, sept ans plus tôt. Ce jour-là, moi, je ne pleurais pas. Agnes pleurait. Comme moi jadis, elle venait d'être jetée contre sa volonté dans le vaste monde. Et à présent, c'était à moi de m'occuper d'elle. Et cette tâche me terrifiait.

Agnes a bouleversé mon existence. J'étais devenue parent de substitution et j'ai appris ce que c'était que de s'inquiéter pour quelqu'un. J'allais devoir lui trouver une bonne école. Et il faudrait qu'elle apprenne le français. Je voulais que jamais elle ne soit obligée de faire le ménage ni d'entrer au service de quelqu'un. Il était également hors de question qu'elle gagne sa vie en faisant des sourires hypocrites devant un appareil photo. Agnes allait avoir tout ce dont j'avais rêvé, une éducation, un avenir, et avant tout, j'allais lui donner ce dont j'avais été privé : une véritable jeunesse.

Dès le lendemain, j'ai libéré la chambre que j'occupais dans l'appartement que je partageais avec deux autres mannequins. J'ai fait le point sur mes rentrées d'argent. J'avais plusieurs emplois réguliers : mes défilés à la maison de couture et mes photos pour Lanvin et Chanel. Ce qui au départ avait généré de l'anxiété et de la terreur était désormais devenu une routine.

Les soupirants ont continué à se présenter à ma porte et j'ai continué à les rencontrer quand j'en avais le temps, j'ai accepté leurs cadeaux et leur conversation. Mais aucun n'a jamais pris la place d'Allan dans mon cœur. Aucun n'avait ses yeux, aucun ne savait lire comme lui le fond de mon âme. Je ne retrouvais pas avec eux le sentiment de sécurité que j'avais ressenti en sa compagnie.

Aucun n'a réussi à prendre la place d'Agnes, non plus. À compter du jour où elle a fait irruption dans ma vie, j'ai commencé à revendre les cadeaux que m'offraient mes admirateurs pour lui acheter des livres de classe. Et j'ai cessé de passer mon temps à chercher des chaussures de la couleur exacte de mes robes.

11

« J'espère que vous comprenez ? »

Elle regarde par la fenêtre défiler les nuages. Le vent joue avec eux, chasse les petites pelotes blanches à diverses allures. Ceux qui se trouvent le plus haut ne bougent pratiquement pas, tandis que les plus bas courent à une vitesse vertigineuse à travers le ciel avant de disparaître de son champ de vision.

L'homme assis à son chevet s'éclaircit la gorge. Elle tourne les yeux vers lui et voit un postillon s'échapper de sa bouche et atterrir dans sa barbe courte. « Madame Alm. Vous pouvez à peine marcher, vous ne pouvez pas continuer à vivre toute seule. Comment espérez-vous vous en sortir ? Même pour aller aux toilettes, vous avez besoin d'aide. Je lis ici que c'était déjà le cas avant votre accident. Faites-moi confiance. Vous serez très bien dans cette maison de retraite. Ce n'est pas l'hospice. Vous pourriez même emporter quelques meubles personnels, si vous le souhaitez. »

C'est la troisième fois que l'assistant social, attaché à l'hôpital, vient la voir avec ses paperasses. Trois fois, elle a dû écouter son discours sur la nécessité de vendre son appartement et d'entreposer les meubles et les souvenirs qu'elle ne pourra pas emporter à la maison de retraite. Trois fois, elle a résisté à la tentation de lui taper sur la tête avec un objet contondant. Elle ne s'en ira jamais de Bastugatan. Pour la troisième fois, il va devoir repartir sans sa signature.

Mais il est toujours là. Ses doigts tambourinent sur le formulaire et le bruit résonne dans la tête de Doris. Elle se tourne à nouveau vers la fenêtre, traitant par le mépris la douleur que génère chaque geste.

« Plutôt mourir, lance-t-elle, venimeuse. Je ne signerai rien, ce n'est pas la peine d'insister. Je vous l'ai déjà dit et vous ne me ferez pas changer d'avis. »

Il pousse un long soupir et fait claquer le formulaire contre la table de chevet. Ou du moins, il essaye. Une pauvre feuille de papier, ça ne claque pas bien fort.

« Comment allez-vous vous débrouiller ? J'aimerais bien que vous me l'expliquiez. »

Elle le fusille du regard.

« J'y arrivais très bien avant ma chute. Et j'y arriverai très bien après. C'est juste une fracture. Je ne suis pas paralysée, que je sache ! Et jusqu'à preuve du contraire, je ne suis pas morte. Quand cela arrivera, je peux vous affirmer que ce ne sera ni ici ni à Blåklockan. Vous feriez mieux de me souhaiter un prompt rétablissement plutôt que de nous faire perdre notre temps à tous les deux. Dans quelques semaines, je serai à nouveau sur pieds. Je voudrais vous y voir, vous ! Allez vous casser le col du fémur et vous faire poser une nouvelle hanche, on verra comment vous gambaderez une semaine après l'opération !

— Il y a des endroits pires que Blåklockan, madame Alm. J'ai réussi à convaincre le directeur de vous accueillir. Normalement, ils refusent de prendre des pensionnaires dans votre état. Pourquoi ne pas profiter de cette chance qu'on vous offre ? La prochaine fois, vous n'aurez peut-être pas la même opportunité et vous finirez à l'hospice.

— Vous n'avez pas encore appris, en travaillant dans un endroit comme celui-ci, que les menaces ne fonctionnent pas sur les vieilles dames ? Eh bien, vous vous coucherez moins bête ce soir. Et maintenant, j'aimerais bien dormir, alors si vous pouviez aller embêter quelqu'un d'autre, cela m'arrangerait.

— C'est comme ça que vous le prenez ? » Il fronce les sourcils, sa bouche n'est plus qu'un trait. « Vous croyez que je suis là pour vous embêter ? Alors que mon seul but est de vous aider ? Je fais tout cela pour votre bien, madame Alm, pour que vous ne retourniez pas habiter toute seule. Vous savez bien que vous n'avez personne pour s'occuper de vous. »

Quand enfin il s'en va, les larmes coulent sur les joues de Doris, elles suivent le lit de ses rides et terminent leur course sur sa bouche. Elle sent le goût du sel entre ses lèvres sèches. Son cœur bat fort sous l'effet de la colère. Elle lève la main, celle qui est toute bleue à cause du cathéter, et s'essuie la joue. Elle fixe un point sur le mur. Avec détermination, elle fléchit et tend son pied dix fois de suite. Comme le kinésithérapeute le lui a appris. Ensuite, elle fait appel à toute sa volonté pour soulever le pied de quelques millimètres. Elle regarde sa cuisse, visualise le talon levé. Une courte seconde, le talon est en l'air, puis le pied reprend sa place sur l'oreiller. Elle a dépensé toute son énergie pour accomplir ce tout petit exploit. Elle s'autorise un instant de repos puis s'attaque au troisième exercice. Elle presse le creux du genou contre le matelas, pour contracter le quadriceps, relâche, et recommence. Pour finir, elle contracte une fesse de manière à ce que la hanche remonte de quelques millimètres. La cicatrice après l'opération est un peu douloureuse, mais elle parvient désormais à bouger légèrement la hanche sans trop souffrir.

« Comment allez-vous, aujourd'hui, Doris ? Et cette jambe ? » Une infirmière s'assied au bord du lit et lui prend la main.

« Ça va, je n'ai pas mal, ment-elle. Demain, je voudrais me lever et marcher, essayer en tout cas. Je devrais arriver à faire des petits pas.

— Voilà qui fait plaisir à entendre », dit l'infirmière en lui tapotant la joue. Doris a un mouvement de recul.

« Je vais noter cela dans votre dossier pour que l'équipe du matin sache que vous êtes prête à commencer la rééducation. »

Doris est à nouveau seule. Cette nuit, les lits d'en face sont vides. Elle se demande qui viendra les occuper demain. C'est-à-dire lundi. Lundi, mardi, mercredi. Elle compte sur ses doigts. Plus que trois jours avant de pouvoir reparler à Jenny.

Un petit carnet rouge

A. ALM, AGNES

Un appartement près des Halles. Une chambre avec un coin cuisine. L'eau et les toilettes dans la cour. Ce n'était pas le meilleur quartier de la ville, mais c'était *chez nous*, et Agnes et moi pouvions y vivre comme nous l'entendions. Nous dormions ensemble, dans le même petit lit. Les grincements du sommier quand l'une de nous bougeait avaient fini par devenir une petite musique à nos oreilles. Si je ferme les yeux, je peux encore l'entendre. Le moindre mouvement faisait chanter les ressorts rouillés et osciller le cadre métallique. Il m'arrivait de craindre qu'il s'écroule.

Agnes était gentille. C'est l'adjectif qui la définit le mieux. Toujours serviable et attentive à son prochain. Elle était discrète et parfois un peu triste. La nuit, elle se tournait dans son sommeil et poussait de petits gémissements, les larmes coulaient sur ses joues sans qu'elle se réveille. Elle venait se coller contre moi. Si je m'écartais, elle me suivait, jusqu'à ce que je me retrouve couchée sur une toute petite bande de matelas.

Un matin, alors que nous étions assises au lit toutes les deux, chacune avec sa tasse de thé, Agnes m'a raconté. Ce qu'elle m'a rapporté ce jour-là m'a permis de comprendre. En partie, du moins. Elle avait eu une vie effroyable. Une vie qui aurait pu être la mienne. Elles étaient si pauvres qu'elles n'avaient pas de quoi manger tous les jours. Agnes n'était jamais allée à l'école. Elles avaient fini par être expulsées de l'appartement et les derniers mois qui ont précédé la mort de notre mère, elles avaient dû vivre chez Anna Christina, la voisine.

« Maman toussait horriblement, m'a-t-elle dit, sa voix si ténue qu'elle menaçait de se briser. Et chaque fois, il y avait du sang dans sa main, rouge foncé et épais comme de la glu. Nous dormions ensemble sur la banquette de la cuisine et je sentais son corps trembler de douleur à chaque nouvelle quinte.

— Tu étais là quand elle est morte ? lui ai-je demandé, et elle a acquiescé. Qu'est-ce qu'elle a dit ? Elle a dit quelque chose ?

— Elle a dit : Je te souhaite *assez*... » Agnes s'est tue. J'ai pris sa main dans la mienne. Nous avons entrelacé nos doigts.

« Je crois qu'on a eu notre compte. On a eu *assez* de merde. Tu ne trouves pas ? »

Et nous avons réussi à en rire ensemble. Complices, comme deux sœurs. Alors que nous nous connaissions à peine.

Je n'oublierai jamais ce premier été avec Agnes. Si tu veux apprendre véritablement à connaître une personne, Jenny, il faut partager son lit. Il n'existe rien de plus désarmant que d'être couchés, tard le soir, serrés l'un contre l'autre. Dans ces moments-là, tu es toi-même, il n'y a pas d'excuses ni de faux-fuyants. Je remercie ce vieux lit rouillé de nous avoir permis de redevenir des sœurs. Des sœurs qui partageaient tout.

Les jours où je ne travaillais pas, nous allions nous promener dans les rues de Paris. Avec des chapeaux et des gants pour nous protéger du soleil. Nous parlions français ensemble. Tous les mots qu'elle apprenait, nous les cueillions dans la rue. *Automobile, bicyclette, robe, chapeau, pavé, livre, bistrot.* C'était devenu un jeu. Je montrais un objet du doigt, je disais son nom en français et elle répétait après moi. Nous cherchions des mots partout. Elle apprenait vite et avait hâte de commencer l'école. Moi, cette période m'a donné l'occasion de faire quelques pas merveilleux dans une adolescence qui m'avait été volée trop tôt.

Mais bientôt, ça en a été terminé de l'insouciance. Dans les cafés, on disait qu'il allait y avoir la guerre et ces rumeurs se confirmaient. En 1939, elles se sont avérées. La Seconde Guerre mondiale a éclaté. La chaleur était aussi écrasante que le climat de peur qui s'était abattu sur Paris. La France était encore épargnée, la vie continuait comme si de rien n'était, mais on aurait dit qu'on avait volé leur sourire aux gens. *Soldat* et *fusil* ont fait partie des nouveaux mots qu'Agnes et moi glanions dans les rues. Il y avait de moins en moins de travail. Les maisons de couture faisaient des économies et pour nous, les mannequins, ça a été un marasme. Même les grands magasins ont arrêté de nous employer. Agnes allait à l'école pendant que je restais près du téléphone à attendre qu'il sonne et que les séances photo et défilés que j'avais fini par considérer comme acquis me soient proposés à nouveau. Bientôt, je me suis mise à la recherche d'un autre emploi, mais personne n'osait embaucher. Ni le boucher, ni le boulanger, ni les aristocrates. J'avais encore quelques économies, mais le solde de mon compte diminuait à vue d'œil.

Il y avait un vieux poste de radio grésillant dans l'appartement. Il était en bois sombre, avec une toile jaunie sur le haut-parleur et des boutons dorés. Nous l'écoutions tous les soirs. Nous ne pouvions pas nous en empêcher. Les nouvelles devenaient chaque jour plus préoccupantes, les morts se comptaient par dizaines, par centaines. La guerre était si proche, et si lointaine en même temps, si incompréhensible. Agnes se bouchait les oreilles, mais je l'obligeais à écouter, pour sa culture générale.

« Arrête la radio, s'il te plaît, Doris, me suppliait-elle, ça fait venir des images tellement laides dans ma tête. »

Une fois, elle s'est carrément enfuie de l'appartement. L'animateur venait d'annoncer que les Allemands avaient attaqué Varsovie et que la Pologne était vaincue.

Je l'ai retrouvée dans la cour, assise sur une bûche, les bras enroulés autour des genoux, le regard absent. Sur les toits, les pigeons roucoulaient. Il y en avait partout. Leurs fientes faisaient des taches blanches sur les pavés de la cour.

En m'entendant arriver, elle s'est tournée vers moi et elle a crié, furieuse : « Pour toi, il ne s'agit que de chiffres, mais figure-toi que c'est de gens qu'ils parlent. Des êtres humains qui étaient vivants et qui sont morts, maintenant ! »

Le ton était méchant, accusateur, comme si j'étais incapable de comprendre le sens du mot « mort ». Je me suis assise à côté d'elle, le plus près possible.

« Je ne veux pas mourir, a-t-elle sangloté, posant sa tête sur mon épaule. Je ne veux pas mourir. Je ne veux pas que les Allemands viennent ici. »

Un petit carnet rouge

S. SMITH, ALLAN

Un jour, Agnes est rentrée avec une enveloppe à la main. Peut-être avait-elle été blanche un jour, mais à présent, elle était jaunie, sale et couverte de tampons, de timbres et d'adresses qui avaient été rayées les unes après les autres. Elle contenait une lettre d'Amérique.

Plus d'une année s'était passée depuis qu'il avait subitement disparu. Et voilà qu'au milieu du chaos de la guerre, il m'avait écrit. Comme s'il avait enfin entendu ma peine, toujours vive, de l'avoir perdu. Dans l'enveloppe se trouvait un prospectus de voyage à destination de New York et une poignée de dollars. Ainsi que ces quelques mots qui sont restés gravés à jamais dans ma mémoire :

Darling Doris. Ma ravissante rose. J'ai dû quitter Paris à la hâte et n'ai pas eu le cœur de te faire mes adieux. Pardonne-moi. Mon père est venu me chercher parce que ma mère est tombée malade. Je n'ai pas eu le choix.

Rejoins-moi. J'ai besoin de toi. Traverse l'Atlantique pour qu'à nouveau je puisse te serrer dans mes bras. Je vais t'aimer pour l'éternité. Viens dès que tu peux. Je joins à cette lettre tout ce qu'il faut pour partir. Quand tu seras là, je m'occuperai de toi.

À bientôt, tu me manques tant.

Elle était signée *Allan Smith*. Mon Allan.

J'ai relu la lettre plusieurs fois, dans ma tête. D'abord, j'ai été furieuse. Je lui en voulais d'avoir mis si longtemps à donner de ses nouvelles et d'oser m'envoyer maintenant une lettre aussi brève. Mais très vite, ma joie a pris le dessus. C'était comme si, soudain, je recommençais à vivre, comme si l'hébétude du chagrin cédait comme une digue. Il était toujours là, il n'était pas parti à cause de moi, il m'aimait.

J'ai lu sa lettre à Agnes.

« On y va ! s'est-elle écriée avec une expression déterminée, une ride verticale barrant son front entre les sourcils. Pourquoi rester ici alors que la guerre est tout ce qui nous attend ? »

La rumeur disait que les Allemands emprisonnaient aussi des civils. Qu'ils venaient les chercher dans leurs maisons et confisquaient tous leurs objets de valeur. Nous ignorions de quoi il était question à cette époque, mais Agnes avait peur. Elle était terrifiée par les histoires qu'elle entendait à l'école, où tout était déformé et dramatisé.

Le soir, assises à la table du repas, nous parlions de ce projet de départ. Agnes n'avait pas la moindre hésitation. Elle n'en pouvait plus de vivre dans la peur. Nous n'avons pas mis longtemps à nous décider. Nous aspirions toutes les deux à faire ce voyage, même si ce n'était pas pour les mêmes raisons. J'ai vendu la plupart de mes vêtements, de mes chapeaux et de mes chaussures ainsi que mes meubles et mes tableaux. Nous avons tassé le reste dans deux grosses valises avec les lettres, les photos et les bijoux. J'ai vidé mon compte en banque et rangé toute ma fortune en grosses coupures dans une boîte en fer qu'Allan m'avait offerte. Je l'ai gardée serrée contre moi, cachée dans mon sac à main.

Une fois de plus, toute ma vie tenait dans une valise, mais cette fois, j'étais adulte. J'étais en paix avec moi-même et pleine d'espérance. Ma famille était avec moi et Allan et moi allions à nouveau être réunis.

Un petit carnet rouge

J. JENNING, ELAINE

Nous sommes parties un jour pluvieux de novembre 1939. Je portais mon manteau rouge, celui qui était si doux, en cachemire. Il tranchait avec ceux des autres passagers, tous gris ou noirs. J'avais noué un châle gris autour de ma tête. Quand j'ai monté la passerelle pour laisser derrière moi l'Europe et ma carrière, je l'ai fait avec grâce et élégance. J'étais encore Doris, le mannequin. Le quai était bondé de gens, avec ou sans billet. Certains me reconnaissaient pour m'avoir vue sur les photos colorisées des magazines, ils chuchotaient et me montraient du doigt. Les autres étaient trop absorbés par de tragiques adieux avec l'être aimé. À mi-chemin de la passerelle, je me suis retournée et j'ai agité la main, comme une vedette de cinéma. Mais je n'ai pas le souvenir que quiconque ait agité la main en retour. Agnes est montée à bord sans se retourner. Pour elle, Paris n'était qu'une parenthèse qui ne serait bientôt plus qu'un pâle souvenir. Pour moi, Paris resterait une époque de ma vie dont je me souviendrais à jamais. Quand le paquebot a quitté le port de Gênes, comme l'un des derniers autorisés à le faire, j'ai regardé avec tristesse la côte s'éloigner à travers le hublot de notre cabine.

Le *SS Washington* était un long et joli bateau. On nous avait donné une cabine avec salon et un grand lit dans la chambre. Le sommier ne grinçait pas et le matelas ne se creusait pas au milieu, de sorte que nous étions couchées plus loin l'une de l'autre que nous n'en avions pris l'habitude. La première nuit, nous n'avons presque pas dormi.

« Dis-moi qu'il est beau. Et riche. Raconte-moi tout ! Oh, mon Dieu, tout cela est tellement romantique… », chuchotait Agnes.

Je n'ai pas su quoi répondre. En fermant les yeux, je revoyais son visage, je me souvenais de chaque parfum respiré lors de nos étreintes. Mais en réalité, je ne savais plus rien de lui. Trop de temps avait passé.

« Il est architecte et visionnaire. Il a beaucoup d'idées saugrenues, mais je pense que tu vas l'aimer, parce qu'il rit tout le temps.

— Ça ne me dit pas s'il est beau. » Agnes a pouffé comme une collégienne et je lui ai envoyé mon oreiller dans la figure. Elle n'arrêtait pas de me poser des questions. Je lui ai tout raconté. La façon dont nous nous étions rencontrés, son impulsivité, sa gaieté, sa passion. Ses yeux verts. Son sourire.

Je me demandais en mon for intérieur pourquoi il avait fini par m'écrire. Pourquoi maintenant et pas avant ? Était-ce à cause de la guerre ? Mais l'amour et l'espoir qu'il a fait renaître en moi quand j'ai su qu'il ne m'avait pas oubliée, étaient proportionnels aux torrents de larmes que j'avais versés à sa disparition. Je brûlais d'impatience de le retrouver.

Avant de monter à bord, j'ai posté deux lettres. La première était destinée à Gösta, pour lui dire au revoir. Notre relation épistolaire s'était atténuée avec les années, mais je voulais qu'il sache où je me trouvais, et puis, je voulais lui donner une dernière description détaillée de Paris. La deuxième était pour Allan. Elle contenait des informations sur notre arrivée et un bref message, aussi bref que le sien. Nous allions bientôt nous revoir. J'imaginais la scène. Une vraie scène de film. Il m'attendrait sur le quai à notre arrivée, débraillé comme à son habitude, les cheveux ébouriffés par le vent. Moi je descendrais la passerelle dans mon élégant manteau rouge. Lorsqu'il me verrait, son visage s'éclairerait d'un immense sourire et il agiterait la main. Je courrais vers lui et je me jetterais dans ses bras pour l'embrasser avec fougue. Ces retrouvailles imaginaires devenaient plus merveilleuses au fil de nos nuits agitées par la houle. Mais en réalité, mon inquiétude allait grandissant.

Nos journées en mer étaient loin d'être oisives. Elles étaient organisées jusqu'au moindre détail par un équipage dynamique : tir au pigeon d'argile, quiz. Nous nous étions fait de nombreux amis. Avant notre départ, la question de la langue ne m'avait pas effleurée. Dans ma décision impulsive, il n'était question que d'amour. Je ne parlais que quelques mots d'anglais et Agnes ne le parlait pas du tout. Heureusement, nous avons fait la connaissance d'Elaine Jenning, une vieille Américaine qui parlait le français et elle a été notre ange gardien.

Tous les jours, elle nous enseignait l'anglais dans la salle à manger. Nous jouions avec Elaine au même jeu qu'avec Agnes dans les rues de Paris. Nous désignions un objet, elle le nommait en anglais et nous répétions le mot. Nous avons vite appris le nom de tout ce qui se trouvait à bord du bateau. Elle avait plaisir à nous enseigner sa langue natale. Elle nous parlait lentement et en articulant, pour nous permettre de suivre plus facilement.

Elaine était veuve depuis peu. Son mari était un homme d'affaires, ils avaient vécu dans le monde entier et en France, les dix dernières années. Comme moi, elle avait connu les années folles à Paris. Elle portait des vêtements de haute couture et plusieurs rangs de perles autour du cou. Parfois, je me disais que je l'avais peut-être vue à l'atelier, qu'elle était l'une des dames qui tripotaient mes tenues à la recherche de la pièce qui les rendrait aussi élégantes que moi. Sa poudre blanche faisait des grumeaux dans ses rides quand elle transpirait. Elle se servait d'un mouchoir brodé pour l'essuyer, qui dessinait des stries sur sa peau. Ses cheveux gris étaient soigneusement rassemblés en un chignon parfait dans sa nuque. De temps en temps, elle levait la main pour remettre une épingle qui avait cédé à la pesanteur. Nous aimions sa compagnie. Elle a été notre soutien alors que nous voguions d'un monde que nous connaissions vers un nouveau, totalement inconnu.

La plupart des passagers qui se trouvaient à bord fuyaient quelque chose. Elaine rentrait chez elle. Pour retrouver une vie qu'elle avait quittée trente ans auparavant.

Un petit carnet rouge

S. SMITH, ALLAN

Depuis le pont du paquebot, serrées l'une contre l'autre sous un grand parapluie, Agnes et moi regardions bouche bée les gratte-ciel se dressant dans le ciel gris. Le paysage était noyé dans la brume et une pluie très fine nous cinglait le visage, poussée par le vent sous le parapluie. Je tenais le col de mon manteau rouge bien fermé autour de mon cou et j'enfouissais mon menton dans le châle. Chaque fois que je penchais le parapluie vers l'avant pour une meilleure protection, Agnes le relevait résolument. Elle ne voulait pas rater une seule seconde de notre entrée dans le port. Elle a sifflé d'admiration en découvrant la statue de la Liberté, cet extravagant cadeau fait à l'Amérique par la France. La statue brillait, tournée vers nous, brandissant haut son flambeau et, à cet instant, j'ai pensé que nous aurions une belle vie. Ce qui ne m'a pas empêchée de devoir aller aux toilettes à plusieurs reprises. Quand je suis revenue la quatrième fois, Agnes s'est moquée de moi.

« Tu ne serais pas un peu nerveuse, par hasard ? » m'a-t-elle dit, taquine, sans quitter le spectacle des yeux.

Son commentaire ne faisait rien pour arranger les choses et j'ai reniflé. « Bien sûr que je suis nerveuse. Je ne l'ai pas vu depuis une éternité. Tu imagines si je n'arrive pas à le reconnaître ?

— Tout ce que tu auras à faire, c'est de marcher lentement. Et sourire. Tu dois avoir l'air de savoir où tu vas. Tout va très bien se passer.

— Marcher lentement et sourire ? C'est le genre de conseils que maman pourrait donner. Elle avait un tas de drôles d'idées. »

Agnes rit. « C'est vrai. Est-ce qu'elle te disait "sois forte" à toi aussi ? C'était sa recommandation favorite. »

J'ai hoché la tête, amusée, je reconnaissais si bien les mots. Quand nous avons été autorisées à descendre du bateau, j'ai suivi le conseil d'Agnes. Nous avons pris congé d'Elaine en la serrant longuement dans nos bras. Elle a glissé un bout de papier dans le creux de ma main avec une adresse rédigée d'une belle écriture soignée.

« Comme ça, si un jour vous avez besoin d'aide, vous saurez où me trouver », a-t-elle chuchoté à mon oreille.

Après avoir distribué des baisers sur les joues de tous les passagers dont nous avions fait la connaissance pendant la traversée, j'ai descendu lentement l'étroite passerelle dans mon manteau rouge. Il ne pouvait pas ne pas me voir. Je souriais, consciente qu'on me regardait.

Après avoir passé le contrôle de l'immigration, nous avons attendu. Tout le monde sur ce quai attendait quelqu'un. Les minutes qui ont suivi m'ont paru durer des heures. Partout autour de nous bourdonnaient des conversations dans une langue que nous comprenions à peine. Nous nous sommes assises sur nos valises, qu'un porteur avait apportées de notre cabine. Un vent glacé se glissait sous ma robe, le long de mes jambes gainées de Nylon. Je tremblais de froid. Agnes étudiait attentivement chaque visage. Ses yeux bleus étaient pleins d'espoir. Les miens étaient pleins de larmes. Aucun de ces visages n'était celui d'Allan.

Presque une heure plus tard, un homme en costume noir s'est présenté devant nous. Il portait une casquette à visière et l'a retirée pour nous parler.

« *Miss Alm ? Miss Doris Alm ?* » a-t-il demandé. Je me suis levée et j'ai répondu « *Yes, yes !* », très excitée. Je lui ai tendu l'unique portrait que j'avais d'Allan et que j'avais enserré dans un médaillon ancien. Je le portais souvent autour du cou, mais je ne l'avais jamais ouvert devant personne. Agnes s'est penchée, curieuse.

« Pourquoi ne m'as-tu pas dit que tu avais une photo de lui ? Ce monsieur n'est pas Allan, a-t-elle fait remarquer, très justement. Qui est-ce ? »

L'homme a bafouillé quelques mots en anglais, puis il a tiré une enveloppe de sa poche intérieure et me l'a donnée. Elle contenait un bref message en français.

Chère Doris,

J'ai été catastrophé en recevant ta lettre. Je ne comprends pas ce qui t'amène ici après plus d'un an. Pourquoi ne viens-tu que maintenant ? Je t'ai attendue pendant des mois. En vain. Je ne pouvais pas repartir en Europe parce que ma mère était au plus mal. Il était hors de question que je l'abandonne.

J'ai fini par perdre espoir et renoncer à t'attendre. Je croyais que tu m'avais oublié. J'ai fait le choix de continuer à avancer. Je suis marié à présent, et il m'est impossible de te rencontrer. Le chauffeur va te conduire dans un hôtel où j'ai fait une réservation à ton nom. Tu peux rester deux semaines, à mes frais. Je ne peux pas te revoir. Je suis affreusement désolé.

A.

Je me suis évanouie.

Agnes m'a giflée pour que je revienne à moi.

« Doris, ressaisis-toi ! Nous n'avons pas besoin de lui. Nous nous sommes très bien débrouillées jusque-là, et tu t'en sors toute seule depuis des années. Lâche ton rêve et relève-toi. »

Je ne pouvais plus respirer, il y avait comme un poids sur ma poitrine. Allan allait-il désormais être cela pour moi ? Un rêve que j'avais fait ? Agnes m'a aidée à me remettre debout. Elle a dû me soutenir pour marcher jusqu'à la voiture du messager. Je n'ai aucun souvenir de notre trajet jusqu'à l'hôtel. Je n'ai vu ni les scènes de rue ni les gens, je n'ai senti aucune odeur et n'ai pas entendu un seul mot. Il y avait plus d'un an qu'il avait envoyé cette lettre. J'aurais dû le comprendre en voyant l'enveloppe jaunie et les adresses biffées. Si cette lettre m'était parvenue à temps, c'est moi qui serais mariée avec lui. Mais à présent, une autre femme vivait à ses côtés. J'ai senti mon estomac se révulser à cette idée. J'avais envie de vomir.

Blotties l'une contre l'autre dans le grand lit confortable de la chambre d'hôtel, Agnes et moi sommes restées plusieurs jours à nous cacher du monde effrayant que nous entendions à l'extérieur. Une fois de plus, nous nous trouvions dans un pays dont les habitants parlaient une autre langue que la nôtre. Nous n'avions aucun projet et pas beaucoup d'argent. Nous ne pouvions pas revenir sur nos pas puisque nous avions laissé derrière nous une Europe en guerre.

Devant la fenêtre de l'hôtel, à une trentaine de centimètres à peine, s'élevait la façade en brique de l'immeuble voisin. J'ai fixé cette façade jusqu'à ce que les rangs de briques se mettent à onduler devant mes yeux. Le quatrième jour, je me suis levée. Je me suis lavée, j'ai poudré mon visage, mis du rouge à lèvres et enfilé ma plus jolie robe. Puis je suis sortie dans les rues grouillantes de vie et de langues étrangères. Dans un anglais approximatif, j'ai réussi à demander où se trouvaient les grands magasins les plus proches et je suis allée les démarcher, l'un après l'autre. J'ai vite compris que le métier de mannequin était très différent, en Amérique. Ici, les filles devaient aussi recevoir les clientes, leur parler, les guider. À Paris, personne ne nous demandait quoi que ce soit. À vrai dire, on nous demandait surtout de nous taire. Dans ce pays, les mannequins ne se contentaient pas de montrer les vêtements, elles étaient aussi supposées les vendre.

Après avoir arpenté les rues pendant des heures, et proposé maladroitement mes services, j'ai fini par convaincre la maison Bloomingdale's de me prendre à l'essai. J'ai atterri à l'entrepôt. Doris, mannequin célèbre à Paris, allait être réduite à déballer des vêtements et à repasser des robes avec ses mains fines et fragiles et ses ongles vernis. Mais je voulais décrocher ce travail et je me suis juré d'y arriver. Il ne me restait plus qu'à chercher un logement.

12

L'homme est à nouveau à son chevet et elle refuse toujours de lui parler.

« Vous ne pouvez pas rester ici. Et vous ne pouvez pas rentrer chez vous. Nous allons donc vous transférer dans une maison de retraite, avec ou sans votre accord. Si vous préférez, dites-vous que c'est une solution temporaire, mais une chose est sûre, pour l'instant, vous n'êtes pas capable de vous débrouiller seule. L'infirmière m'a dit que vous aviez essayé de marcher aujourd'hui et que vous n'y étiez pas arrivée. Comment pourriez-vous vivre dans votre appartement, livrée à vous-même ? »

Elle n'a aucune intention de lui répondre. Écoute les bruits venant du couloir et le chuintement des sabots en caoutchouc des infirmières.

« Ce serait tellement plus facile si vous vouliez bien me parler, madame Alm. Faites un effort pour comprendre, s'il vous plaît. Je sais que vous avez toujours été une femme indépendante, mais votre corps vous lâche, à présent. Je comprends que ce soit difficile à accepter. »

Elle tourne lentement la tête et rétorque :

« Ah ! Vous comprenez ? Mais vous comprenez quoi, au juste ? Vous comprenez à quel point c'est triste d'être couchée dans ce lit ? À quel point je voudrais rentrer chez moi ? À quel point ma hanche me fait mal ? Vous savez mieux que moi, sans doute, ce que je veux et ce que je ne veux pas ? Alors vous devez savoir aussi que ce qui me ferait le plus plaisir, maintenant, ce serait que vous disparaissiez. *Pfuit !* Parti ! » siffle-t-elle, furieuse. Elle a les lèvres si pincées que son menton se crispe. La couverture d'hôpital a un peu glissé, elle voudrait bien tirer dessus pour couvrir ses jambes, mais la douleur l'en empêche. L'homme se lève, il la regarde en silence. Elle sait ce qu'il a dans la tête. Il se dit qu'elle est une vieille toupie butée qui ne sera plus jamais autonome. Eh bien, qu'il pense ce qu'il veut. Il ne peut pas la forcer et il le sait aussi bien qu'elle. Elle voudrait vraiment qu'il s'en aille, maintenant, et, comme si elle avait été douée d'un pouvoir magique, il tourne les talons et part sans lui dire au revoir. Elle entend un bruit de papier déchiré. Il est tellement énervé que le formulaire atterrit dans la poubelle. Elle sourit. C'est la quatrième fois qu'elle gagne la partie.

Un petit carnet rouge

S. SMITH, ALLAN

Cinquième jour à New York. Il fallait d'urgence que nous commencions à penser à notre avenir, mais nous n'avions aucune idée de la façon dont nous allions survivre en Amérique. Nous souffrions toutes deux d'un douloureux mal du pays. Moi, c'était les rues familières de Paris qui me manquaient, et Agnes, celles de Stockholm. Nous nous languissions de ceux que nous avions laissés derrière nous. J'ai écrit à Gösta. Je me suis lamentée comme je ne pouvais le faire qu'auprès de lui. Je l'ai appelé au secours, en sachant parfaitement qu'il ne pourrait pas nous venir en aide.

Je me suis rendue chez Bloomingdale's pour mon premier jour à l'entrepôt. Je m'étais préparée mentalement à un sévère contraste avec ce que je faisais à Paris. Je savais que ce serait dur et que mon sourire ne me serait d'aucune utilité. J'ai laissé Agnes dans la petite chambre d'hôtel avec mes recommandations comme seule compagnie : *Ne sors pas de cette pièce, ne laisse entrer personne, ne parle à personne.*

Dans les rues, le bruit était assourdissant. Et tout le monde parlait dans une langue étrangère. Les gens criaient, les voitures klaxonnaient. Il y en avait bien plus qu'à Paris. De la vapeur sortait des bouches d'égout dans les rues que j'empruntais pour arriver au magasin. N'osant pas marcher dessus je faisais des zigzags sur les trottoirs pour les éviter.

L'homme qui m'a accueillie parlait très fort. Il montrait du doigt, gesticulait, hochait la tête, souriait et parlait à nouveau. Au bout d'un moment, il a plissé le front en voyant que je ne comprenais pas. Son accent était très différent de la diction claire d'Elaine. Ne pas connaître une langue vous renvoie au tout dernier échelon de la hiérarchie, et c'est là que j'ai atterri. J'ai dû humblement m'excuser de mon incompétence.

Le premier jour, j'ai essayé de faire contre mauvaise fortune bon cœur et de me montrer forte et optimiste. Mais à mesure que les jours passaient, mon pas devenait lourd, traînant. J'avais des courbatures épouvantables dans les épaules à force de soulever des caisses. On m'a gardée quelques jours, mais un soir, le contremaître a secoué la tête et il m'a payé mes gages en liquide. Je ne comprenais pas les ordres et je commettais trop d'erreurs. J'ai supplié pour qu'il me donne une dernière chance, mais il m'a répondu : « *No, no* », et m'a montré la porte. Qu'allions-nous faire ? Nous n'avions plus que deux nuits d'hébergement. Plus j'approchais de l'hôtel, plus grande était mon inquiétude, plus profond, mon désespoir. Où allions-nous habiter ?

Comment allions-nous nous bâtir une existence dans ce nouveau pays ?

J'ai reconnu sa chevelure ébouriffée de loin. Je me suis arrêtée de marcher et je l'ai regardé, laissant les passants me bousculer dans leur hâte de rentrer chez eux. Il n'a pas bougé non plus, alors qu'il m'avait aperçue depuis longtemps. L'attraction entre nous était si forte, c'était comme si un aimant m'attirait vers lui. Dès qu'il s'est levé de la marche d'escalier sur laquelle il était assis, je me suis mise à courir. Je me suis jetée dans ses bras et j'ai pleuré comme une enfant abandonnée. Il a répondu à mon étreinte et a embrassé mes larmes. Mais la colère a vite pris le pas sur ma joie de le revoir et je me suis mise à lui marteler la poitrine, les poings serrés.

« Où étais-tu passé ? Pourquoi m'as-tu quittée ? Pourquoi es-tu parti tout à coup ? »

Il a saisi fermement mes poignets.

« Calme-toi, Doris. » Son français était une douce musique à mes oreilles. « Calme-toi, ma chérie. Maman est tombée malade, comme je te l'ai écrit. Elle avait besoin de moi. Je t'ai envoyé cette lettre tout de suite en arrivant à New York. Pourquoi as-tu mis si longtemps à me répondre ? » a-t-il murmuré dans mes cheveux. Il m'a serrée fort contre lui.

« Je suis désolée, Allan… Je suis tellement désolée… Mon amour… J'ai reçu ta lettre il y a quelques semaines, et je suis partie aussitôt. »

Il m'a caressé la tête pour m'apaiser. J'ai enfoncé le visage dans sa veste, j'ai respiré son odeur. Elle était comme dans mon souvenir. Je me sentais tellement bien dans ses bras.

En revanche, sa façon de s'habiller avait changé. Son costume à fines rayures et double boutonnage était taillé sur mesure et il n'avait rien à voir avec les vêtements qu'il portait à Paris. J'ai caressé l'étoffe de sa veste.

« Emmène-moi dans ta chambre, a-t-il chuchoté.

— Je ne peux pas, ma sœur vit avec moi, maintenant. Elle est venue me rejoindre à Paris après ton départ et elle est là-haut en ce moment.

— Prenons une autre chambre, viens ! »

Il m'a prise par la main et m'a traînée derrière lui dans le hall. Le portier nous a fait un signe de tête et Allan lui a parlé quelques minutes. Le portier a acquiescé et il lui a remis une clef. Nous nous sommes aussitôt précipités dans l'ascenseur et dès que la porte s'est refermée, Allan a pris ma tête entre ses mains brûlantes et nous nous sommes embrassés. Un baiser qui arrête le temps. Je n'en ai pas connu beaucoup dans ma vie. Nous sommes entrés dans la chambre, il m'a portée jusqu'au lit, m'a posée délicatement et s'est allongé sur moi. Il a déboutonné ma blouse, a caressé ma peau nue, m'a embrassée partout. Nous avons fait l'amour jusqu'à ne plus former qu'un seul être.

Ensuite nous sommes restés couchés l'un à côté de l'autre sans rien dire, respirant au même rythme. Nous étions si proches. Aujourd'hui encore, mon cœur bat plus fort quand je pense à ce moment et à ce que j'ai ressenti. Au bonheur de m'endormir dans ses bras.

Quand je me suis réveillée, il faisait nuit. Il était couché près de moi, éveillé, les bras derrière la nuque. J'ai posé la tête sur sa poitrine.

« Je repars en Europe demain matin », a-t-il dit doucement en caressant mon dos, posant un baiser plein de tendresse sur mon front.

J'ai allumé une lampe.

« Pardon ? Qu'est-ce que tu viens de dire ? En Europe ? Mais ce n'est pas possible, tu ne sais pas qu'il y a la guerre là-bas ?

— C'est parce qu'il y a la guerre que j'y vais. Je suis américain mais je suis aussi français. Je dois faire mon devoir. Ma mère était française et je suis né en France, c'est là que sont mes racines. Je ne peux pas trahir ma famille, mon sang. C'est important pour moi. »

Il a fixé le mur d'un œil sombre. Son beau regard, si intense, s'était éteint, je n'y lisais plus que de la peine. J'ai dit dans un murmure :

« Mais je t'aime, moi. »

Il a poussé un profond soupir, s'est assis au bord du lit, le visage enfoui dans ses mains. Je me suis collée contre lui, j'ai posé mes lèvres sur sa nuque et serré les jambes autour de ses hanches.

« Il va falloir que tu te débrouilles sans moi, Doris. Quand je reviendrai, je serai toujours un homme marié. »

J'ai appuyé ma joue contre son dos. Embrassé sa peau tiède. « Tu ne comprends pas que je t'aime, Allan ? Je suis venue ici pour toi. Je serais venue plus tôt, mais ta lettre a mis du temps à arriver. J'ai cru que tu avais choisi ce moment pour m'écrire parce que tu ne voulais pas m'abandonner dans une Europe en guerre. Agnes et moi sommes venues aussi vite que possible. »

Il s'est arraché à mon étreinte, s'est levé et a commencé à se rhabiller. J'ai tendu les mains vers lui et je l'ai supplié de revenir près de moi. Il s'est penché et il m'a embrassée, les yeux baignés de larmes. Puis il s'est relevé et a terminé de mettre ses vêtements.

« Tu seras toujours présente dans mon cœur, ma Doris adorée. Je regrette de ne pas t'avoir écrit une deuxième lettre en voyant que tu ne me répondais pas, mais j'ai vraiment cru que tu ne voulais plus de moi. »

Je suis sortie du lit. J'ai tenté de le retenir. J'étais nue. Je me souviens qu'il a embrassé l'un de mes seins, puis le deuxième et qu'il s'est éloigné vers la porte. Avant de quitter la pièce, il a sorti une poignée de billets de son portefeuille. J'ai secoué la tête, horrifiée.

« Tu es fou ! Je ne veux pas de ton argent ! C'est toi que je veux !

— Prends cet argent, tu vas en avoir besoin. » Sa voix était ferme, mais j'entendais qu'il ravalait ses larmes.

« Quand dois-tu t'en aller ?

— Maintenant. Il faut que je parte. Fais attention à toi, mon amour. La plus jolie des roses. Ne te laisse jamais abattre. Tu es forte. Garde la tête haute, sois fière de ce que tu es.

— Nous allons nous revoir, n'est-ce pas ? S'il te plaît, dis-moi que nous nous reverrons. »

Il n'a pas répondu et je n'ai jamais cessé de me demander depuis ce qu'il pensait à ce moment-là. Comment a-t-il pu rester aussi froid ? Comment a-t-il pu ouvrir cette porte et la refermer sur moi ?

Je suis restée dans la chambre sur ce lit en désordre qui sentait la sueur et l'amour.

Un petit carnet rouge

J. JENNING, ELAINE

Nous avons tous nos problèmes dans la vie. Ils nous altèrent. Parfois, nous nous en rendons compte, d'autres fois cela se produit sans que nous en ayons conscience. Mais la douleur, elle, reste toujours présente, comme une épine fichée dans le cœur, comme deux poings serrés, prêts à frapper. Elle se traduit par des larmes ou de la colère. Ou pire, elle nous rend indifférents et insensibles.

Encore aujourd'hui, quand je vois un programme sur la Seconde Guerre mondiale à la télévision, ou que j'entends quelqu'un en parler, je me demande comment il est mort. J'ai vu Allan criblé de balles, son sang gicler et son visage se tordre d'effroi. Je l'ai vu courir sur un champ de bataille devant un tank qui finissait par lui rouler dessus et laissait son corps aplati, le visage enfoncé dans la boue. Je l'ai vu jeté au-dessus du bastingage d'un bateau et noyé dans l'océan. Je l'ai vu mourir de froid, seul et terrifié, au fond d'une tranchée. Je l'ai vu poignardé dans une ruelle sombre, arrêté par des soldats SS. Je sais que c'est une drôle d'idée, mais je n'y peux rien, les images continuent d'affluer. Son fantôme m'a accompagnée toute ma vie.

Cette nuit que nous avons passée ensemble à New York m'a marquée pour toujours.

Mon amour… Nous étions faits l'un pour l'autre, et le destin en a voulu autrement. Cette idée continue de me hanter.

Après qu'Allan a fermé la porte, je suis restée longtemps assise par terre, le dos appuyé au lit, ses dollars dispersés autour de moi. Je ne parvenais pas à me lever. Je n'arrivais pas à pleurer. Et je ne pouvais pas accepter l'idée que plus jamais je ne connaîtrais le refuge de ses bras. Les rayons du soleil ont fini par s'infiltrer entre les rideaux, m'arrachant à mes pensées. J'ai laissé derrière la porte portant le nombre 225 en chiffres dorés, l'odeur d'Allan, de nos corps. J'ai tenté en vain d'enterrer son souvenir dans cette chambre d'hôtel, tandis que lui montait à bord d'un bateau à destination d'une Europe pleine de dangers.

Agnes m'a volé dans les plumes quand je suis rentrée. Elle était pâle et fatiguée, épuisée d'inquiétude après une nuit blanche dans un pays où tout lui était inconnu.

« Où étais-tu ? Réponds-moi ! Que s'est-il passé ? »

Je n'ai pas trouvé les mots pour lui répondre et elle a continué à crier. J'avais du mal à expliquer ce que j'avais moi-même des difficultés à comprendre. Au lieu de cela, je me suis mise à fouiller avec fébrilité dans nos bagages pour retrouver le petit morceau de papier sur lequel je savais avoir le nom de famille de la dame du bateau, Elaine. Je jetais les affaires partout autour de moi, sur le lit, sur le sol, mais j'ai eu beau tout retourner, tout secouer, je ne l'ai pas retrouvé.

« Qu'est-ce que tu cherches ? Réponds ! » La voix d'Agnes devenait de plus en plus hystérique à mesure que je lui transmettais mon angoisse. Finalement, elle m'a attrapée par le bras et m'a obligée à m'asseoir sur le lit. Elle s'est ressaisie et c'est d'une voix calme qu'elle m'a demandé :

« Qu'est-ce qui t'est arrivé ? Où étais-tu ? »

J'ai secoué la tête et mes larmes se sont mises à couler. Elle s'est assise à côté de moi, a mis son bras autour de mes épaules.

« Doris, calme-toi, s'il te plaît et raconte-moi ce qui s'est passé. Tu me fais peur. »

J'ai levé les yeux vers elle et je ne suis parvenue à prononcer qu'un seul mot, son prénom.

« A… Allan… Allan.

— Tu dois l'oublier, Doris…

— J'étais avec lui. J'ai passé toute la nuit avec lui, ici, à l'hôtel. Pardon, j'ai oublié que… J'aurais dû… Il est venu à moi. »

Le bras d'Agnes m'a serrée plus fort. J'ai laissé ma tête, lourde de désespoir, tomber sur l'épaule de ma petite sœur.

« Où est-il, maintenant ? »

Je sentais son pull-over humide contre ma joue, mouillé par mes larmes.

« Il est… Il m'a quittée à nouveau. Il part pour l'Europe. Pour s'engager. »

Je sanglotais éperdument. Agnes m'a tenue dans ses bras et elle m'a laissée pleurer tout mon saoul. Enfin, j'ai relevé la tête et croisé son regard. Il m'a rassurée et j'ai retrouvé la parole.

« C'est notre dernière nuit dans cet hôtel, ai-je dit d'une voix lasse. Nous avons un peu d'argent pour rester quelques nuits de plus, mais après c'est fini. Il faut que nous trouvions un endroit où habiter. J'avais un morceau de papier avec le nom et l'adresse d'Elaine, mais je ne le retrouve plus.

— Je me souviens de son nom. Elle s'appelle Jenning. »

Je me suis tue quelques instants, le temps de remettre de l'ordre dans l'écheveau confus de mes pensées.

« Elle t'a dit où elle habitait ?

— Non. Mais je me souviens que son fils était pêcheur et qu'il vivait sur la côte. Sur une presqu'île, je crois. Elle m'a dit qu'il habitait sur la pointe, avec l'océan partout autour de sa maison.

— Dieu du ciel, mais ça pourrait être n'importe où. L'Amérique est un pays gigantesque, il doit y avoir des centaines de presqu'îles ! Où est passé ce bout de papier ? »

Agnes m'a regardée un long moment, en silence. Puis nous nous sommes remises à chercher dans nos valises et dans les poches de tous nos vêtements. Tout à coup, ma sœur s'est écriée :

« Mais au fait ! Quand nous nous sommes quittées, elle a dit qu'elle avait hâte d'être arrivée et qu'elle y serait dans moins de deux heures… C'est forcément près de New York ! »

Je n'ai pas fait de commentaire, ma tête était pleine d'idées noires. Mais Agnes s'obstinait.

« Comment dit-on *poisson* en anglais ? » a-t-elle demandé.

Elaine nous avait appris les noms des plats que nous mangions à bord.

« Fish », ai-je répondu.

Agnes s'est précipitée hors de la chambre. Quelques minutes plus tard, elle est revenue avec une carte qu'elle m'a montrée, tout excitée. Trois lieux, situés au bord de la mer, étaient matérialisés sur la carte par des cercles.

« Regarde, ça doit être là ! Le portier a entouré trois villages, mais il n'y en a qu'un seul qui soit sur une presqu'île. Elle a dit au bout d'une presqu'île ! Je crois que son fils habite à Montauk. »

Ce jour-là, je n'avais pas d'autre choix que d'écouter Agnes et de laisser son énergie avoir raison de mon désespoir. Nous avons fait nos bagages, posé nos valises près de la porte et passé une dernière nuit à l'hôtel. Je me souviens encore des fissures au plafond dont je suivais le tracé des yeux en cherchant un moyen d'échapper aux sombres auspices qui semblaient planer au-dessus de ma tête. Agnes m'a dit beaucoup plus tard qu'elle non plus n'avait pas dormi, cette nuit-là. Nous avons ri après coup d'avoir fait tous ces efforts pour ne pas réveiller l'autre, alors que nous aurions pu bavarder ensemble toute la nuit. Nous nous serions senties moins seules.

La robe que j'ai mise le lendemain était trop large à la taille. Je me souviens avoir dû enrouler l'ourlet de ma blouse deux fois sur lui-même pour la remplir. Sans grand succès d'ailleurs parce qu'elle s'obstinait à retomber sur mes hanches. Les premiers pas dans notre nouvelle vie avaient pris leur tribut.

Nous avons porté les valises à deux. Une main chacune sur la poignée de la plus grosse, quant à la plus petite, nous la prenions à tour de rôle. D'abord moi, puis Agnes. Nous avions mal aux mains, aux bras et aux épaules, mais avions-nous le choix ? Tant bien que mal, nous avons fini par arriver à la gare. À l'aide de la carte et de la capacité d'Agnes à se faire comprendre par des signes, nous sommes parvenues à acheter deux tickets de car pour Montauk. Nous n'avions aucune idée de ce que nous ferions si Elaine ne s'y trouvait pas, mais nous ne voulions même pas l'envisager. Quand l'autobus a quitté la gare, nous étions assises l'une derrière l'autre, le nez collé contre la vitre. Nous étions fascinées par les gratte-ciel dont nous n'arrivions pas à apercevoir le sommet, par les réverbères et les fils électriques suspendus au-dessus de la chaussée en long et en large et par la multitude de piétons et de véhicules.

13

L'ordinateur portable est posé sur son ventre, il monte et descend au rythme de sa respiration. Elle a passé toute la matinée comme ça, entre le sommeil et un état de somnolence éveillée. Les antidouleurs la fatiguent, mais elle lutte pour garder les yeux ouverts. Elle sait que si elle se laisse aller à dormir, elle aura une nuit agitée. La majeure partie de l'écran est occupée par un fichier Word. Elle a juste laissé un peu de place en haut, à droite pour la fenêtre Skype. Elle attend l'appel de Jenny, compte impatiemment les heures qui restent avant le petit matin à San Francisco.

Elle écrit quelques mots. Trie de nouveaux souvenirs et se demande s'ils lui reviennent dans l'ordre chronologique ou bien si elle les a déjà évoqués dans un précédent chapitre. Elle a tant d'événements à se rappeler. Tant de morts qui ont compté dans sa vie. Elle veut ressusciter tous ces gens qui ont traversé son existence et y ont laissé leur empreinte. Les noms dans son carnet rouge. Ils sont si peu nombreux à avoir vécu aussi longtemps qu'elle. Un frisson la traverse et dans cette chambre glaciale, elle se sent plus seule que jamais.

Le plateau du petit déjeuner est encore posé sur la table roulante à côté de son lit. Elle tend la main vers le verre à moitié plein du jus de pomme brunâtre de l'hôpital. Elle n'a mangé qu'une petite bouchée de la tartine de fromage. Le pain a un goût de caoutchouc. Elle n'a jamais pu s'habituer au pain suédois : Il ne s'émiette pas, il ne croque pas, il n'a pas le goût que doit avoir du pain. Sa langue est râpeuse et sèche dans sa bouche, elle la fait claquer sur son palais avant de porter le verre à ses lèvres. Elle sent le liquide couler dans sa gorge, étancher sa soif. Elle boit goulûment une deuxième gorgée, et une troisième. Elle jette un coup d'œil à l'horloge. C'est le matin en Californie, enfin. Jenny et les enfants vont se lever. Bientôt, ils seront tous réunis dans la cuisine couleur citron vert, pour avaler leur petit déjeuner à toute vitesse et s'élancer vers une journée pleine de nouvelles aventures. Doris sait que Jenny attend d'être seule avec le bébé pour se connecter.

Plus que quelques minutes à patienter.

« Vous devez vous reposer, Doris. Il faut ranger l'ordinateur, maintenant. » L'infirmière la regarde sévèrement et rabat le couvercle. Doris l'ouvre à nouveau.

« Pas maintenant. J'attends un appel. » Elle tripote la clef 4G branchée sur l'un des ports USB. « C'est important.

— Non. Vous ne pouvez pas vous reposer en étant constamment sur cet écran. Je vous trouve très fatiguée. Vous devez reprendre des forces pour cicatriser et avoir assez d'énergie pour recommencer à marcher. »

C'est affreux d'être si vieille et si malade qu'on n'a même plus le droit de décider quand on est reposée, fatiguée ou entre les deux, ni ce qu'on doit faire pour y remédier. Doris cède, lâche l'appareil. L'infirmière le pose sur la table.

« Laissez-le ouvert et allumé ! supplie-t-elle. Pour qu'au moins je puisse voir si on essaye de me joindre.

— D'accord. » L'infirmière tourne l'ordinateur vers Doris avant de lui tendre le gobelet avec ses médicaments. « Il faut prendre vos comprimés avant de vous endormir, tenez. »

Docile, Doris avale les médicaments avec la dernière gorgée de jus de pomme.

« Vous êtes contente, maintenant ? demande-t-elle à l'infirmière, sarcastique.

— Vous avez très mal ? s'enquiert celle-ci, gentiment.

— Ça peut aller », répond Doris avec un haussement d'épaules.

Elle plisse les yeux, lutte contre l'effet sédatif du médicament.

« Essayez de dormir. C'est important, le sommeil. »

Elle acquiesce. Laisse sa tête tomber sur le côté. Son menton repose sur son épaule maigre et osseuse. Elle garde les yeux fixés sur l'écran, mais ses paupières sont de plus en plus lourdes. Elle renifle sa peau. Elle a une odeur d'hôpital. Elle ne sent ni sa propre lessive, ni son parfum habituel. C'est un mélange de détergent bon marché et de transpiration. Elle s'endort et voit flotter derrière ses paupières un rideau orange.

Un petit carnet rouge

J. JENNING, ELAINE

La lunette ovale à l'arrière de l'autobus était presque entièrement occultée par un court rideau dans un épais tissu orange qui se balançait au rythme des chaos de la route. Je regardais par la fenêtre. Je ne me lassais pas de contempler tout ce que nous laissions derrière nous. Les grands immeubles composant la *skyline* de Manhattan. Les automobiles. Les banlieues et leurs somptueuses villas. L'océan et sa violence. Puis je me suis assoupie.

L'arrêt où nous sommes descendues deux heures plus tard n'était rien d'autre qu'une simple pancarte au bord de la nationale avec un banc, battu par les vents. L'air sentait l'iode et les algues. De minuscules grains de sable soulevés par les bourrasques s'enfonçaient dans nos joues comme de petites épingles acérées. Nous avons courbé l'échine et commencé à marcher lentement sur la route déserte, au bruit des vagues qui venaient mourir sur la plage jusqu'au bord de la route. Le vent était si fort que nous étions contraintes de nous pencher exagérément vers la droite pour garder l'équilibre.

« Tu es sûre que nous sommes au bon endroit ? » Agnes avait posé la question tout bas, comme si elle n'osait pas exprimer sa crainte à haute voix. J'ai secoué la tête et haussé les épaules, mais je ne lui ai pas fait de reproche, bien que j'en meure d'envie. Notre situation n'était pas très différente, après tout. Elle n'était ni pire ni meilleure – nous étions toujours perdues dans un pays étranger, et nous avions toujours désespérément besoin d'aide, d'un toit sur la tête et d'une source de revenus. La boîte en fer était rangée dans la valise, vide, et le peu d'argent qui nous restait était roulé à l'intérieur de mon soutien-gorge. C'était plus sûr. Notre modeste pécule avait été augmenté de la valeur des billets que m'avait laissés Allan. Cela faisait tout de même un joli rouleau et je le sentais appuyer sur ma poitrine. Nous avions encore de quoi nous loger pendant quelques nuits. Si nous ne trouvions pas Elaine, nous serions bien obligées de trouver un autre endroit où habiter.

En réalité, nous étions plus perdues que jamais. Nous n'avons pas tardé à le comprendre en voyant les fenêtres condamnées des villas en bois qui se dressaient bravement au bord du chemin, désertées par les estivants, les rires et la vie.

« Il n'y a personne ici, a grommelé Agnes, refusant de faire un pas de plus. C'est une ville fantôme. » Je me suis arrêtée aussi et nous nous sommes assises sur nos valises, serrées l'une contre l'autre. J'ai ramassé une poignée de sable et je l'ai fait couler entre mes doigts. En quelques semaines, j'étais passée du rôle très enviable de mannequin parisien, avec des armoires remplies de robes et d'escarpins, à celui de pauvre vagabonde aux pieds couverts d'ampoules, en blouse trempée de sueur, en Amérique, au milieu de nulle part. Je n'ai pas pu retenir mes larmes à cette pensée. Elles se sont mises à couler en un flot incontrôlé, dessinant un delta sur mes joues poudrées.

« Nous n'avons qu'à retourner à Manhattan. Tu continueras à chercher du travail et je travaillerai aussi. » Agnes a poussé un long soupir et appuyé la joue sur mon épaule.

« Continuons encore un peu, puisque nous sommes arrivées jusqu'ici. » Je sentais mon courage revenir. J'ai essuyé mes larmes dans la manche de mon manteau. « Si un autocar dessert cet endroit, c'est qu'il s'y passe quelque chose. Quelqu'un doit bien y habiter. Si Elaine est ici, nous la trouverons. »

La valise que nous portions à deux se balançait entre nous, heurtant durement nos mollets quand, épuisées, nous perdions l'équilibre, mais nous avons persévéré. Les gravillons meurtrissaient mes pieds à travers mes semelles trop fines et j'aurais aussi bien pu marcher sans souliers. Dieu merci, les maisons commençaient à se rapprocher et le chemin s'est transformé en une route goudronnée. Nous avons vu quelques rares passants sur les trottoirs, marchant tête baissée, vêtus de grosses vestes en lainage et coiffés de bonnets en tricot.

« Reste là et garde les valises », ai-je dit à Agnes lorsque nous sommes parvenues à ce qui devait être le centre du village. Un homme était assis sur un banc. Je me suis approchée de lui en souriant et il m'a accueillie avec une logorrhée à laquelle je n'ai pas compris un mot. Il avait une barbe blanche très fournie et un air jovial dû sans doute à la multitude de petites rides qu'il avait au coin des yeux. Je lui ai répondu en suédois, mais il a secoué la tête sans comprendre. Alors j'ai rassemblé mon courage et je lui ai demandé dans mon anglais très approximatif :

« *Know Elaine Jenning ?* » Il m'a regardée patiemment. « *Look Elaine Jenning* », ai-je poursuivi.

« *Aha ! You're looking for Elaine Jenning*[1] *!* » s'est-il écrié, avant de lâcher une nouvelle salve de mots incompréhensibles. Je lui ai souri, embarrassée. Alors il s'est tu, il m'a pris la main et il m'a montré la direction.

« *There. Elaine Jenning lives over there*[2] », m'a-t-il expliqué très lentement, détachant chaque syllabe en me désignant une maison peinte à la chaux blanche avec une porte couleur bleuet qui se trouvait un peu plus haut dans la rue. La bâtisse était étroite et se terminait à une extrémité par une tour ronde qui la faisait ressembler à un bateau. L'enduit sur la façade était écaillé. Des persiennes blanches protégeaient les fenêtres des vents violents. J'ai hoché la tête et fait une révérence, avant de courir rejoindre Agnes.

« Là ! lui ai-je crié en lui montrant la maison. Elle habite là ! Elaine Jenning habite là ! »

---

1. « Ah, vous cherchez Elaine Jenning ! »
2. « Là-bas. Elaine Jenning vit là-bas. »

Les mots en français avec lesquels Elaine nous a accueillies en ouvrant la porte nous ont fait l'effet d'une chaleureuse accolade de bienvenue. Elle nous a fait entrer, nous a donné des couvertures et préparé du thé chaud, puis elle nous a laissé tout le temps de lui raconter ce qui nous était arrivé depuis que nous nous étions dit au revoir sur le bateau. Nous lui avons parlé d'Allan. De la lettre qui était arrivée un an trop tard. Des journées passées dans cet hôtel à Manhattan. Elle a accompagné notre récit de soupirs et de hochements de tête, sans faire de commentaire.

« Est-ce que nous pouvons rester ici quelques semaines ? Le temps d'apprendre mieux l'anglais ? »

Elaine n'a pas répondu. Elle s'est levée et a commencé à débarrasser les tasses.

« D'une manière ou d'une autre, il va falloir que nous nous construisions une vie en Amérique, ai-je repris, au bout d'un moment. Et j'avoue ne pas savoir comment. »

Elle a hoché la tête et retiré la nappe en dentelle de la table.

« Je vais essayer de vous aider. D'abord à perfectionner votre anglais, puis à vous trouver un travail et enfin à chercher un logement. Vous pouvez rester ici, mais nous allons devoir faire attention. Mon fils peut être un peu spécial, parfois.

— Nous ne voudrions pas vous créer des complications.

— Il n'aime pas les étrangers. Si vous voulez rester, il faudra être très discrètes. Sinon, cela ne sera pas possible. »

Un lourd silence s'est installé dans la pièce. Elaine allait nous venir en aide, mais pas exactement dans les conditions que nous espérions.

Soudain, elle s'est levée et elle est allée chercher une boîte qu'elle a posée au milieu de la table.

« Laissons de côté les choses sérieuses pour l'instant. Si on jouait au Monopoly ? a-t-elle proposé gaiement. Vous y avez déjà joué ? Rien de tel qu'une bonne partie de Monopoly pour chasser les soucis et les chagrins. C'est mon voisin qui m'a offert ce jeu comme cadeau de bienvenue à mon arrivée. »

Ses mains tremblaient un peu tandis qu'elle ouvrait le jeu et posait sur la table les pions et un sablier en cristal contenant un liquide rouge foncé. Elle a tendu à Agnes une petite figurine qui ressemblait à un chien.

« Un chien, ça te va, Agnes ? *A dog*, en anglais. »

Agnes a répété le mot après elle. Elle a pris le petit animal en fonte et l'a examiné sous tous les angles. Elaine hochait la tête, ravie.

Après une courte hésitation, j'ai choisi une botte.

« *Boot*, a dit Elaine, mais, plongée dans mes pensées, je ne l'ai pas entendue. Répétez après moi, *boot.* »

J'ai sursauté. « Mais je ne veux pas jouer à un jeu, Elaine ! » J'ai lâché la petite botte qui a roulé sur le plateau de jeu avant de tomber par terre. « J'ai besoin d'être sûre que nous pouvons rester ici. Que voulez-vous dire quand vous nous demandez d'être très discrètes, vous ne voulez pas nous cacher tout de même ? Et si oui, pourquoi ?

— Oh, lala ! Je crois que cela mérite un petit verre de sherry, tout ça. » Elle s'est levée avec un sourire gêné. Nous l'avons regardée évoluer dans la petite cuisine sans rien dire.

« Il y a une chambre dans le grenier dans laquelle vous allez pouvoir vous installer. Mais il ne faudra jamais descendre quand mon fils sera là. Vous ne pourrez sortir que pendant la journée. Il n'est pas à l'aise avec les gens, voilà tout. »

Elle nous a emmenées dans la petite mansarde. Il y avait un matelas appuyé contre le mur qu'elle a fait tomber sur le plancher. Nous regardions la poussière voler tandis qu'elle nous apportait des couvertures et des oreillers. Puis, nous avons monté les valises ensemble. Quand tout a été terminé, elle nous a donné un pot de chambre et elle est redescendue en fermant la porte à clef.

« À demain. Tâchez de ne pas faire de bruit », nous a-t-elle recommandé à travers le battant.

Nous avons passé cette première nuit tête-bêche. Le vent hurlait dehors. Un courant d'air glacé passait sous les huisseries, nous obligeant à nous enrouler dans les épaisses couvertures en laine, à les tirer sur nos oreilles, nos mentons et finalement au-dessus de nos têtes.

Un petit carnet rouge

N. NILSSON, GÖSTA

Nous nous sommes vite adaptées au rythme de la petite maison blanche au bord de l'océan. Chaque jour se déroulait suivant le même schéma. Dès que son fils fermait la porte le matin, Elaine montait l'escalier du grenier pour nous libérer. Nous allions vider le vase de nuit dans les cabinets de la cour et venions nous asseoir à la table de la cuisine où nous attendaient une tasse de thé brûlant et un morceau de pain sans garniture. Ensuite, c'était l'heure de la leçon d'anglais. Elaine nous désignait des objets par leur nom et nous les répétions tout en l'aidant aux tâches ménagères. Nous faisions le ménage, la pâtisserie, la couture, reprisions des chaussettes et tissions des carpettes. Dès la deuxième semaine, elle a cessé de nous parler français. Nous écoutions attentivement les nuances de la langue et des mots isolés. Elle utilisait des phrases simples, nous demandait d'aller lui chercher des objets ou d'accomplir diverses tâches. Il arrivait que nous ne comprenions pas, mais elle ne renonçait jamais. Elle se contentait de redire la phrase en la simplifiant, en utilisant moins de mots, ou bien elle gesticulait et illustrait son propos par des mimes maladroits qui nous faisaient éclater de rire. Après avoir tout tenté, elle se résignait finalement avec un clin d'œil à nous expliquer en français ce qu'elle avait voulu dire. Les leçons d'Elaine sont presque parvenues à nous faire oublier nos soucis.

À la tombée de la nuit, elle nous renvoyait au grenier. Nous entendions la clef tourner dans la serrure, et ses pas claquer sur les marches. Chaque jour, elle allait s'asseoir sur la véranda pour attendre son fils Robert, qu'il pleuve ou qu'il vente. Nous l'observions par la fenêtre, à travers la fente du rideau en dentelle d'un blanc immaculé. Elle se levait pour l'accueillir avec un grand sourire, mais Robert ne lui répondait jamais. Il entrait dans la maison, l'air sombre, sans lui accorder un regard. Jour après jour, il lui infligeait son silence et la traitait comme si elle n'était pas là.

Agnes a fini par poser la question qui nous brûlait les lèvres : « Vous ne vous parlez pas ? » Elaine a secoué la tête, embarrassée.

« Je l'ai abandonné. Mon nouveau mari est parti travailler en Europe et je n'avais pas d'autre choix que de le suivre. Robert ne me l'a jamais pardonné. Je suis revenue aussitôt que j'ai pu, mais les années avaient passé. C'était trop tard. Il me hait, à présent. »

Il ne se privait pas de lui faire subir ses accès de mauvaise humeur. Quand quelque chose allait de travers, il s'en prenait à elle. Et elle acceptait tout et s'excusait sans cesse pour n'importe quoi. C'était sa manière à elle de lui dire qu'elle l'aimait et de demander pardon à ce fils qu'elle avait perdu pour toujours. Elle était dans la même situation que nous. Elle était seule et venait d'arriver dans un pays qu'elle ne connaissait plus, chez une personne qui ne voulait plus d'elle.

Les heures que nous passions enfermées dans cette pièce confinée nous semblaient plus longues que celles passées en compagnie d'Elaine. Je me souviens encore aujourd'hui des idées qui tournaient en boucle dans ma tête. Je me rappelle mon chagrin et mon manque en pensant à Allan. Il était aussi présent dans mon cœur qu'il l'avait toujours été. Je ne comprenais pas qu'il ait pu renoncer à moi aussi facilement. Qu'il ait reporté aussi vite ses sentiments sur une autre femme. Qu'il se soit marié. Je me demandais qui elle était et si, pour elle aussi, le temps s'arrêtait quand elle était avec lui.

Dans cet espace clos et exigu, mon anxiété prenait toute la place. Je me suis efforcée de la faire taire en reprenant contact avec Gösta. Je lui écrivais de longues lettres tous les soirs à la lumière d'une petite lampe à pétrole et lui parlais de notre nouvelle vie. De la vue que nous avions sur la plage et sur l'océan depuis la maison, du vent qui nous fouettait le visage lorsque nous sortions prendre l'air dans le jardin. De l'anglais et de la façon dont cette langue sonnait à mon oreille, se transformant en bouillie quand les gens parlaient trop vite, ce qui me semblait être le cas de presque tous les Américains. J'avais eu la même sensation avec le français à mon arrivée à Paris. Je lui parlais de notre hôtesse et de son étrange fils. Elaine allait poster mes lettres tous les jours et tous les jours, j'espérais une réponse. Mais je n'en recevais aucune et commençais à craindre qu'il lui soit arrivé malheur. Je savais que la guerre progressait en Europe, mais il était difficile d'obtenir de véritables informations. En Amérique, la vie continuait comme si de rien n'était, comme si l'Europe n'était pas en plein marasme.

Enfin, une réponse est arrivée. L'enveloppe contenait une coupure de journal, une unique page sur laquelle il avait griffonné quelques lignes. L'article parlait de Gösta et de ses tableaux. Le ton était critique et le texte s'achevait par une prédiction assassine du journaliste déclarant que l'artiste n'exposerait sans doute plus jamais. Je n'avais jamais rien compris à la peinture de Gösta et je n'étais pas particulièrement surprise. Pour moi, ses tableaux n'étaient que des taches de couleur. Je les trouvais abstraits et torturés, ennuyeux de perfection géométrique. L'article avait cependant le mérite de m'expliquer le silence de Gösta et la brièveté de son message. Il m'aidait à comprendre pourquoi mon ami se bornait à nous demander poliment de nos nouvelles et concluait en nous disant froidement qu'il était heureux que nous soyons en vie.

Je me rappelle combien cela m'avait fait de la peine pour lui. Il s'obstinait à exercer une activité pour laquelle il avait manifestement peu de talent et qui le rendait malheureux. Il me manquait plus que jamais. Nos conversations me manquaient. Il y avait neuf ans que nous nous étions vus pour la dernière fois. Il y avait une photo de lui avec l'article. Je l'ai découpée et l'ai accrochée à côté du lit avec une épingle. Il me regardait d'un air grave et triste. Chaque soir, en éteignant la flamme de la lampe, je me demandais si je le reverrais et si je retournerais en Suède un jour.

Un petit carnet rouge

~~J. JENNING, ELAINE~~ DÉCÉDÉE

Notre vie de recluses ne pouvait pas durer éternellement. Nous l'avions toujours su. Et, effectivement, un matin de bonne heure, on a découvert notre présence. La veille, Agnes avait oublié son cardigan sur une chaise dans le salon, et nous avons été réveillées par les hurlements du maître du logis :

« À qui est ce cardigan ? Qui est venu ici ?

— C'est celui d'une amie qui est venue prendre le thé avec moi, hier après-midi, a répondu Elaine d'une toute petite voix.

— Je t'ai déjà dit que je ne voulais pas que tu laisses entrer qui que ce soit ici ! Personne n'est autorisé à passer le pas de ma porte, tu m'entends ? »

Agnes s'est recroquevillée près de moi, effrayée, et son geste a fait grincer le plancher. Les voix au rez-de-chaussée se sont tues aussitôt. Nous avons entendu un pas lourd dans l'escalier et la porte s'est ouverte après un unique coup de pied. Quand il nous a vues toutes les deux serrées l'une contre l'autre sur ce matelas, son regard a lancé des éclairs.

Nous nous sommes levées et avons commencé à rassembler nos affaires dans le petit jour. À moitié habillées, nous sommes passées devant lui et nous nous sommes précipitées dans la rue. Il a couru derrière nous et nous a lancé nos valises. L'armature métallique de la plus grosse a cassé et le cadenas a roulé dans le caniveau. Nos vêtements ont suivi. Mes belles robes de Paris ont atterri dans les flaques de boue de l'allée. Nous les avons ramassées et fourrées pêle-mêle dans les valises. Le souvenir le plus vif que j'ai gardé de cet épisode, malgré cette succession de péripéties, est la violence avec laquelle battait mon cœur. Derrière le nouveau rideau en dentelle qu'Agnes avait tissé durant nos longues soirées silencieuses dans le grenier, j'ai aperçu Elaine. Elle a levé la main, sans l'agiter. Elle nous a tant donné. Et surtout elle nous a appris l'anglais. C'est le plus beau cadeau qu'elle nous ait fait. Son regard terrifié derrière le rideau blanc est la dernière image que j'ai emportée d'elle. Robert était debout devant sa porte, les mains sur les hanches, pendant que nous ramassions nos affaires et quittions son allée. Il a attendu que le bus arrive à l'arrêt un peu plus haut dans la rue pour tourner les talons et rentrer chez lui.

Quand nous sommes montées à bord de l'autocar, les premières lueurs de l'aube se reflétant sur ses flancs argentés nous ont éblouies. Les garnitures rouges et blanches des sièges étaient déjà ramollies par la chaleur. Nous sommes allées nous asseoir sur la banquette arrière et nous nous sommes retournées lorsque le bus s'est éloigné en brinquebalant.

De l'endroit où nous nous trouvions, nous ne pouvions évidemment rien voir de ce qui se passait à l'intérieur de la maison. Malgré tout ce qui venait d'arriver, nous ne pouvions pas nous empêcher de ressentir de la joie et du soulagement. À présent, nous comprenions les conversations des autres passagers. Nous étions capables de parler avec le chauffeur et de lui donner notre destination. Nous voulions retourner à Manhattan. Ces quelques mois dans la maison d'Elaine nous avaient endurcies et surtout affamées de liberté. Agnes a même éclaté de rire. Le fou rire l'a prise comme une vague venant de l'océan qui m'a emportée moi aussi.

« Pourquoi est-ce que nous rions, au fait ? » ai-je demandé au bout d'un moment, à bout de souffle.

Agnes s'est arrêtée de rire. « Parce que nous venons de nous échapper de prison.

— C'est vrai que nous étions un peu à l'étroit dans ce grenier. Finalement, nous avons de la chance, dans notre malheur ! »

Nous allions arriver à Manhattan au milieu de la matinée. Il fallait que nous ayons trouvé un endroit où dormir avant la tombée de la nuit. Quand nous sommes enfin entrées dans la gare routière, j'ai dû réveiller Agnes qui dormait profondément sur mon épaule. Après avoir rassemblé nos affaires, nous sommes descendues de l'autocar et nous nous sommes dirigées vers le hall. Nous avons posé nos valises dans un coin. Agnes avait l'air découragé.

« Qu'allons-nous faire maintenant ? Où allons-nous dormir, ce soir ?

— Si nous ne trouvons pas d'endroit où aller, nous resterons éveillées cette nuit. Pour l'instant, tu vas garder les valises pendant que je me mets en quête d'un hôtel bon marché. »

Agnes s'est assise par terre, adossée au mur.

Alors que je m'apprêtais à m'en aller, un jeune homme aux cheveux blonds nous a abordées. « Excusez-moi, mesdemoiselles, vous ne seriez pas suédoises, par hasard ? »

Je l'avais déjà remarqué dans le car. Il était vêtu d'un costume noir très simple et d'une chemise blanche. Agnes a répondu en suédois, mais il a secoué la tête en disant *no, no.* Il ne comprenait pas le suédois, mais sa mère était suédoise. Nous avons discuté ensemble pendant un moment et il nous a proposé son aide. Il pouvait nous héberger le temps que nous trouvions un logement.

« Je crois que cela fera plaisir à ma mère d'avoir quelqu'un avec qui parler suédois », a-t-il dit.

Nous avons échangé un regard. Nous hésitions. Suivre un parfait étranger chez lui n'était pas une décision facile à prendre. Mais il avait l'air gentil et semblait honnête. Agnes a fini par acquiescer et je l'ai remercié de son invitation. L'homme a empoigné la valise la plus lourde et nous lui avons emboîté le pas.

Ce qui est arrivé à Elaine après notre départ de Montauk, nous ne l'avons appris que beaucoup plus tard, un jour où nous étions retournées là-bas pour lui rendre visite. La maison était abandonnée et nous avons dû nous renseigner auprès d'une voisine. Peu de temps après notre départ, son cœur avait lâché subitement, au milieu d'une dispute avec Robert. Robert avait été dévasté de chagrin. Ce n'est qu'après sa mort qu'il avait vraiment pu pleurer sa maman disparue. La voisine nous a dit qu'il avait fermé la maison le lendemain de son enterrement et pris la mer. Personne ne l'avait jamais revu.

14

Une femme, arrivée hier soir, tousse derrière le rideau de séparation. Le raclement sonore résonne entre les murs. Elle a une pneumonie et ne devrait pas être là, mais on n'a pas pu la garder dans le service des maladies infectieuses à cause de ses escarres. À chaque quinte, on croirait qu'elle va cracher ses poumons. Doris frissonne, dégoûtée, et se bouche les oreilles.

« Puis-je avoir mon ordinateur ? »

Doris lance la question dans la chambre vide. Elle la réitère, mais sa voix est à peine audible. Sa gorge sèche produit un vague coassement qui a du mal à passer ses lèvres. Personne ne l'entend dans la pièce glacée. Aucune infirmière n'accourt pour satisfaire à sa demande.

« Appuyez sur le bouton, lui conseille la nouvelle patiente en haletant quand Doris essaye une troisième fois.

— Merci, mais ce n'est pas très important.

— Manifestement, ça l'est assez pour que vous jugiez utile de brailler dans votre lit. Appuyez sur cette sonnette d'alarme », répète la dame, agacée.

Doris ne répond pas. Quand on n'a pas besoin d'elles, les infirmières sont toujours là à tourner autour de vous et à vous tripoter, mais quand on a quelque chose à leur demander, il n'y a plus personne. Doris se dit qu'elle pourrait essayer de l'attraper toute seule. L'ordinateur est sur la table, là où l'a posé l'infirmière tout à l'heure, mais le clapet est rabattu. Elle avait pourtant bien demandé qu'on le laisse ouvert. Pourquoi ces gens refusaient-ils de faire simplement ce qu'on leur demandait ? Elle va se débrouiller sans l'aide de personne. Il n'est pas très loin. Et si elle veut rentrer chez elle, il faut qu'elle s'entraîne. Elle ramasse la télécommande pour baisser le niveau du lit et appuie sur un bouton au hasard. Il y a un à-coup et le pied du lit se soulève. Elle tente d'arrêter le mouvement en appuyant sur tous les boutons à la fois. Cette fois la tête du lit monte également et le lit se plie au niveau de ses genoux. Prise de panique, elle presse le bouton rouge de l'alarme tout en continuant à agiter la télécommande dans tous les sens et à appuyer sur tous les boutons. Pour finir, la tête de lit est presque à la verticale.

« Et alors ! Qu'est-ce qui se passe, ici ? » dit en riant l'infirmière qui vient à son secours. Doris est assise le torse droit et les jambes en l'air comme un canif. Elle ne rit pas du tout et essuie ses larmes de douleur.

« Mon ordinateur est là-bas. Je voulais aller le chercher. » Elle montre du doigt la table roulante, tandis que ses jambes redescendent progressivement et que la douleur dans son dos diminue.

« Pourquoi n'avez-vous pas sonné ? Vous savez que nous sommes là pour vous aider, Doris.

— Je veux m'entraîner à marcher. Je veux m'en aller. Les séances de rééducation ne suffisent pas, ça ne va pas assez vite.

— Soyez patiente, Doris. Il faut que vous ayez conscience de vos limites. Vous avez quatre-vingt-seize ans, vous n'êtes plus un perdreau de l'année. » L'infirmière parle lentement et un peu trop fort.

« Patience et obstination, marmonne Doris. Je crois que vous n'avez aucune idée à quel point je peux être obstinée.

— Je vous ai entendue, vous savez ? Voulez-vous que nous essayions ensemble ? » Doris acquiesce et l'infirmière bascule doucement ses jambes hors du lit tout en lui redressant le haut du corps. Doris ferme les yeux.

« Je suis allée trop vite ? Vous avez un vertige ? » L'infirmière la regarde avec compassion et lui caresse les cheveux. Doris secoue la tête.

« Patience et obstination, répète-t-elle pour elle-même, les mains posées de part et d'autre de ses hanches sur le matelas trop mou.

— Un, deux, trois, oh hisse », dit l'infirmière en mettant Doris debout, les doigts profondément enfoncés dans ses aisselles. Une terrible douleur à la hanche se propage dans sa jambe. « On va y aller tout doucement, d'accord ? Un pas à la fois, ça va aller ? » Doris ne répond pas, déplace le pied de quelques centimètres du côté de la mauvaise jambe. Puis l'autre. L'ordinateur est là, bientôt à portée de main. Elle garde les yeux fixés sur la housse noire.

Elle n'a qu'un seul mètre à parcourir mais, à cet instant, il pourrait aussi bien s'agir d'un kilomètre.

« Vous voulez vous reposer ? On s'assied un peu ? » L'infirmière tend la jambe et tire un tabouret jusqu'à elle, mais Doris secoue la tête et continue à avancer vers la table, centimètre par centimètre. Arrivée à destination, elle pose les deux mains sur l'objet de sa convoitise et reprend son souffle, la tête baissée.

« On peut dire que vous êtes têtue, vous », sourit l'infirmière, impressionnée, le bras autour de ses épaules. Doris respire profondément. Elle ne sent plus ses jambes, remue ses orteils pour les réveiller. Elle tourne la tête et regarde l'infirmière dans les yeux. Et elle s'écroule.

Un petit carnet rouge

A. ANDERSSON, CARL

Nous avons quitté la gare routière en compagnie de Carl et, chemin faisant, nous avons bavardé. Agnes et moi portions la petite valise. Il nous a dit qu'il comprenait quelques mots de suédois et qu'il avait reconnu cette langue en nous entendant parler dans l'autocar. Une file de taxis jaunes, les fameux *checkers*, attendait devant la gare, mais Carl les a ignorés malgré les sollicitations bruyantes des chauffeurs. Il marchait vite et à grandes enjambées et n'a pas tardé à prendre de l'avance sur nous.

« Et s'il cherchait à nous escroquer ? Il est peut-être dangereux ? » m'a chuchoté Agnes en tirant sur la valise pour m'obliger à m'arrêter. J'ai tiré en sens inverse, je l'ai fusillée du regard et lui ai ordonné de repartir d'un mouvement de tête. Elle a poussé un grognement rageur, et s'est remise à marcher. Nous avons continué à suivre l'échalas blond dont la tête dépassait de dix centimètres au moins celle des autres passants. Il avait réellement l'air d'un Suédois et c'est ce qui m'a incitée à lui faire confiance.

Nous avons marché et marché. De temps en temps, Carl se retournait pour vérifier que nous le suivions toujours. Quand enfin il s'est arrêté devant une étroite maison en brique, j'avais des ampoules dans la main. Deux pots en fer garnis de narcisses jaunes étaient posés de part et d'autre d'une porte rouge. Il a hoché la tête.

« Voilà, c'est là. Elle ne va pas très bien », nous a-t-il rapidement prévenues avant de nous inviter à entrer.

C'était une maison de trois étages, avec une seule pièce à chaque niveau. Un petit vestibule donnait directement dans la cuisine où une femme âgée était assise dans un fauteuil à bascule, les mains posées sur ses genoux, le regard fixe.

« Regarde qui je t'amène, *mom*. Ce sont deux jeunes Suédoises. »

Carl a tourné la tête vers nous. Elle n'a pas réagi. Elle ne semblait même pas se rendre compte que quelqu'un était entré.

« Elles vont pouvoir te parler en suédois, *mom* », a-t-il dit en lui caressant la joue. Ses yeux bleus avaient un aspect vitreux, elle avait des pupilles minuscules. Ses cheveux pendaient, raides, sur ses épaules. Une mèche lui cachait l'œil. Autour de son cou et de ses épaules était enroulé un épais châle en laine qui n'avait pas l'air très propre.

« Elle s'appelle Kristina. Elle ne parle plus depuis le départ de mon père, à part quelques mots en suédois, parfois, alors j'ai pensé… » Il nous a tourné le dos pour cacher sa peine, s'est éclairci la voix et a repris :

« … J'ai pensé que vous arriveriez peut-être à la faire parler. Et puis j'ai besoin d'aide pour m'occuper de la maison.

— Laissez moi essayer. » Agnes s'est approchée doucement du fauteuil à bascule. Elle s'est assise par terre, dos à la femme.

« Je vais rester assise ici un peu, a-t-elle déclaré en suédois. Je peux rester toute la nuit s'il le faut. Si vous avez envie de dire quelque chose, je serai là pour vous écouter. »

La femme n'a pas répondu. Mais au bout d'un moment, la chaise a commencé à se balancer. Je me suis assise également. La maison était silencieuse hormis le léger grincement du fauteuil et les bruits étouffés de la ville, dehors. Nous sommes convenus que nous resterions quelques jours, et Carl nous a mis un matelas par terre dans le salon, à l'étage au-dessus. Il a aussi sorti le matelas de Kristina sur lequel il l'a allongée délicatement dans la cuisine. C'était trop dur de la porter dans son lit au deuxième étage.

Carl montait fréquemment au salon pour bavarder avec nous mais ne parlait jamais de sa mère. Il nous racontait des anecdotes de sa journée, de son travail à la banque. De l'Europe aussi, et de la guerre. La situation s'était aggravée pendant les mois que nous avions passés chez Elaine, et Carl nous a fait un état des lieux, sans pouvoir nous dire, toutefois, ce qui se passait en Suède. En Amérique, on parlait de l'Europe comme s'il s'agissait d'un seul et même pays.

Au début, nous n'avons pas osé lui demander où était parti son père. Mais à mesure que nous avons appris à nous connaître, nos conversations sont devenues plus personnelles. Après quelques semaines, nous avons eu le courage de lui poser la question. Sa réponse ne nous a pas étonnées.

Ça avait été très soudain. Un jour, sa mère et lui étaient rentrés à la maison et ils l'avaient trouvé dans la cuisine avec ses bagages. Il les avait quittés avec quelques phrases d'adieu. Sans argent, mais en leur laissant la maison.

« Il est parti pour une autre femme. Quelque chose s'est éteint en elle, ce jour-là. Elle s'était toujours sentie étrangère et perdue à New York, il était toute sa vie. C'était lui qui s'occupait de tout. Il parlait même à sa place, le plus souvent. »

Nous l'écoutions sans rien dire.

« Il y a trois ans que j'habite seul avec maman. Mon père ne me manque pas. Je me passe très bien de ses accès d'humeur et de son caractère autoritaire. Nous sommes plus heureux sans lui, à vrai dire. J'aimerais simplement qu'elle s'en rende compte. Mais elle s'est enfoncée dans sa mélancolie. Elle ne veut plus voir personne, elle a arrêté de s'occuper de la maison et cessé de se soucier de son apparence. Un jour, elle s'est assise dans ce fauteuil, elle n'en a plus bougé et elle n'a pratiquement plus dit un mot. »

Nous nous asseyions près de Kristina à tour de rôle pour lui parler. Elle refusait de bouger de ce fauteuil et, parfois, j'avais peur qu'elle finisse par se transformer en statue. Combien de temps un être humain peut-il rester immobile et muet sans se pétrifier ? Les jours ont passé, puis les semaines. Carl insistait pour nous garder chez eux. Il était convaincu que c'était bon pour Kristina. Et la suite lui a donné raison. C'est arrivé un matin, de bonne heure, alors que nous faisions chauffer l'eau pour le thé.

« Parlez-moi de la Suède », a-t-elle murmuré dans sa langue natale. Ça a été un réel bonheur d'entendre ces quelques mots.

Nous nous sommes empressées de venir nous asseoir auprès d'elle et nous nous sommes mises à raconter : la colline enneigée où nous avions l'habitude de faire de la luge. Les harengs et les pommes de terre. L'odeur de la pluie au printemps. L'apparition des premiers tussilages. Les agneaux jouant dans le parc de Djurgården. Les flots de bicyclettes sur le boulevard Strandvägen, le long du front de mer, dans la pâle nuit estivale. À chaque nouvelle image que nous évoquions, une petite lumière s'éclairait dans ses yeux. Elle n'a rien dit d'autre, mais nous avons pu croiser son regard à plusieurs reprises. Quand nous nous taisions, elle levait les sourcils et nous encourageait d'un signe de tête à poursuivre.

À partir de cette première victoire, nous nous sommes employées avec plus d'enthousiasme encore à redonner sa joie de vivre à Kristina. Un soir, Carl a trouvé le fauteuil déserté en rentrant du bureau.

« Elle n'est plus là ! s'est-il écrié en nous regardant avec des yeux écarquillés. Où est-elle ? Qu'est-ce que vous avez fait de ma mère ? »

Nous avons éclaté de rire et nous nous sommes tournées vers l'évier de la cuisine. Elle était en train de faire la vaisselle du déjeuner. Elle était pâle et maigre, mais debout, et ses mains s'activaient. Quand Carl s'est approché d'elle, elle a souri timidement.

Il l'a serrée longuement dans ses bras, en nous regardant par-dessus son épaule, les yeux emplis de larmes.

Nous avons essayé de savoir ce qui se passait en Suède, mais personne n'a pu nous fournir une réponse claire. Les journaux parlaient de l'avancée d'Hitler et des larmes des Français quand les troupes nazies étaient entrées dans Paris et avaient occupé la capitale. Nous regardions toutes ces photographies en noir et blanc et j'avais du mal à reconnaître cette ville que j'aimais et qui me manquait tant. Tout paraissait différent. Elle ne ressemblait plus du tout à ce qu'elle était à notre départ. J'ai envoyé une courte lettre à Gösta, mais comme souvent par le passé, je n'ai pas reçu de réponse.

Nous sommes restées chez Carl et Kristina. Nous ne payions pas de loyer, mais donnions un coup de main avec la cuisine et le ménage. C'était la façon de Carl de nous remercier. Il partait travailler et nous faisions la conversation à Kristina. Elle n'a pas su nous expliquer pourquoi elle s'était tue si longtemps. Elle disait avoir l'impression d'avoir dormi pendant plusieurs mois. À mesure que les semaines passaient et qu'elle se débrouillait de mieux en mieux toute seule, j'ai recommencé à penser à l'avenir. Il fallait que je me mette en quête d'un travail et que je trouve un nouveau logement. Il était temps que nous reprenions notre baluchon, après presque une année d'exil.

Agnes ne s'intéressait nullement à mes projets et je m'énervais souvent contre elle. Elle ne me confiait plus rien et, quand je lui disais quelque chose, elle était distraite. Elle s'est mise à me répondre en anglais, y compris quand je m'adressais à elle en suédois. J'ai remarqué aussi qu'elle recherchait la compagnie de Carl plus souvent que la mienne. Le soir, ils s'asseyaient tous les deux sur la banquette de la cuisine et, parfois, ils discutaient la moitié de la nuit à voix basse. Comme Allan et moi, jadis.

C'était un soir, tard. Kristina brodait une nappe, assise dans son fauteuil à bascule. Je lisais le journal, cherchant comme tous les jours des nouvelles de la guerre. Je voyais le cadavre d'Allan dans chaque soldat mort. J'étais si absorbée par un article que je ne me suis pas aperçue qu'ils se tenaient tous les deux devant moi, main dans la main. Agnes a dû répéter ce qu'elle venait de dire.

« Carl et moi allons nous marier. »

Je l'ai regardée bouche bée. Puis je l'ai regardé, lui. Je ne comprenais pas. Elle était si jeune, beaucoup trop jeune pour se marier. Et avec Carl ?

« Tu n'es pas contente ? » s'est écriée Agnes en tendant sa main pour me montrer l'anneau en or lisse qu'elle portait au doigt. « Tu n'es pas heureuse pour nous ? C'est si romantique ! Nous nous marierons au printemps, à l'église suédoise. Et je veux que tu sois mon témoin. »

Et il en fut ainsi. Les cerisiers venaient juste de fleurir et le bouquet de mariée d'Agnes avait la même couleur : il était gaiement hirsute avec des roses rose pâle, du lierre et du mimosa blanc. Je le serrais entre mes mains crispées pendant que Carl passait un nouvel anneau en or lisse à l'annulaire de sa main gauche.

Il est resté coincé un instant à l'articulation, mais en forçant un peu, Carl a réussi à le faire passer. Agnes avait mis mon tailleur Chanel blanc, que j'avais si souvent porté, à Paris. Il lui allait comme s'il avait été confectionné pour elle, et elle était plus jolie que jamais. Ses cheveux dorés, coupés aux épaules, étaient coiffés en vagues et relevés aux tempes à l'aide de barrettes ornées de perles blanches.

J'aurais dû être heureuse pour elle, mais tout ce que je parvenais à ressentir, c'était à quel point Allan me manquait. Tu dois trouver que je parle trop de lui, Jenny, et tu as sans doute raison. Mais il y a des souvenirs dont on ne se débarrasse jamais. Ils restent là comme des furoncles récidivants. Parfois ils éclatent et ça fait un mal de chien.

Un petit carnet rouge

A. ANDERSSON, CARL

À mesure que les mois passaient, on sentait qu'il y avait une nouvelle maîtresse de maison. Agnes s'attendait désormais à ce que je me range à son avis en toutes circonstances. On aurait dit une enfant qui jouait à être adulte et j'avoue qu'elle m'agaçait beaucoup.

Un matin, je battais la semelle dans le petit vestibule. Les lattes du plancher grinçaient en deux endroits. Je m'efforçais de les éviter, mais continuais à déambuler. Il était presque huit heures et Carl devait partir travailler. Quand il est descendu, je me suis arrêtée et je l'ai salué d'un signe de tête. Les bruits de la rue ont envahi l'entrée quand il a ouvert la porte. Puis le silence est revenu et j'ai repris mes allées et venues. Les ongles de ma main droite étaient rongés si courts que j'avais le bout des doigts en feu, mais je ne pouvais m'empêcher de continuer. Je suis entrée dans la cuisine.

« Je n'ai pas l'intention de rester ici plus longtemps, ai-je annoncé. Je refuse d'être votre bonne pour le restant de mes jours. »

Agnes m'a regardée avec de grands yeux quand les mots en français sont sortis de ma bouche. C'était la seule langue que personne d'autre ne comprenait dans la maison, et je m'en servais souvent. J'ai répété les mêmes phrases plusieurs fois de suite, jusqu'à ce qu'elle hoche la tête et me supplie de me taire. J'avais déjà fait mes bagages. J'avais mis un tailleur au lieu de ma robe de tous les jours, je m'étais fait un chignon et j'avais mis du rouge sur mes lèvres. J'étais prête à affronter le monde et à reprendre la place que je méritais sur l'échelle sociale. J'étais mannequin, une femme admirée qui faisait l'envie de tous et j'étais depuis trop longtemps sortie de la lumière des projecteurs.

« Mais où vas-tu aller ? Où vas-tu habiter ? Tu ne veux pas qu'on essaye de t'établir quelque part, avant ? »

J'ai renâclé sous l'outrage.

« Allez, ne sois pas bête. Pose cette valise. » Agnes me parlait avec douceur en lissant nerveusement la dernière robe que Carl lui avait offerte. Il lui achetait des vêtements. Faisait ce qu'il fallait pour la séduire et la faire sienne.

« Donne-toi quelques jours pour réfléchir. Reste, s'il te plaît. Carl connaît des gens, il peut t'aider.

— Carl, Carl, toujours Carl. Il n'y en a que pour lui. Tu crois vraiment qu'il a la solution à tout ? Je me débrouillais très bien à Paris, sans lui et sans toi, aussi. Et je m'en sortirai parfaitement sans votre aide à New York !

— Carl ? On parle de moi, ici ? De quoi s'agit-il ? Il y a un problème ? » Carl était revenu chercher son parapluie. Il a mis le bras autour de l'épaule de son épouse et l'a embrassée sur la joue.

« Non, non, tout va bien », s'est empressée de répondre Agnes.

Elle a posé sur moi un regard incitatif.

« Tout va très bien », ai-je dit en français avant de tourner les talons. Agnes s'est précipitée derrière moi.

« S'il te plaît, ne m'abandonne pas, a-t-elle supplié. Nous sommes sœurs. Nous devons rester ensemble. Tu as un foyer, ici. Nous avons besoin de toi. Attends au moins d'avoir trouvé un travail et un endroit pour vivre. Carl… Nous pouvons t'aider, lui et moi. »

Elle a rapporté la valise sur mon lit et je n'ai pas eu le cœur de protester. Plus tard, ce soir-là, j'ai examiné mon visage dans le miroir piqué de la salle de bains. Le voyage et les premiers temps en Amérique l'avaient marqué. Ma peau, jadis si lisse autour des yeux, était gonflée, relâchée et grisâtre. J'ai tiré doucement sur mes sourcils, les ai remontés vers la lisière des cheveux. Mon regard s'est ranimé et je me suis vue telle que j'étais avant. Plus jeune, plus jolie. Comme j'aurais dû l'être encore. J'ai souri à mon reflet, mais le sourire dont j'étais si fière n'était plus là. J'ai secoué la tête et ma bouche a retrouvé sa ligne horizontale et triste.

Le maquillage que j'avais apporté avec moi de Paris n'avait pratiquement pas servi. J'ai ouvert le couvercle du poudrier et tapoté mon visage avec la houppette. Les imperfections ont disparu sous la poudre blanche et les taches se sont effacées. J'ai mis du rose sur mes pommettes et agrandi les cercles vers le creux des joues en fonçant la teinte progressivement. Je ne pouvais plus m'arrêter. J'ai tracé un trait noir autour de mes yeux en l'estompant vers les tempes. J'ai peint mes sourcils d'un noir charbonneux. Étalé du fard à paupières gris foncé en dessous. Peint mes lèvres en rouge vif jusqu'à ce qu'elles aient deux fois leur taille naturelle. Et j'ai contemplé l'image grotesque que me renvoyait le miroir. Les larmes dégoulinant sur mon visage, j'ai rayé d'une grosse croix noire mon reflet dans la glace.

Un petit carnet rouge

P. POWERS, JOHN ROBERT

Je me suis forcée à rester un peu plus longtemps, mais le quotidien dans la petite maison me paraissait chaque jour plus pesant. La deuxième fois, j'ai fait en sorte de mieux préparer ma *sortie.* Quand j'ai pris mes affaires pour m'en aller, Carl était déjà au travail et Kristina dormait encore. J'ai trouvé que c'était préférable pour prendre correctement congé de ma petite sœur. Agnes a pleuré et m'a donné tous les billets qu'elle avait dans la caisse du ménage.

« Nous nous reverrons bientôt, je te le promets », lui ai-je murmuré en la serrant dans mes bras.

Je l'ai repoussée et suis partie sans me retourner. Ses larmes me faisaient trop de peine. Les nuits suivantes, j'ai dormi dans un petit hôtel de la 7e Rue. J'avais à peine assez de place pour me tenir debout. Un lit et une table de chevet occupaient tout l'espace. J'ai écrit une longue lettre à Gösta en lui expliquant comment j'allais et ce qui s'était passé. Cette fois, il a mis moins de deux semaines à me répondre, en poste restante, au bureau de Grand Central Station. Je m'y étais rendue tous les jours, en vain, et quand enfin la préposée m'a tendu sa lettre, j'étais si impatiente de la lire que je l'ai ouverte sur-le-champ. Elle était écrite à la plume et j'ai souri en reconnaissant son écriture. J'espérais trouver un billet pour retourner à Stockholm ou bien de l'argent. Mais elle ne contenait que des mots. Gösta me répondait qu'il n'avait pas d'argent et que la vie était difficile à Stockholm. Lui-même ne survivait qu'en troquant ses toiles contre de la nourriture et du vin.

Si j'avais pu, j'aurais affrété un bateau pour venir te chercher, chère, très chère Doris. Un somptueux navire qui t'aurait emportée sur l'océan à la vitesse du vent et à bord duquel tu serais entrée, triomphante dans le joli port de Stockholm. Avec mes jumelles, j'aurais regardé de ma fenêtre les manœuvres des matelots. Aussitôt que je t'aurais aperçue, j'aurais couru sur le quai pour t'accueillir à bras ouverts. Oui, ma Doris, ça aurait été des retrouvailles fantastiques. Et merveilleux aussi de revoir ma chère amie après toutes ces années. Tu es la bienvenue. Viens quand tu veux. Ma porte te sera toujours ouverte. Jamais je ne pourrai oublier la gentille petite fille qui me servait du vin au numéro 5 de la rue Bastugatan.

Ton Gösta

La lettre était décorée de jolies fleurs rouges, violettes et vertes. Elles grimpaient le long du côté droit de la feuille, tournaient dans l'angle, entourant le texte. J'ai caressé délicatement les fleurs qui montraient la tendresse de Gösta pour la petite bonne qu'il avait un jour connue. La matière de la peinture était épaisse et je sentais chaque coup de pinceau sur l'épais papier à lettres. Je trouvais ce dessin plus joli que tous les drôles de tableaux que je l'avais vu peindre par le passé.

Cette lettre existe encore, Jenny, elle est rangée avec les autres dans la boîte en fer. Peut-être a-t-elle même de la valeur puisqu'il est devenu célèbre depuis. Longtemps après sa mort.

Je suis restée un long moment dans le bureau de poste, la lettre dans une main et l'enveloppe dans l'autre. C'était comme si ma dernière ligne de vie s'était cassée et que le monde autour de moi perdait toutes ses couleurs et m'apparaissait en noir et blanc. J'ai tout de même fini par me secouer et m'en aller, glissant la lettre à l'intérieur de ma brassière, contre mon cœur. Ma volonté farouche de retourner à Stockholm le plus tôt possible m'a permis de surmonter mon découragement. J'ai couru aux toilettes. Devant la glace, je me suis pincé les joues et j'ai mis du rouge à lèvres. J'ai lissé mon tailleur beige et remonté la jupe que mes hanches ne remplissaient toujours pas. Puis je me suis rendue à l'agence Robert Powers Models qui, d'après Carl, recrutait des jolies filles. C'était par cet intermédiaire que les mannequins trouvaient des contrats à New York, et non en passant par les maisons de couture et les créateurs de mode, comme à Paris. Mon cœur battait fort en posant la main sur la poignée de la porte. Je ne connaissais rien aux agences de mannequins, mais j'étais déterminée à tenter ma chance. Avec ma beauté pour unique bagage.

« Hello », ai-je dit d'une toute petite voix à une femme minuscule, assise derrière un immense bureau. Elle portait un tailleur très ajusté, à carreaux rouges et noirs. Elle m'a regardée des pieds à la tête au-dessus des lunettes posées sur le bout de son nez.

« J'aimerais voir John Robert Powers, ai-je ânonné dans mon anglais toujours un peu hésitant.

— Vous avez rendez-vous ? »

J'ai secoué la tête et la femme m'a regardée avec un sourire condescendant.

« Mademoiselle, vous êtes en effet à l'agence de John Robert Powers. Mais cela ne signifie pas que vous pouvez entrer ici comme dans un moulin et espérer le rencontrer.

— Je me suis dit que lui voudrait peut-être me rencontrer. J'arrive de Paris où j'ai travaillé pour les plus grands couturiers européens, Chanel, entre autres. Avez-vous déjà entendu parler de la maison Chanel ?

— Chanel ? » Elle s'est levée et m'a désigné l'un des sièges gris anthracite alignés contre le mur.

« Asseyez-vous. Je reviens dans un instant. »

J'ai obéi et attendu ce qui m'a paru une éternité. Enfin, elle est revenue, en compagnie d'un petit bonhomme en costume gris sous lequel on pouvait apercevoir un gilet. Une fine chaîne de montre en or pendait d'une poche. À l'instar de la réceptionniste, il m'a examinée des pieds à la tête avant de m'adresser la parole. « Alors, vous auriez travaillé pour Chanel ? » Ses yeux continuaient à me jauger. À aucun moment, il ne m'a regardée dans les yeux.

« Tournez, pour voir. » Il a accompagné son ordre d'un geste circulaire de la main. J'ai tourné sur moi-même en le regardant par-dessus mon épaule.

« Il doit y avoir un certain temps », a-t-il reniflé avec mépris avant de repartir en me plantant là. J'ai regardé la réceptionniste d'un air interrogateur.

« Cela signifie que vous pouvez repartir, a-t-elle décrypté en me montrant la porte.

— Je ne vais pas essayer de vêtements ?

— Mademoiselle, vous avez peut-être été un joli modèle, à une époque. Mais c'est fini, tout ça. Ici, nous n'avons besoin que de filles jeunes. »

Elle avait presque l'air contente de me dire cela. Comme si chaque fille rejetée par M. Powers représentait pour elle une victoire personnelle.

J'ai passé la main sur ma joue. Elle était encore ferme. Lisse comme une peau de bébé. Je me suis éclairci la gorge.

« Pourrais-je prendre rendez-vous ? Un jour où M. Powers aura un peu plus de temps à me consacrer ? »

Elle a secoué la tête sans une seconde d'hésitation.

« J'ai bien peur que ce soit inutile. Vous feriez mieux de chercher un autre travail, mademoiselle. »

15

« Qu'est-ce qui est arrivé à ton visage ? » Jenny se rapproche de la caméra, le doigt tendu. La figure de Doris est à moitié recouverte d'un gros pansement blanc.

« Rien de grave. J'ai trébuché et je me suis un peu cognée. Il n'y a pas de mal. C'est juste une égratignure.

— Qu'est-ce qui s'est passé ? Ils ne t'aident pas quand tu te lèves pour marcher ?

— Oh, c'est arrivé bêtement. J'ai été un peu présomptueuse et l'infirmière n'a pas réussi à me rattraper à temps. Il faut que je me force à marcher sinon, ils vont m'envoyer en maison de retraite.

— En maison de retraite ? Qui a dit ça ?

— L'assistant social de l'hôpital. Je ne voulais pas t'en parler, mais il vient me voir de temps en temps avec son formulaire. Il veut que je signe un papier dans lequel je m'engage à y aller de mon plein gré.

— Et qu'est-ce que tu en penses ?

— Plutôt mourir.

— Alors, on va éviter ça, si tu veux bien. La prochaine fois qu'il viendra, je voudrais que tu te connectes.

— Qu'est-ce que tu vas lui dire, mon trésor ? Que je peux rentrer chez moi ? Tu sais bien que c'est impossible. Pas encore. De ce point de vue-là, il a raison. Ce n'est pas la grande forme, en ce moment. Mais je n'ai pas l'intention de lui donner la satisfaction de l'admettre.

— Je vais lui parler, promet Jenny, rassurante. À quoi passes-tu tes journées ? Tu as de la lecture ? Tu veux que je t'envoie des bouquins ?

— C'est gentil, mais je n'ai pas encore fini de lire ceux que tu m'as envoyés la dernière fois. J'ai beaucoup aimé le Don DeLillo, celui sur le 11 septembre.

— *Falling Man*, oui, moi aussi. Je vais voir si je peux te trouver… Doris ! Hé, Doris ! Oh ! »

Le visage de Doris s'est pétrifié dans une expression de souffrance. Elle porte la main droite à sa poitrine et agite frénétiquement la gauche.

« Doris ! Jenny hurle dans le petit écran de l'ordinateur. Doris, qu'est-ce qui t'arrive ? Réponds-moi, dis-moi ce qui se passe ! »

Un son guttural sort de la bouche de Doris. Elle regarde Jenny d'un air impuissant tandis que son teint vire au gris. Jenny crie de toutes ses forces, dans le vide :

« Infirmières ! Quelqu'un ! Je vous en prie ! » Le son est réglé au plus bas pour ne pas déranger les autres patients, mais la dame dans le lit d'à côté a compris que quelque chose ne va pas. Elle observe sa voisine qui a l'air de dormir alors qu'il y a un instant encore, elle parlait à son ordinateur. Elle sonne l'alarme. Jenny crie de plus belle. Une infirmière arrive enfin et demande à la patiente ce qu'elle veut.

Elle lui montre le lit de Doris. L'infirmière enlève l'ordinateur posé sur le ventre de Doris et le pose sur la table de nuit.

« Elle fait une crise cardiaque ! hurle Jenny, faisant sursauter l'infirmière.

— Ouh, vous m'avez fait peur !

— Occupez-vous d'elle ! Elle a eu une crampe et elle a mis sa main sur son cœur ! Et puis, elle a perdu connaissance !

— Quoi ? Qu'est-ce que vous dites ? » L'infirmière appelle du secours, saisit le poignet de Doris pour chercher le pouls. Ne sentant rien, elle lui fait un massage cardiaque. Entre deux tentatives, elle appelle à l'aide. Jenny suit toute la scène depuis sa cuisine verte en Californie. Trois personnes arrivent en courant, un médecin et deux infirmières. Le médecin branche le défibrillateur et pose les deux palettes sur le torse de Doris. Les chocs électriques la soulèvent du matelas. Il la choque une deuxième fois.

« Ça y est, j'ai un pouls ! s'écrie l'infirmière, l'index et le majeur posés sur le poignet de Doris.

— Elle est vivante ? crie Jenny. Je vous en prie, répondez-moi, elle est encore en vie ? »

Le médecin se retourne, surpris. Lève un sourcil étonné vers les infirmières. Jenny l'entend chuchoter : « Pourquoi personne n'a-t-il éteint cet ordinateur ? »

Il se tourne à nouveau vers Jenny et acquiesce.

« Je suis désolé que vous ayez dû assister à cela. Vous êtes de la famille ? »

Jenny a du mal à respirer.

« Je suis son unique famille. Comment va-t-elle ?

— Elle est âgée et affaiblie. Nous faisons tout ce que nous pouvons pour la garder en vie aussi longtemps que possible. Mais le cœur est moins résistant quand on arrive à un âge aussi avancé. Est-ce qu'elle a déjà fait un infarctus ? »

Jenny secoue la tête.

« Pas que je sache. Elle a toujours été forte et en parfaite santé. S'il vous plaît, sauvez-la, je ne peux pas imaginer une vie sans elle.

— Je comprends. Son cœur bat à nouveau. Nous allons la transporter en soins intensifs et elle passera la nuit là-bas. Vous permettez que nous coupions la communication, maintenant ?

— Je ne peux pas l'accompagner ?

— Je crois que vous avez besoin de faire une petite pause. » Il fait un signe de tête vers Tyra qui pleurniche derrière sa maman. Jenny se baisse et la pose sur sa hanche. « Chut ! dit-elle et l'enfant se tait. Ne vous inquiétez pas pour moi. Mais j'aimerais accompagner Doris un petit peu, si cela ne vous ennuie pas. »

Le médecin secoue la tête, désolé.

« Je regrette. Nous ne pouvons pas avoir de matériel informatique allumé dans le service des soins intensifs. Cela perturberait les appareils. Restez connectée un instant. Une infirmière va prendre vos coordonnées. Nous vous tiendrons informée de son état. Au revoir, madame.

— Non, ne partez pas, il faut que je sache si… » Mais le docteur et deux des infirmières disparaissent de l'écran de Jenny.

16

La rumeur des vagues sur la grève est noyée dans le bruit incessant de la circulation. La villa a une belle vue, certes, mais quand ils sont venus s'installer ici, ils n'ont pas pensé aux voitures. Personne ne vient jamais s'asseoir sous la véranda blanche avec vue sur l'océan.

Sauf aujourd'hui.

En rentrant, Willie trouve Jenny sur la balancelle, Tyra sur ses genoux. Ils ont monté cette balancelle ensemble, il y a des années, quand ils étaient encore deux jeunes gens amoureux, incapables de se passer l'un de l'autre. Elle oscille lentement, les chaînes grinçant sur leurs fixations.

« Qu'est-ce que tu fais là, dehors, dans les gaz d'échappement ? Tu sais bien que ce n'est pas bon pour le bébé. » Il sourit à sa femme et à sa fille, mais Jenny ne répond pas à son sourire.

« Tu es obligé de continuer à l'appeler "le bébé" ? Je te signale qu'elle a bientôt deux ans.

— Elle a un an et demi et elle vient tout juste de commencer à marcher.

— Elle a vingt mois, deux semaines et trois jours. C'est-à-dire presque deux ans.

— OK, OK. Je vais l'appeler Tyra, si tu préfères. » Willie hausse les épaules et ouvre la porte d'entrée.

« Je crois que je vais aller en Suède. »

La porte se referme avec un claquement sec. Tyra sursaute. « Hein ? En Suède ? Pourquoi ? Qu'est-il arrivé ?

— Doris a eu une crise cardiaque aujourd'hui. Elle va mourir.

— Une crise cardiaque ? Je croyais qu'elle s'était cassé la jambe.

— Elle va vraiment mal. Je veux être à ses côtés. Je ne peux pas la laisser mourir seule. Je resterai... le temps qu'il faudra.

— Mais tu ne peux pas faire ça ! Qui va s'occuper des enfants ? Comment veux-tu qu'on se débrouille sans toi ?

— Quoi ? C'est tout ce que tu trouves à dire ?

— Je suis triste pour Doris, bien sûr, elle est vieille et tout ça. Mais ta vie est ici, et nous avons besoin de toi.

— Je pourrais emmener Tyra avec moi. Les enfants sont à l'école, la journée. Vous allez très bien vous en sortir, tu verras.

— Tu ne peux pas nous quitter.

— Je ne vous quitte pas ! C'est ça que tu crois ? » Willie inspire profondément et tourne le dos à Jenny. Elle pose la main sur son épaule.

« Tout va bien se passer.

— Je sais que tu l'aimes beaucoup, mais est-ce qu'elle est vraiment plus importante à tes yeux que ta propre famille ? Tu ne peux pas t'en aller comme ça ! J'ai un métier, moi. Et c'est grâce à mon travail que nous mangeons chaque jour. Je ne peux pas être à la maison quand les enfants rentrent de l'école. Qui va les garder ?

— Ça doit pouvoir s'arranger. On engagera quelqu'un, je suppose. »

Willie ne répond pas. Il pince les lèvres et rentre dans la maison, claquant la porte si fort que Tyra sursaute à nouveau et se met à pleurer. Jenny s'allonge sur la balancelle, arrange le coussin sous sa tête et couche Tyra sur elle, le ventre de la petite fille contre le sien. Mais cette position ne lui plaît pas, elle se relève aussitôt et continue à pleurnicher, contrariée.

« Chuut, couche-toi. Fais un petit dodo », dit Jenny tendrement, en reprenant la petite fille dans ses bras.

Willie repasse la tête dehors.

« S'il te plaît. Dis-moi que c'était une plaisanterie. »

Jenny secoue la tête. Willie lève les yeux au ciel. Elle le regarde sans rien dire, le visage fermé et les larmes aux yeux.

« Elle est en train de mourir, Willie, tu comprends ça ?

— Je sais. Et c'est affreux. Mais je ne peux pas travailler dans de bonnes conditions si tu n'es pas là. Je ne peux pas assumer les enfants et mon boulot en même temps. »

Jenny s'assied d'un côté de la balancelle et laisse Tyra seule à l'autre bout. Willie sort sur la terrasse et referme la porte. Doucement, cette fois. Il s'appuie contre le mur et lui caresse la joue.

« Pardonne-moi. Tu veux me parler de ce qui s'est passé ?

— Nous étions sur Skype ce matin. Tout était comme d'habitude, sauf qu'elle était tombée et qu'elle avait un pansement sur la joue. Elle avait plutôt l'air de plaisanter à ce sujet. Tu sais comment elle est. Tout à coup, elle a posé la main sur sa poitrine. On aurait dit qu'elle n'arrivait plus à respirer. C'était comme à la télé dans *Grey's Anatomy.* J'ai crié, de toutes mes forces. Finalement, au bout d'un moment, un médecin et des infirmières sont arrivés en courant avec un défibrillateur. »

Willie vient s'asseoir à côté de sa femme, il lui prend la main. « Elle a vraiment fait un infarctus, alors ?

— Oui. Le médecin a dit qu'elle commençait à s'affaiblir. Sa fracture et son opération l'ont beaucoup fatiguée. Quand elle m'a rappelée, plus tard dans la journée, l'infirmière m'a expliqué qu'ils ont dû lui faire un ballon de contrepulsion intra-aortique.

— Écoute, chérie. Elle peut vivre encore très longtemps, on n'en sait rien du tout. Qu'est-ce que tu vas faire de plus là-bas ? Rester à son chevet et attendre qu'elle meure ? Je ne crois pas que ce soit une bonne idée. »

Il lui caresse la main, mais Jenny la retire. Elle s'éloigne de lui.

« Ah, ce n'est pas une bonne idée ? Tu veux me faire croire que tu t'inquiètes pour moi, maintenant ? Je t'en prie ! Décidément tu ne penses qu'à toi !

Tu ne comprends pas que Doris est tout ce qui me reste, le seul lien que j'ai encore avec la Suède, ma mère et ma grand-mère ? »

Willie parvient tout juste à réprimer un soupir. « Promets-moi au moins d'y réfléchir, chérie. Je sais qu'aujourd'hui, c'est très dur pour toi. Mais attends de savoir comment son état évolue. Elle va peut-être se remettre, après tout. »

Il la serre contre lui jusqu'à ce qu'il sente son corps se détendre. Elle appuie la tête contre sa poitrine et respire son odeur familière et rassurante. Sa chemise est humide, elle déboutonne le haut pour sentir la peau nue de Willie sur sa joue.

« Pourquoi est-ce que nous ne venons plus jamais nous asseoir ici ? » murmure-t-elle en fermant les yeux et en sentant la brise du soir sur son visage. Au même instant, un camion passe sur la route. Ils éclatent de rire.

« Pour ça », chuchote Willie en posant un baiser dans ses cheveux.

17

« Bonjour, Doris. » L'infirmière se penche au-dessus du lit avec un sourire compatissant.

« Où suis-je ? Je suis morte ?

— Non, vous êtes vivante. Vous êtes en soins intensifs. Vous avez eu un petit problème avec votre cœur, hier. Un léger infarctus.

— Je croyais que j'étais morte.

— Pas encore. Votre cœur bat à nouveau comme une horloge. Le docteur a fait passer le caillot. Vous vous souvenez que vous avez subi une opération ? »

Doris hoche vaguement la tête, pas très sûre.

« Comment vous sentez-vous ? »

Elle claque la langue contre son palais.

« J'ai un peu soif.

— Je vous apporte un verre d'eau. »

Doris s'efforce de faire naître un sourire sur son visage pâle.

« Je préférerais du jus de pomme, s'il y en a.

— Je vais vous chercher ça. Reposez-vous. Vous allez très vite vous sentir mieux. » L'infirmière s'en va.

« Complètement foutue, la vieille. »

L'infirmière l'entend et se retourne. « Qu'est-ce que vous avez dit ?

— J'ai dit : Complètement foutue, la vieille. »

L'infirmière éclate de rire, mais s'interrompt en voyant l'air grave de Doris.

« Allons. Vous n'êtes pas très en forme, pour l'instant. Mais ça va s'arranger, vous verrez. Ce n'était qu'un petit infarctus. Vous avez eu de la chance.

— Vous savez, la chance, à mon âge ! Je vous rappelle que j'ai quatre-vingt-seize ans.

— Justement. Vous n'avez plus que quatre ans avant d'être centenaire. » L'infirmière fait un clin d'œil à Doris et lui presse la main.

« La mort, la mort, toujours la mort », marmonne-t-elle tout bas quand elle est à nouveau seule. Il y a un moniteur à côté de la tête du lit. Elle le regarde et suit avec curiosité les chiffres et les courbes. Son pouls qui monte et qui descend autour du trait affichant quatre-vingts, les sinuosités de l'électrocardiogramme, la saturation gazeuse.

Un petit carnet rouge

~~A. ALM, AGNES~~ DÉCÉDÉE

Ma vie s'est écroulée. À cet endroit exactement et à ce moment précis. Sur ce trottoir, devant cette agence de mannequins. Je n'avais plus rien. Ni travail. Ni logement. Ni amis. Juste une sœur, mariée, à quelques pâtés de maisons. Je me souviens que je suis restée un long moment immobile, à regarder fixement la circulation dense. Je n'arrivais même plus à décider dans quel sens repartir. À droite ou à gauche ? Je suppose que tu devines où j'avais envie d'aller, Jenny. Gösta m'avait fait promettre un jour de rester fidèle à moi-même en toutes circonstances et de ne jamais laisser les accidents de la vie décider de mon destin. Mais, comme souvent par le passé, j'ai manqué à ma promesse. Je n'avais pas d'autre issue. Lentement, j'ai repris le chemin de la maison que je venais de quitter.

Carl n'était pas encore rentré. Agnes cousait, assise en compagnie de Kristina. Elles ont levé la tête quand j'ai passé la porte. Agnes a bondi sur ses pieds.

« Tu es revenue ! Je savais que tu reviendrais ! » Elle m'a serrée fort. « Je ne vais pas rester très longtemps, ai-je marmonné.

— Bien sûr que tu vas rester. Kristina et toi prendrez la chambre du dernier étage, a-t-elle tranché avec un signe de tête vers l'escalier. Carl et moi dormirons ici, dans le canapé-lit. »

J'ai secoué la tête. C'était hors de question.

« Nous en avons déjà parlé. Nous espérions que tu reviendrais. Tu es chez toi, ici. Tu vas m'aider à tenir la maison. »

Elle m'a à nouveau serrée dans ses bras et j'ai senti son abdomen tendu contre le mien.

« Maintenant, c'est à moi de t'aider. Tu as tellement fait pour moi jusqu'ici et je vais avoir besoin de toi. » Elle a pris mes mains et les a posées sur son ventre. J'ai haussé les sourcils et ma mâchoire est tombée lorsque j'ai compris.

« Tu attends un bébé ? Mais pourquoi est-ce que tu ne me l'as pas dit ? Tu es enceinte ! »

Elle a acquiescé, ravie. Les commissures de ses lèvres ne tenaient pas en place, montant de manière irrépressible, elle pouffait en agitant les bras comme un petit oiseau.

« N'est-ce pas merveilleux ? s'est-elle écriée. On va avoir un petit bébé à la maison ! » Elle a brandi l'ouvrage qu'elle était en train de broder. C'était une couverture de bébé jaune pâle. J'ai eu le cœur serré en pensant à l'enfant qu'Allan et moi avions espéré avoir ensemble, mais j'ai refoulé cette idée. Maintenant, il s'agissait d'accueillir l'enfant d'Agnes. C'était son tour. Je lui ai adressé un grand sourire.

Je ne pouvais pas faire autrement que de rester, à présent. Je me réjouissais de l'arrivée de ce bébé. Carl, Agnes, Kristina et moi, cette drôle de famille un peu bancale, nous réjouissions tous de la venue de ce petit être, ta maman, Elise.

Chaque matin, Agnes se mettait de profil devant nous dans la cuisine. Nous partagions sa joie d'être enceinte et elle me laissait sentir et toucher son ventre autant que je voulais. J'avais l'impression qu'il grossissait tous les jours. L'enfant poussait bien et vers la fin de sa grossesse, je voyais l'empreinte de son pied quand il lui donnait des coups. J'ai même essayé un jour de l'attraper, mais Agnes a repoussé ma main en se plaignant que je la chatouillais.

Le temps passait plus vite parce que je me sentais utile. J'aidais Agnes à faire la cuisine et les courses, le ménage et le linge. Elle avait de plus en plus de mal à se déplacer. À un moment, elle a commencé à maigrir, son visage s'est émacié. Son ventre ressemblait à un gros ballon sur son corps devenu très mince. Je n'arrêtais pas de lui demander si elle était sûre qu'elle se sentait bien, mais elle balayait mon inquiétude et me disait qu'elle était simplement fatiguée. Que c'était normal. Qu'elle était enceinte, après tout.

« J'ai hâte que le bébé soit là, pour pouvoir redevenir moi-même », disait-elle quand même, de plus en plus souvent.

Un matin, quand je suis descendue, elle était assise sur la banquette de la cuisine avec des lèvres bleu foncé. Sa peau était livide et marbrée. Elle avait les yeux écarquillés, une respiration sifflante. Je ne veux pas en écrire davantage. C'est un moment que je préférerais oublier. Un moment terriblement semblable à celui que je t'ai raconté à propos de mon père. Si ce n'est que cette fois, ce n'était pas ma mère qui hurlait, mais moi.

Ils ont réussi à sortir la petite Elise du ventre de ta grand-mère Agnes avant qu'elle ne meure. « En couches », comme on disait en ce temps-là. La grossesse avait empoisonné son sang et ses organes avaient cessé de fonctionner. Du jour au lendemain, elle n'était plus là. Et nous avons récupéré un petit être qui n'arrêtait pas de crier. On aurait dit qu'elle savait qu'on lui avait volé l'amour de sa mère.

J'avais ta mère dans les bras presque en permanence. J'essayais de la faire taire et de lui donner tout l'amour dont elle avait besoin. Nous la nourrissions au lait de vache, que nous faisions chauffer à la température du corps, mais cela lui donnait d'horribles coliques et elle pleurait constamment. Je me souviens que lorsque je posais ma main sur son petit ventre, il y avait tant de gargouillis à l'intérieur qu'on aurait dit qu'il contenait quelque chose de vivant. Kristina me remplaçait de temps en temps, elle faisait son possible pour nous soulager et nous consoler, toutes les deux, mais elle était vieille et fatiguée.

Carl ne supportait pas tous ces cris et toute cette peine. Il quittait la maison de bonne heure le matin et rentrait le plus tard possible. La paix n'est revenue dans la petite maison que lorsqu'il a trouvé une nourrice, une femme qui avait elle-même un nouveau-né et qui a bien voulu partager son lait avec un autre enfant.

La vie est redevenue à peu près normale. Elise grandissait et elle nous a offert son premier éclat de rire. Agnes me manquait terriblement, mais je m'efforçais de tenir le coup, pour la petite.

Un jour, je suis sortie acheter de la viande et quelques légumes. Mes pas m'ont conduite jusqu'au bureau de poste. Il y avait un certain temps que je n'y étais pas allée et je me demandais si Gösta m'avait écrit. Ce n'était pas le cas. En revanche, il y avait une autre lettre pour moi, adressée en poste restante. Envoyée de France.

Doris,

Il m'est impossible de t'exprimer avec des mots à quel point tu me manques. La guerre est atroce. Bien plus atroce que tu ne peux l'imaginer. Je prie Dieu pour rester vivant et pour te revoir un jour. J'ai une photo de toi sur moi, en permanence. Dans ma poche intérieure. Sur ce portrait, tu ressembles à la rose ravissante que j'ai connue à Paris, jadis. Tout est devenu tellement clair depuis que je suis ici. Je garde ton image près de mon cœur et j'espère que tu sens mon amour pour toi, de l'autre côté de l'Atlantique.

À toi pour toujours,

Allan

J'étais là, à New York. À l'endroit où il aurait dû se trouver lui-même. À l'endroit où nous aurions dû être ensemble. Et lui était en France. J'ai passé les semaines suivantes dans une espèce de brouillard, j'étais incapable de penser à autre chose qu'à Allan. À nous.

Chaque soir, en couchant Elise et en la regardant dormir, paisible, mon désir de quitter l'Amérique s'évanouissait. Elle était si fragile, si petite et si mignonne. Elle avait besoin de moi. Mais j'ai quand même commencé à mettre de petites sommes de côté sur l'argent du ménage que Carl me donnait.

À la fin, ça n'a plus été possible. J'ai fait mes bagages et je suis partie. Je n'ai pas dit au revoir à Kristina, bien qu'elle m'ait vue passer la porte avec ma valise. Je n'ai pas laissé de mot à Carl. Je n'ai pas embrassé Elise. Je n'aurais pas pu le supporter. J'ai refermé la porte derrière moi, je suis restée quelques instants sur le perron, les yeux clos, puis j'ai marché jusqu'au port. J'en avais fini avec l'Amérique. Je voulais retourner en Europe. Je devais être là où se trouvait Allan. Mon amour me portait vers lui.

18

Le médecin feuillette son dossier médical, retenu par une pince à une plaque recouverte de plastique bleu marine.

« Vos constantes s'améliorent. » Il parcourt d'avant en arrière les trois premières pages, étudie des diagrammes et des comptes rendus d'examen. Enfin, il retire ses lunettes, il les range dans la poche de sa blouse et il regarde Doris pour la première fois depuis qu'il est entré dans la chambre.

« Comment vous sentez-vous ? »

Elle oscille du bonnet. Couci-couça.

« Fatiguée. Lasse, murmure-t-elle.

— Oui, ça tire sur l'organisme quand le cœur fait des siennes. Mais je ne crois pas que vous aurez besoin d'une autre opération. Vous êtes encore forte et la technique du ballon a bien fonctionné. Vous allez vous en sortir. » Il se penche sur le lit et lui tapote la tête comme il l'aurait fait à un enfant. Doris se secoue pour chasser sa main.

« Forte ? Vous me trouvez forte ? » Elle soulève lentement la main dans laquelle est fichée la canule de sa perfusion. Un hématome s'étend au-delà du sparadrap et la peau se resserre autour de l'aiguille quand elle remue la main.

« Pour une femme de votre âge, j'avoue que je vous trouve impressionnante. Vous avez simplement besoin de repos. » Sur ces mots, il tourne les talons et s'en va.

Et c'est tant mieux.

Elle a froid, tire la couverture jusqu'au menton. Ses doigts sont raides et glacés, elle les porte à sa bouche et souffle dessus. Le mince filet de son haleine lui fait du bien. Elle entend le médecin s'entretenir avec une infirmière dans le couloir. Il chuchote, mais pas assez bas.

« Vous pouvez la remonter en chambre, elle n'a plus besoin d'être ici.

— Vous croyez que ça va aller ? Elle est stable ?

— Elle a quatre-vingt-seize ans. Elle n'en a plus pour très longtemps. Et une chose est sûre, elle ne survivrait pas à une deuxième intervention. »

Elle n'en a plus pour très longtemps. Elle ne survivrait pas à une deuxième intervention. Doris se tait. Elle sent des frissons parcourir ses membres tandis que l'infirmière rassemble ses affaires sur la table de nuit.

« On va vous ramener dans votre chambre, vous êtes contente ? Mais d'abord on va vous retirer toutes ces électrodes. » L'infirmière écarte délicatement la chemise d'hôpital de Doris et arrache les pastilles collées à son torse. La nudité la fait frissonner, son dos lui fait mal.

« Vous avez froid, ma pauvre ? Attendez, je vais vous mettre une deuxième couverture. » L'infirmière s'en va et revient presque aussitôt avec une grosse couverture à rayures vertes et blanches qu'elle étale sur le lit. Doris sourit, reconnaissante.

« J'aimerais que vous me donniez mon ordinateur, aussi.

— Vous avez un ordinateur ? Je ne l'ai pas vu. Il a dû rester là-haut. On verra ça tout à l'heure. Vous allez le récupérer, ne vous inquiétez pas.

— Je vous remercie. Est-ce que vous pensez que ma nièce pourra parler au médecin ? Je sais qu'elle le souhaite.

— Cela ne devrait pas être un problème. Vous êtes prête ? On y va ? » Le lit tangue quand l'infirmière dégage le frein et manœuvre pour le sortir de la pièce. Elle le met dans l'axe du couloir et le pousse lentement vers l'ascenseur. L'infirmière parle, mais Doris ne l'écoute pas. Les mots du médecin résonnent encore dans sa tête. Ses propres pensées font écho à ce qu'il a dit tout à l'heure. *N'aie pas peur. N'aie pas peur. N'aie pas peur. Sois forte.* Le *ding* indiquant l'arrivée de l'ascenseur est le dernier son qu'elle entend avant de se rendormir.

« Y a-t-il quelqu'un que nous puissions prévenir, Doris ? Une personne de votre famille, peut-être ? Une amie proche ? » Une nouvelle infirmière est assise sur une chaise à son chevet. Elle est de retour dans le service. Mais elle est dans une autre salle et ce sont des patients différents qui occupent les lits voisins. L'ordinateur portable dans son étui noir est posé sur la table de chevet.

« Oui, ma nièce, Jenny. Elle voudrait parler au docteur. Quelle heure est-il ? demande-t-elle.

— Il est déjà cinq heures de l'après-midi. Vous dormez depuis qu'on vous a remontée.

— Parfait. Vous pourriez me passer ça ? rétorque-t-elle en montrant l'ordinateur. Il faut que j'appelle Jenny. Il y a une application dont je me sers. »

L'infirmière le lui donne. Doris appelle Jenny sur Skype, mais l'icône indique qu'elle est déconnectée et personne ne répond malgré le symbole rouge qui sonne et clignote. Bizarre. C'est le matin en Californie et son ordinateur est toujours allumé à cette heure-là. Pourvu qu'il ne soit rien arrivé. Pourvu qu'elle ne meure pas avant d'avoir eu le temps de dire au revoir à Jenny. Elle repousse l'appareil, mais laisse la fenêtre Skype ouverte.

« Dites-moi s'il y a quelqu'un d'autre que je peux appeler. Ce serait bien pour vous d'avoir un peu de compagnie ! »

Elle secoue la tête et la laisse retomber. L'oreiller lui paraît dur comme du ciment sur sa joue, et la couverture pèse. Elle a trop chaud, à présent.

« Vous pourriez m'enlever un peu la couverture ? » murmure-t-elle, mais l'infirmière est déjà repartie. Elle remue légèrement pour faire passer un peu d'air. L'ordinateur glisse et se retrouve posé sous ses yeux. Elle fixe l'icône de Jenny, espérant qu'il va devenir vert. Au bout d'un moment, ses paupières se ferment et elle se rendort.

19

Jenny la garde depuis des années sur un porte-clefs auquel est accrochée une grenouille verte. Sur le dos lisse de la grenouille, Jenny a écrit DORIS en lettres majuscules. Il n'y a qu'une seule clef sur l'anneau, une clé en métal brillant, toute simple. Elle laisse Tyra jouer avec pendant le vol. Avec ses mains potelées, la petite fille tape sur l'animal en plastique, lui faisant faire des tours sur lui-même. Elle répète le même geste inlassablement et éclate de rire, si fort qu'on entend glouglouter au fond de sa gorge. Elles viennent de se réveiller, après plusieurs heures de sommeil agité dans des positions inconfortables. De sa place près du hublot, à mesure que l'avion descend, Jenny voit apparaître les figures géométriques d'un vert sombre des épaisses forêts suédoises. Elle prend Tyra sur ses genoux pour qu'elle puisse voir aussi.

« Regarde, Tyra, *Sweden* ! C'est la Suède, tu as vu ? » Elle voudrait lui faire profiter du paysage, mais la petite fille est plus intéressée par le batracien. Elle tend la main vers le porte-clefs et pleurniche parce qu'elle ne parvient pas à l'attraper. Le long voyage et le manque de sommeil l'ont rendue encore plus grognon que d'habitude. Jenny lui rend la grenouille et lui intime le silence avec autorité. La petite fille la met aussitôt dans sa bouche.

« Pas dans la bouche, c'est dangereux. » Tyra hurle quand sa mère lui reprend son jouet et les passagers jettent à Jenny des regards outrés. Elle se penche pour prendre son sac sous le siège et en extrait une boîte de *Jelly Beans*. Elle donne un par un les bonbons gélifiés à Tyra qui se tait enfin et mâchouille avec délice, jusqu'à ce que l'avion se pose sur la piste avec un choc sourd. Elles sont à Stockholm. En traversant le hall de l'aéroport, Jenny absorbe les conversations en suédois. Cette langue qu'elle parle et comprend, mais n'entend presque jamais.

« Bastugatan, numéro 25, s'il vous plaît. » Elle s'efforce de ne pas parler anglais au chauffeur de taxi bien qu'elle se rende compte que son accent est loin d'être parfait. Mais ce n'est pas très grave, car lui aussi a un accent étranger.

« Vous avez fait bonne voyage ? » lui demande-t-il, et Jenny sourit, rassurée d'entendre la faute de grammaire. La voiture roule à faible allure sous un ciel pluvieux. Les essuie-glaces travaillent à plein régime et couinent quand la vitre est sèche.

Elle bavarde pour calmer son angoisse. « Sale temps ! » Le chauffeur ne peut pas lui donner tort. Lorsqu'ils arrivent à destination, il lui parle en anglais. Elle règle la course avec sa carte de crédit et descend de voiture en portant sa fille dans ses bras. Elle lève les yeux vers le deuxième étage, les persiennes de l'appartement de Doris sont baissées. Le chauffeur, serviable, sort la poussette et les deux bagages du coffre, mais redémarre ensuite en trombe, arrosant le pantalon de Jenny en roulant dans une flaque d'eau.

« On se croirait à New York. Qu'est-ce qu'ils ont tous à être aussi pressés ? » grommelle Jenny tandis qu'elle se bat pour déplier la poussette, Tyra juchée sur sa hanche. La petite fille agite les mains, ravie, essayant d'attraper les gouttes de pluie. « Arrête de gigoter, ma puce. Il faut que maman réussisse à ouvrir ce fichu truc. » Elle appuie sur la structure métallique avec le pied et finit par en venir à bout. Tyra proteste quand sa mère l'assoit dedans. Jenny attache la sangle et tente de faire avancer la poussette avec la hanche tout en traînant les deux valises à roulettes. Ça ne fonctionne pas. La poussette se met en travers et menace de se renverser. Jenny abandonne les bagages et grimpe les marches du perron avec la poussette qu'elle roule dans le hall de l'immeuble. Elle laisse Tyra seule en lui demandant d'être sage et ressort à toute allure pour prendre les valises sur le trottoir. Quand elle arrive enfin sur le palier de l'appartement, avec poussette, enfant et bagages, Jenny est trempée de sueur.

Une odeur de renfermé lui saute au visage lorsqu'elle ouvre la porte. Elle cherche l'interrupteur à tâtons et tire la poussette à l'intérieur. Tyra se débat, impatiente de se lever. L'effort la fait tousser. Jenny pose une main sur son front qui heureusement n'est pas chaud. La petite est seulement fatiguée et un peu enrhumée. Jenny la pose par terre dans la cuisine et va relever les stores et ouvrir une fenêtre. Quand la lumière entre dans l'appartement, Jenny s'aperçoit que Tyra est assise à côté d'une tache sombre sur le parquet clair. Elle s'accroupit à côté de sa fille. Ça doit être du sang. Le sang de Doris. Elle a dû se blesser en tombant. Jenny saisit Tyra par le poignet pour l'empêcher de tremper sa main dedans. Elle la prend dans ses bras et l'emmène dans le salon. La pièce est exactement comme elle se la rappelle. Le canapé en velours grenat, les coussins gris-bleu et marron, la table en tek des années soixante, le bureau contre le mur, les anges. Doris collectionne des anges depuis aussi longtemps que Jenny se souvienne. Elle fait le calcul. Rien que dans le salon, elle compte huit angelots en porcelaine. Deux d'entre eux sont des cadeaux de Jenny. Demain, elle en apportera quelques-uns à l'hôpital, afin que Doris les ait auprès d'elle. Elle prend dans sa main le plus proche, un joli petit ange en céramique dorée, et le pose sur sa joue.

« Oh, Doris, toi et tes anges », murmure-t-elle, les larmes aux yeux. Elle repose délicatement la figurine sur le bureau. Son regard s'arrête sur une pile de feuillets. Elle lit ce qui est écrit sur la première page.

20

Une voiture klaxonne devant l'immeuble. C'est le taxi qu'elle a commandé. Tout à l'heure, l'inquiétude s'est mise à la tarauder. Elle a senti qu'elle devait se rendre à l'hôpital le plus vite possible, qu'elle ne pouvait pas attendre le lendemain pour la voir, alors elle a appelé un autre taxi. Elle repose le tas de feuillets, le lisse du plat de la main, s'étonne que Doris ait pu écrire tout cela. Elle s'empare de quelques pages au-dessus de la pile, les roule et les range dans son sac. Trop curieuse pour les laisser là.

Quelques minutes plus tard, elle est assise dans la voiture, Tyra sur ses genoux, en route pour l'hôpital. Il commence à faire froid et la nuit est tombée. Elle bâille, fatiguée, sort son portable de sa poche.

« Salut. Je suis bien arrivée, tout s'est bien passé. » Jenny tient le téléphone un peu éloigné de son oreille, s'attendant à des cris en provenance de l'autre côté de l'Atlantique. Mais seul un lourd silence lui répond. Elle entend un froissement sur la ligne quand le téléphone change de main. Apparemment, Jack va devoir mener la conversation.

« Comment as-tu pu partir comme ça, maman ? Sans me prévenir, en plus ? Qui est-ce qui va me préparer mon déjeuner, si tu n'es pas là ? Quand est-ce que tu rentres ?

— Doris a besoin de moi. Elle n'a plus personne. Plus d'amis, plus de famille. Personne n'a envie de mourir seul. Et personne ne devrait y être obligé.

— Et nous, alors ? Tu t'en fiches de nous ? Tu ne nous aimes plus ? Nous non plus, on n'a personne pour s'occuper de nous ! » Il râle et proteste, avec l'épouvantable égocentrisme des adolescents.

« Jack...

— Abandonne ta famille, vas-y ! Mais comment t'as pu faire un truc pareil, *mum* ?

— Jack, écoute-moi.

— Tu n'as qu'à revenir ici, si tu veux me parler.

— Jack ! Maintenant tu vas te taire et écouter ce que j'ai à te dire ! » Elle élève la voix, ce qui n'arrive que lorsqu'elle est vraiment en colère. Elle croise le regard du chauffeur dans le rétroviseur. « Je pense que tu es assez grand pour faire tes sandwichs tout seul pendant quelques semaines. On parle de tartines, là, pas de ta survie. Arrête de ne penser qu'à toi. Essaye de penser un peu à Doris. »

Il passe le téléphone à Willie sans répondre à sa mère.

« Qu'est-ce qui t'a pris de partir comme ça ? En laissant un mot pour toute explication ? Les enfants étaient complètement hystériques, ils ont cru que tu étais partie pour de bon. Si tu comptes rester en Suède plusieurs semaines, cela demandait un peu d'organisation, tout de même ! Il va falloir engager une baby-sitter pour s'occuper des garçons. Comment comptes-tu régler ce problème ?

— Tu étais d'accord pour que je parte. Et j'ai emmené Tyra avec moi, comme je l'avais promis. Les garçons sont grands, maintenant. Tu leur prépares quelques sandwichs le matin, tu les mets dans leur *lunchbox* et tu surveilles qu'ils ne l'oublient pas. Ce n'est pas de la physique moléculaire, tout de même.

— Et qui va les surveiller quand ils rentrent de l'école ? Qui va les aider à faire leurs devoirs ? Tu sais bien que je dois travailler. Jenny, tu n'en fais vraiment qu'à ta tête !

— Tu appelles ça n'en faire qu'à sa tête ? Tu me parles comme à une adolescente décérébrée. Nous en avons parlé. Tu t'étais rangé à mon avis. Tu avais admis que je devais y aller pour dire au revoir à Dossi. Elle est la seule famille qui me reste en Suède ! Elle s'est occupée de moi quand j'étais petite et maintenant elle va mourir ! Qu'est-ce que tu ne comprends pas là-dedans ? »

Il renifle, marmonne un au revoir glacial et lui raccroche au nez. Jenny sourit bravement à Tyra qui regarde sa maman avec des grands yeux.

« C'était papa, chérie », dit-elle en la serrant contre elle et en embrassant ses petites joues rondes. Quand les choses avaient-elles commencé à aller si mal ? se demande-t-elle. Leur relation était devenue tellement tendue depuis quelque temps… Ils se disputaient à tout propos, l'argent, les tâches ménagères et maintenant ça. Il n'en avait pas toujours été ainsi. Elle se souvient d'un temps où le seul fait de le regarder la remplissait de joie. Un temps où ils pouvaient passer des nuits entières à manger de la glace au lit, en refaisant le monde. Dieu, comme ce temps-là lui manquait, à présent.

Enfin, elles arrivent à l'hôpital. Elle suit les pancartes jusqu'aux ascenseurs et appuie sur le bouton. Tandis qu'elle attend, la peur l'envahit progressivement. Elle craint que Doris ne soit plus comme dans son souvenir. Un ascenseur signale son arrivée.

Elle arrive dans le service qu'elle ne connaît pas et regarde autour d'elle, inspire l'odeur de détergent, écoute les bruits des patients et des appareils. Une infirmière l'interpelle.

« Vous cherchez quelqu'un ?

— Je viens voir Doris Alm. Elle est bien dans ce service ?

— Doris, oui, elle est là, répond l'infirmière en montrant une porte. Mais ce n'est plus l'heure des visites, vous ne pouvez malheureusement pas la voir maintenant.

— Je suis venue exprès de San Francisco ! Nous venons d'atterrir, il y a à peine deux heures. S'il vous plaît, laissez-moi lui dire bonsoir. »

L'infirmière hésite, mais finit par hocher la tête. Elle les accompagne dans la chambre.

« Essayez de ne pas déranger les autres patients et ne restez pas trop longtemps, s'il vous plaît. » Jenny acquiesce.

Elle devine la silhouette de Doris sous la couverture. Elle est maigre et beaucoup plus petite que dans son souvenir. Elle a les yeux fermés. Jenny va s'asseoir sur la chaise à côté du lit. Elle tire la poussette le plus près possible, Tyra dort aussi, à présent.

Elle peut enfin dérouler les feuilles et reprendre sa lecture. Lire ces mots que Doris a écrits pour elle. Elle se demande ce qu'elle a bien pu raconter et se laisse aussitôt entraîner dans l'histoire du petit carnet rouge, du père de Doris, de l'atelier de menuiserie.

Un gémissement provenant du lit lui fait lever la tête. Doris remue nerveusement dans son sommeil. Jenny se lève, se penche.

« Doris, murmure-t-elle en lui caressant les cheveux. Dossi, tout va bien. Je suis là, maintenant. »

Doris se réveille. Elle cligne plusieurs fois des yeux. La regarde longuement.

« Jenny, dit-elle enfin, chère Jenny, c'est vraiment toi ?

— Oui, c'est moi. Je suis là et je vais enfin pouvoir te serrer dans mes bras pour de vrai. »

Un petit carnet rouge

P. PARKER, MIKE

Mike Parker. Il y a longtemps que je n'ai pas prononcé son nom. Certaines personnes n'ont pas besoin de figurer dans un répertoire pour rester gravées dans notre mémoire pour toujours. Mais malheureusement, mon histoire ne serait pas complète si je ne parlais pas de lui. C'est Mike Parker qui m'a appris que certains enfants viennent au monde sans avoir été le fruit de l'amour entre un homme et une femme. C'est à cause de lui que je sais qu'il n'est pas indispensable d'aimer pour accomplir l'acte d'amour. Et que ce dernier n'est pas nécessairement une belle chose.

Je l'ai rencontré un jour de pluie et, dans ma mémoire, il évoquera éternellement la pluie.

Personne n'avait envie d'aller en Europe au commencement de l'été 1941. Il y avait longtemps que le transport de civils avait été interrompu ; les paquebots transatlantiques et le tir au pigeon d'argile avaient été remplacés par les cargos et les porte-avions pour le transport de missiles et d'avions de chasse. J'en avais bien conscience. Et pourtant, j'étais déterminée à quitter le port à bord d'un bateau. Même s'il m'amenait en Espagne ou en Angleterre, je serais plus proche d'Allan. Et de Gösta. Je longeais le quai en regardant les cargos ancrés au large. Je marchais pieds nus, entre les bois de charpente abandonnés et les flaques d'eau, grimaçant de douleur quand un caillou tranchant s'enfonçait dans ma chair. J'avais gardé mes souliers dans mon sac, pour ne pas abîmer la dernière paire qui me restait. Je n'avais emporté qu'un petit sac de voyage avec quelques vêtements. Mon médaillon adoré était autour de mon cou. J'avais rangé le restant de mes affaires dans une valise au fond du grenier de Carl. J'espérais les revoir, un jour.

« Hé, mademoiselle ! Je peux vous aider ? » Un homme est arrivé derrière moi et j'ai sursauté de frayeur. J'étais plus grande que lui, mais son mince polo en coton blanc révélait la force de ses bras et de ses épaules. Ses vêtements étaient maculés de cambouis, tout comme l'étaient ses mains et ses joues. Il m'a souri et m'a saluée poliment en retirant sa casquette. Puis il a voulu me prendre mon sac mais je m'y suis accrochée des deux mains. La pluie tombait doucement.

« Laissez-moi porter votre bagage, mademoiselle. Vous vous êtes perdue ? Vous savez qu'il n'y a plus de transport de passagers ?

— Je dois absolument me rendre en Europe. C'est très important, ai-je répondu en faisant un pas en arrière.

— En Europe ? Mais qu'est-ce que vous voulez faire en Europe ? Vous ne savez pas que c'est la guerre, là-bas ?

— Si, j'en viens. Et maintenant, je dois y retourner. Il y a des gens qui ont besoin de moi. Et dont j'ai besoin. Je ne partirai pas d'ici avant d'avoir trouvé un bateau.

— Eh bien dans ce cas, le seul moyen d'y arriver serait de vous faire embaucher sur un cargo. Mais pas dans cette tenue. » Il a fait un signe du menton vers ma robe rouge. « Vous avez un pantalon, dans votre sac ? »

J'ai secoué la tête. J'avais vu beaucoup de femmes porter ces pantalons longs qui étaient devenus à la mode, mais je n'en avais jamais possédé moi-même.

Il a souri.

« OK, ça devrait pouvoir s'arranger. Je m'appelle Mike. Mike Parker. Je travaille sur un bateau qui transporte des armes pour les troupes britanniques. On a besoin d'un cuisinier. Celui qui devait faire le voyage est tombé malade. Mademoiselle sait faire la cuisine ? »

J'ai hoché la tête. Posé mon sac sur le quai parce que mes doigts commençaient à s'engourdir à cause du poids et de la crispation de ma main sur la poignée.

« C'est un travail pénible, et vous n'allez pas vous amuser tous les jours. Et puis je vais devoir vous couper les cheveux. Vous ne décrocherez jamais ce job avec cette tête-là. Vous avez l'air d'une *lady.* »

J'ai ouvert de grands yeux affolés. Non, pas mes cheveux…

« Vous voulez aller en Europe, oui ou non ?

— Je *dois* aller en Europe.

— Il n'y a aucune chance qu'un cargo accepte une femme à bord. On va devoir vous couper les cheveux et vous déguiser en garçon. Et vous trouver des vêtements, aussi. Il faudra vous habiller en pantalon et en chemise. »

J'ai hésité. Mais avais-je le choix, alors que je voulais quitter ce pays à tout prix ? Je l'ai suivi dans un petit bureau au milieu des entrepôts et j'ai enfilé les frusques qu'il m'a jetées : un pantalon marron en laine épaisse et une chemise beige avec des taches de transpiration sous les bras. Les vêtements étaient trop grands et ils sentaient mauvais. J'ai retroussé les manches et le bas du pantalon. Son premier coup de ciseaux m'a prise par surprise. Il est arrivé par-derrière et m'a coupé une grosse mèche de cheveux. J'ai hurlé.

« Il faudrait savoir ! Vous êtes sûre que vous voulez partir ? » a-t-il demandé en faisant claquer ses ciseaux en l'air avec un sourire narquois.

Je me suis mordu la lèvre très fort, j'ai acquiescé et fermé les yeux. Il a continué à couper. Et mes beaux cheveux brillants sont tombés sur le plancher usé.

« Ça va être bien », a-t-il déclaré, s'amusant apparemment beaucoup. Quant à moi je tremblais comme une feuille, inquiète et pas très sûre d'être de son avis.

Il a vidé le contenu de mon sac de voyage dans un sac de jute et me l'a lancé.

« Revenez demain matin, à sept heures. Nous irons à bord avec ça », m'a-t-il expliqué en désignant une petite barque amarrée avec plusieurs autres, le long du quai.

« Est-ce que je peux rester ici, cette nuit ? Je n'ai pas d'autre endroit où aller.

— Ça m'est égal, faites comme chez vous », a-t-il lancé en haussant les épaules, avant de s'en aller sans me dire au revoir.

On entend des tas de bruits quand on dort dans un port. Une souris qui court sur le plancher et qui s'arrête, le vent qui fait battre portes et fenêtres, le sifflement d'une canalisation sous le quai. Je me suis couchée, la tête posée sur le sac de jute, et en guise de couverture, mon manteau rouge, celui que je portais quand Agnes et moi avons débarqué en Amérique. Il était neuf, à ce moment-là. À présent, il était élimé et déchiré par endroits. Ah, si j'avais pu savoir, ce jour-là, tout ce qui allait nous arriver ! J'avais encore quelques rares souvenirs de ma vie parisienne, roulés en boule dans le sac de marin. J'ai pensé à Gösta et je me suis demandé comment se passait sa nuit, là-bas, à Stockholm, s'il était bien au chaud et en sécurité. Et à Allan, aussi. Était-il toujours en vie ? Un frémissement d'angoisse m'a parcourue, mais le souvenir de notre nuit d'amour m'a aidée à chasser ma peur. J'entendais une porte claquer dans le vent, au loin. Le choc régulier a fini par m'aider à trouver le sommeil.

Un petit carnet rouge

~~P. PARKER, MIKE~~ DÉCÉDÉ

Quand enfin l'aube est arrivée, un brouillard épais flottait sur le port. De faibles lueurs rose pâle éclairaient la surface gris acier de l'océan que fendait l'étrave de l'annexe en formant une gerbe d'écume blanche. Mike donnait d'énergiques coups de rame. Je me suis retournée pour voir s'éloigner Manhattan et le sommet de l'Empire State Building, là-haut, dans les nuages. Le drapeau américain pendait tristement sur un petit mât fixé au plat-bord du bateau. Soudain, Mike s'est redressé et il m'a dit avec autorité :

« Quand vous monterez à bord, vous garderez la tête baissée. Ne regardez personne dans les yeux. Je leur dirai que vous ne parlez pas un mot d'anglais. S'ils s'aperçoivent que vous êtes une femme, ils vous débarqueront. » Puis il a lâché les rames, s'est approché de moi et a posé ses deux mains sur mes seins. La barque a failli chavirer. J'ai suffoqué de surprise. « Enlevez la chemise, il faut qu'on cache ces machins-là », a-t-il déclaré d'un ton qui n'admettait pas la discussion.

J'ai ouvert lentement les boutons de la chemise, il m'a ordonné de me dépêcher et puis il a dégagé mes mains d'un geste brusque et il a arraché le dernier bouton. Je me suis trouvée là devant lui en soutien-gorge et le ventre à l'air. La brise humide du matin a soufflé sur ma peau et m'a donné la chair de poule. Mike a ouvert une boîte de premiers secours en métal dans laquelle il a pris un rouleau de bandage qu'il a déroulé autour de ma brassière pour aplatir ma poitrine. Mes seins bandés, les toutes dernières traces de ma féminité avaient disparu. Pour finir, il a enfoncé une casquette sur mes cheveux courts et a recommencé à ramer.

« N'oubliez pas. Les yeux baissés. En toutes circonstances. Vous ne comprenez pas un mot d'anglais. Et vous ne parlez à personne. »

J'ai acquiescé et, en grimpant l'échelle de corde, le long du flanc en acier du bâtiment, je me suis efforcée de me mouvoir comme un homme, les jambes un peu écartées. Je portais sur mon dos le sac de marin avec mes vêtements. Sa courroie en bandoulière sciait cruellement mes seins écrasés par la bande. Mike m'a présentée à l'équipage en leur précisant qu'il était inutile de m'adresser la parole parce que je ne parlais pas la langue. Puis il m'a montré la cuisine et m'a laissée seule avec les caisses de nourriture à déballer.

Dans l'obscurité compacte de la première nuit, j'ai compris quelles étaient les réelles intentions de Mike. En réalité, il ne s'agissait pas du tout de m'aider. Il m'a saisi fermement les poignets d'une main et a immobilisé mes bras au-dessus de ma tête avant de siffler à mon oreille :

« Un seul mot et tu passes par-dessus bord. Compris ? Une seule plainte et tu seras aussi morte qu'un caillou au fond de l'océan. »

De l'autre main, il a écarté mes jambes. Il a craché dans sa paume et a soigneusement lubrifié mon entrejambe. Il a frotté ma vulve pendant un moment, puis il a enfoncé ses doigts dans mon vagin, d'abord un, puis deux. Je sentais ses ongles érafler et griffer la muqueuse fragile. Ensuite, avec un *han* bestial, il m'a pénétrée. Son sexe était gros et dur et j'ai dû me mordre la langue pour ne pas crier. Des larmes de douleur, d'horreur et d'humiliation coulaient sur mes joues tandis que l'arrière de mon crâne tapait contre la tête de lit sous ses coups de boutoir.

Cette scène s'est répétée presque toutes les nuits. Je restais couchée muette et immobile, écartant les jambes pour que ce soit vite terminé. J'essayais de ne pas penser à son souffle rauque dans mon oreille, à ses mains répugnantes sur ma peau, je m'efforçais de supporter sa langue léchant mes lèvres closes.

La journée, je travaillais dans la cuisine sans parler à personne. Je cuisais du riz et tranchais de la viande salée. Je lavais la vaisselle. Les hommes d'équipage entraient et sortaient. Je croisais parfois leurs regards, mais jamais je n'ai osé leur parler. Mike me tenait sous son emprise et j'avais trop peur des conséquences pour essayer de lui échapper. Un soir, alors que nous nous trouvions à quelques heures seulement des côtes européennes et que j'étais en train de faire la vaisselle, j'ai entendu le capitaine hurler sur le pont. Les hommes se sont mis à courir dans tous les sens. Puis j'ai entendu des coups de canon résonner sur l'eau. Le bateau était rempli d'armes et de munitions. Il y avait du désespoir dans la voix du capitaine quand il a crié : « Machine arrière ! Machine arrière ! Il faut ficher le camp d'ici ! Ce sont les Allemands ! S'ils nous touchent, on saute ! »

Les parois et le sol tremblaient et leurs vibrations me traversaient le corps. Les moteurs se sont inversés. Je me trouvais toujours dans la cuisine, qui était mon domaine, mais je savais que j'allais devoir monter sur le pont rejoindre l'équipage. Quand j'ai essayé d'ouvrir la porte, elle était fermée à clef. Mike m'avait peut-être enfermée, ou alors le verrou s'était bloqué à cause des tremblements du navire. Il fallait que je sorte. Les tirs se rapprochaient, ils éclataient de tous les côtés comme un feu d'artifice. Au fond de la cuisine, il y avait un petit hublot donnant sur le réfectoire. J'ai brisé la vitre avec une marmite et je suis sortie par là, les pieds devant. Des tessons de verre, restés fichés dans le châssis, m'ont écorché les jambes et les bras au passage. Le bateau reculait toujours à plein régime, et les moteurs sifflaient sous l'effort. J'ai monté l'escalier vers le pont arrière et, à tâtons, j'ai trouvé le coffre contenant les gilets de sauvetage. J'en ai passé un par-dessus la tête et j'ai attendu, collée contre la paroi glacée.

Le navire allemand n'a pas mis longtemps à nous rattraper. Les hommes tiraient à tort et à travers, pris de panique. La riposte des Allemands ne s'est pas fait attendre. Quelques balles sont venues frapper le mur en acier derrière moi et j'ai baissé la tête, par peur des ricochets. J'étais à plat ventre par terre quand un homme d'équipage a découvert ma présence. Nos regards se sont croisés alors qu'il était en train de passer par-dessus le bastingage à la poupe du navire. Il m'a fait signe de le rejoindre. J'ai rassemblé tout mon courage et j'ai couru les quelques mètres qui nous séparaient, les bras sur la tête pour me protéger. Je ne savais pas où il allait, mais j'ai suivi son exemple et descendu l'échelle de corde le long de la coque. Arrivée en bas, mon pied a heurté une surface dure. Le marin m'a saisi la cheville et a guidé mon pied vers le plat-bord d'un petit canot de sauvetage. Puis il nous a écartés de la carlingue du navire et nous nous sommes lentement mis à dériver. Les balles fusaient au-dessus de nos têtes et le courant nous poussait dangereusement près du bateau ennemi. Nous nous sommes couchés au fond du canot, la tête sous le banc et les mains sur les oreilles. Les tirs avaient un son différent à travers l'eau, sous la mince coque du canot. Cela faisait comme un gloussement mat. J'ai répété en boucle dans ma tête toutes les prières que j'avais apprises à l'école et jamais prononcées depuis.

Les minutes m'ont semblé des heures. Tout à coup, comme c'était à craindre, le cargo que nous venions d'abandonner a explosé et l'onde de choc a généré une vague qui a fait chavirer notre frêle embarcation. Nous sommes tombés à l'eau tous les deux.

J'ai entendu mon sauveur battre des bras et crier au secours entre deux tasses, mais sa voix était de plus en plus lointaine, de plus en plus faible, et elle a fini par s'éteindre tout à fait. Quant à moi, je flottais au milieu des épaves en feu, comme un bouchon dans l'eau froide. J'ai vu l'énorme bâtiment plonger de l'avant puis couler lentement, comme une grosse torche dans l'eau noire. Le gilet de sauvetage en liège me maintenait à la surface et j'ai réussi à regagner le petit canot. Il était à l'envers et je suis montée m'asseoir à califourchon sur la coque. Les Allemands avaient fait demi-tour et le calme était revenu. Autour de moi, il n'y avait plus un coup de feu, plus un cri.

Quand le jour s'est levé, j'étais seule, entourée de morceaux d'épave carbonisés. Et de cadavres. Certains hommes avaient été abattus, d'autres s'étaient noyés. Je n'ai pas retrouvé l'homme d'équipage qui m'avait sauvé la vie.

Le cadavre de Mike est passé devant moi et je l'ai suivi des yeux. Au-dessus de sa barbe courte, enfoncée dans le col du gilet de sauvetage, il n'y avait plus qu'une épaisse mélasse noire. Il avait pris une balle dans la tête. J'avoue n'avoir ressenti qu'un immense soulagement.

21

Il est tard à San Francisco quand elles retournent à l'appartement de Bastugatan. Jenny est épuisée de fatigue et d'émotion. Elle prépare un porridge pendant que Tyra joue à ses pieds avec des casseroles, qu'elle sort du placard de la cuisine en babillant. Comme la petite est contente d'être par terre, elle pose le bol de céréales sur le parquet devant elle, après avoir enlevé le tapis pour éviter qu'elle fasse des taches.

Jenny ouvre et referme des tiroirs, elle fouille dans les affaires de Doris avec curiosité pendant que Tyra met du porridge partout. Plusieurs objets sont disposés bien en ordre sur la nappe bleue amidonnée qui recouvre la table de la cuisine. Elle les prend dans sa main, un par un. Une loupe maculée de poussière et de traces de gras, à laquelle est attaché un mince ruban tortillé et effiloché au bout. Elle examine chaque objet agrandi à travers la loupe sale. L'image est trouble. Elle projette son haleine chaude sur le verre et le frotte avec un coin de nappe. Le tissu se froisse et quand elle le relâche, il est moins long qu'avant. Elle soulève la salière. On voit des grains de riz à travers le verre transparent. Elle secoue le récipient et ils disparaissent dans le sel.

Le pilulier contient des comprimés pour trois jours. Vendredi, samedi et dimanche. Doris a dû tomber jeudi. Jenny réfléchit, elle essaye de se souvenir de la conversation qui a suivi l'accident. Elle se demande quels médicaments prend Doris et si elle avait des problèmes cardiaques préexistants. Elle se demande si ses médecins sont au courant. Peut-être a-t-elle fait cet infarctus parce qu'elle n'avait pas pris ses médicaments ? Elle range le pilulier dans une poche latérale de son sac à main.

Elle posera la question demain, à l'hôpital.

Tyra renverse son bol et se met à pleurer. Jenny soupire. « Si on allait dormir, *sweetie* », marmonne-t-elle. Elle prend sa fille dans ses bras, nettoie par terre, débarbouille Tyra avec une lingette et lui colle sa tétine dans la bouche.

Bientôt, elle entend avec soulagement les doux ronronnements qui précèdent l'endormissement. Jenny se colle contre sa petite fille, le nez dans sa nuque. Elle ferme les yeux. De l'oreiller monte l'odeur rassurante de Doris.

Il est dix-neuf heures. Tyra la tire par les cheveux et lui appuie sur les paupières en geignant. Jenny regarde les chiffres fluorescents de sa montre et calcule l'heure qu'il est à San Francisco. Dix heures. Exactement l'heure à laquelle elle se réveille habituellement de sa sieste de la matinée. Recrue de fatigue,

Jenny tente de la faire taire, en vain. Tyra est parfaitement réveillée.

Un nuage de poussière s'élève au-dessus de l'ampoule de la lampe de chevet lorsqu'elle l'allume. Elle agite la main pour le disperser. Il fait froid dans l'appartement, elle enroule la couverture autour d'elle et de la petite et se rend dans la cuisine. Dans quelques instants, Tyra aura faim. Elle ouvre le placard où est rangée l'épicerie à la recherche de quelque chose de comestible. Tout au fond, elle déniche un paquet de biscuits dans lequel il reste quelques miettes ainsi qu'une compote de fruits en gourde qu'elle donne à Tyra après avoir dévissé le bouchon. La petite fille tète goulûment sa compote pendant quelques instants, puis s'en désintéresse et s'attaque aux morceaux de biscuit. Elle commence par les jeter dans une des casseroles qui sont toujours dispersées sur le sol de la cuisine. Elle claque gaiement le couvercle dessus à plusieurs reprises, puis elle plonge ses petites mains grassouillettes au fond du récipient et fait pleuvoir les miettes sur sa tête.

« *Crackers ! Crackers !* » s'écrie-t-elle, enchantée.

« Tu dois manger les biscuits, ma chérie, pas jouer avec, explique patiemment Jenny, d'une voix endormie. *You must eat the crackers, not play with them.* » La nuit est tombée. Les fenêtres s'éclairent une à une dans l'immeuble d'en face. Faibles étincelles dorées dans l'obscurité.

Le tas de feuilles imprimées de Doris est posé sur la table de la cuisine. Elle relit les premières lignes, ces lignes destinées à elle seule :

Tant de noms ont le temps de défiler dans l'existence d'un être humain. Tu as déjà pensé à ça, Jenny ? Tous ces noms qui apparaissent et disparaissent. Des noms qui brisent le cœur et font couler les yeux. Des amants ou des ennemis. Je feuillette parfois mon carnet d'adresses.

Le carnet d'adresses. Jenny va regarder sur le bureau de Doris. Elle trouve le carnet usé, relié de cuir rouge et fait défiler avec le pouce les pages jaunies. Il doit s'agir de ce carnet-là. Elle l'examine attentivement. La plupart des noms ont été rayés. Et après, elle a écrit chaque fois le mot DÉCÉDÉ. Jenny jette le carnet sur le bureau, comme si elle venait de se brûler. Elle prend conscience de la solitude infinie dans laquelle doit vivre sa vieille tante et cela lui fend le cœur. Si seulement elle avait habité plus près d'elle. Elle se demande combien d'années Doris a passées toute seule. Sans amis. Sans famille. Avec ses souvenirs. Les bons souvenirs. Les mauvais. Les douloureux.

Et bientôt, Doris sera l'un d'eux. L'un de ces noms rayés. DÉCÉDÉE.

Un petit carnet rouge

J. JONES, PAUL

Combien de fois au cours de cette terrible nuit m'en suis-je voulu d'avoir abandonné ma vie paisible, en Amérique ? Pour aller où ? Dans une Europe en guerre. Pour courir après quoi ? Un rêve : retrouver la trace d'Allan. Un rêve naïf qui jamais ne deviendrait réalité. Au milieu de cet océan glacé, j'ai vraiment cru que c'était la fin. Allongée à plat ventre au petit matin, sur ce canot renversé, j'ai voulu revoir son visage. Je sentais le contact du médaillon contre ma peau, mais je n'ai pas réussi à l'ouvrir. J'ai fermé les yeux et j'ai tenté de faire renaître dans ma mémoire une image de lui. Soudain, il m'a semblé si proche que la menace de l'océan s'est éloignée. Il me parlait. Il riait haut et fort, comme toujours quand il racontait une histoire drôle. Il gâchait chaque fois l'effet de ses propres blagues en s'en amusant lui-même, mais cela me faisait éclater de rire quand même, tant son hilarité était contagieuse. Il se mettait à danser autour de moi, se cachait dans mon dos, réapparaissait pour me couvrir de baisers et disparaissait à nouveau. Ses yeux étincelaient de joie de vivre.

L'eau était noire et les oiseaux de mer fendaient le ciel comme des lames de couteau dans la brume matinale. Il n'y avait pas un bruit hormis le souffle du vent. La coque du canot était chaude et je cherchais d'autant plus à ne faire qu'un avec sa surface. J'enfonçais mes doigts dans les fentes calfatées entre les planches pour avoir une meilleure prise, mais j'étais à bout de forces et mes bras retombaient mollement. Le liège épais du gilet de sauvetage me rentrait dans le ventre. Je glissais involontairement vers l'eau, incapable d'arrêter ma lente chute, alors que je savais ce qui m'attendait. La mort me tendait les bras, et elle s'est refermée sur moi avec un *splash* sonore quand j'ai fini par céder à la loi de la gravité. Des masses d'eau me sont tombées sur la tête quand je me suis enfoncée dans l'océan.

Un crépitement. Une odeur de bois brûlé. Une sensation de chaleur m'envahissait, mes joues brûlaient et la peau salée de mon visage tirait. J'étais enveloppée dans une grosse couverture en laine, si serrée que je ne pouvais pas bouger les bras. J'ai ouvert les yeux. Alors c'était ça, la mort ? Dans l'éclairage succinct, j'ai balayé du regard la pièce où je me trouvais. Une grande cheminée en brique en occupait le centre, surmontée d'un conduit qui disparaissait au-dessus des solives noires du plafond. À droite se trouvait une petite cuisine et sur la gauche un atelier avec une fenêtre à travers laquelle ne passait aucune lumière. Je ne sais pas combien de temps je suis restée là à étudier chaque détail autour de moi. Les outils inconnus pendus à des crochets, les cordages, les morceaux de papier journal enfoncés dans les interstices des murs en planches. Où pouvais-je bien être ? Je n'avais pas peur, je me sentais étrangement en sécurité dans la chaleur du feu et je me suis rendormie en me demandant si finalement, tout cela n'était pas un rêve et si je ne me trouvais pas en réalité au fond de l'océan.

Plus tard, j'ai été réveillée par le bruit des volets de couvre-feu qu'on retirait de la fenêtre. Le soleil a envahi la pièce. Un chien m'a reniflé la figure et m'a donné un grand coup de langue sur la joue. J'ai grogné et secoué la tête pour le chasser.

« Bonjour, m'a dit une voix masculine en anglais, tandis qu'une main se posait délicatement sur mon épaule. Ça y est, vous êtes réveillé ? »

J'ai cligné des yeux à plusieurs reprises, pour parvenir à distinguer l'homme qui me parlait. Un vieux monsieur aux joues tombantes me regardait d'un regard curieux.

« On peut dire que vous avez eu de la chance, vous. Je vous ai trouvé la tête sous l'eau. Je croyais que vous étiez noyé, mais quand je vous ai retourné, vous avez commencé à tousser. Tous les autres étaient morts. Il y avait des cadavres partout. Cette fichue guerre… Elle va finir par décimer le genre humain.

— Alors, je ne suis pas morte ? » Ça m'a fait mal à la gorge de parler. « Où est-ce que je suis ? »

Il a sursauté et m'a regardée d'un air surpris.

« Morte ? Non, vous n'êtes pas morte, mais vous n'êtes pas passée loin. Mais… euh… vous êtes une femme ? »

J'ai hoché la tête et je me suis souvenue de mes cheveux courts.

« Oui. Je m'appelle Doris. J'ai été obligée de me déguiser en garçon, sinon on ne m'aurait pas laissée monter à bord du bateau, en Amérique.

— En tout cas, moi, je m'y suis laissé prendre. Mais homme ou femme, ça m'est égal. Vous pouvez rester ici jusqu'à ce que vous ayez repris assez de forces pour repartir.

— Où suis-je ? ai-je à nouveau demandé.

— Vous êtes en Angleterre. À Sancreed. Je vous ai trouvée alors que je faisais une sortie sur mon bateau de pêche.

— Ce n'est pas la guerre, ici ?

— C'est la guerre partout. » Il a baissé les yeux. « Mais ici, au village, on ne la sent pas trop. Ils tirent sur Londres, la plupart du temps. On entend passer les bombardiers. La nuit, on applique le couvre-feu. On manque de nourriture, mais à part ça, la vie suit son cours. J'allais rentrer mes filets quand je vous ai vue. J'ai remis les poissons à l'eau. Je n'en voulais plus, avec tous ces morts qui flottaient partout. »

Le vieil homme a dégagé un peu la couverture pour que je puisse sortir les bras. Je me suis étirée prudemment. J'avais des courbatures dans les jambes, mais j'arrivais quand même à les bouger. Le chien est revenu me pousser avec sa truffe. Il était gris et hirsute.

« Je vous présente Rox. Il ne faut pas lui en vouloir, il est un peu envahissant. Moi, je m'appelle Paul. Ce n'est pas bien grand ici, mais vous aurez un matelas pour dormir. La maison est simple, il y fait chaud et on y est bien. Où est-ce que vous alliez ? J'entends que vous n'êtes pas britannique. »

J'ai dû réfléchir avant de répondre. Lequel de mes deux pays serait la destination de mon voyage ? Je ne le savais pas moi-même. Stockholm était devenu un lointain souvenir, Paris, une utopie qui risquait de me décevoir.

« Il y a la guerre en Suède ? »

Paul a secoué la tête.

« Pas à ma connaissance.

— Alors c'est là que je vais. À Stockholm. Vous avez une idée de comment je pourrais arriver là-bas ? Vous connaissez quelqu'un qui pourrait m'aider ? »

Il a souri et secoué la tête, désolé. J'allais rester chez lui longtemps. Il l'avait déjà compris à ce moment-là, je crois.

Un petit carnet rouge

J. JONES, PAUL

Le cottage avait une chambre sous les combles. Une échelle de meunier appuyée au conduit de la cheminée permettait d'y accéder à travers une trappe dans le plafond, jusque-là condamnée. Paul a arraché les clous avec un marteau. Nous sommes montés l'un derrière l'autre. Là-haut, les murs s'appuyaient à l'oblique à une grosse poutre en bois. Seul le centre de la pièce était à hauteur d'homme. Le sol était encombré de planches, d'un tas de livres et de vieux journaux. Il y avait des caisses pleines de filets de pêche qui sentaient les algues, une grosse malle noire, un cheval à bascule de fabrication artisanale qui s'est balancé en grinçant quand nous avons foulé le plancher. Les araignées semblaient y avoir élu domicile impunément depuis longtemps.

Paul s'est excusé du désordre, il a soufflé sur la poussière et a déchiré quelques toiles d'araignées. D'épais nuages gris se sont élevés dans la mansarde quand il a commencé à entasser des caisses les unes sur les autres et à empiler des livres le long des murs.

J'ai ouvert une fenêtre en demi-lune pour faire entrer la lumière du jour, puis je me suis mise à lessiver le sol et les murs à l'eau savonneuse.

Un mince matelas de crin est devenu mon lit. Une couverture en laine, mon édredon. La nuit, je restais éveillée pendant des heures en écoutant le bruit des avions, au loin. La peur me hantait. Je revoyais sans cesse l'explosion du bateau. Les cadavres flottant sous mes yeux. Dans mes cauchemars, l'eau devenait d'un rouge sombre. Mike, cet homme qui m'avait fait tant de mal, me regardait de ses yeux morts.

Paul avait raison. La guerre était bien loin des préoccupations quotidiennes des gens du village. Plusieurs de nos voisins hébergeaient de jeunes pensionnaires tout pâles qui pleuraient en s'endormant en pensant à leur maman ou à leur papa. C'étaient des petits Londoniens, victimes de la guerre. Je les voyais démêler des filets, vêtus de leurs vêtements déchirés et les pieds nus, laver des tapis avec de l'eau glacée qui leur gerçait les mains, et porter des poids trop lourds pour leurs frêles épaules. Ce dur labeur était le prix à payer pour avoir un endroit où dormir.

J'ai fait ma part d'ouvrage, moi aussi. Paul m'a appris comment vider les poissons qu'il pêchait. Je les sortais un par un des caisses qu'il m'apportait. Avec un couteau pointu, je les ouvrais d'une rapide entaille entre l'anus et les branchies. Debout sous le pont, devant une table bancale en bois grisé par les intempéries, je leur tranchais la tête et sortais les boyaux sanglants que je jetais aux mouettes. La peau de mes mains était pleine d'écorchures et de crevasses. Il se moquait de moi quand je me plaignais.

« Vous allez vite vous endurcir, ma petite. Ça ne fera pas de mal à vos mains de citadine de se frotter à un vrai travail. »

J'étais couverte de sang de poisson. Cela me donnait la nausée et me faisait constamment penser à la mort. Mais je serrais les dents.

Un soir, nous soupions à la lumière d'une unique bougie. Paul parlait rarement à table. Il était gentil, mais pas bavard. Il a levé les yeux vers moi.

« Vous êtes bien la seule à grossir avec ce régime. » Il tenait sa cuillère en l'air, laissant sa soupe trop liquide retomber dans son assiette. Elle a éclaboussé un peu la table et une goutte a fait grésiller la flamme de la chandelle.

« Que voulez-vous dire ?

— Vous avez grossi. Vous ne l'avez pas remarqué ? Vous avez caché de la nourriture quelque part sans me le dire ?

— Non ! Bien sûr que non ! » J'ai passé la main sur mon ventre. Il était tendu comme une voile en plein vent. Paul avait raison. J'avais grossi.

« Vous n'auriez pas une brioche au four, par hasard ? »

J'ai secoué la tête, avec un peu d'hésitation.

« Parce qu'on n'a pas besoin d'une bouche de plus à nourrir, ici. »

Ce soir-là, dans mon lit, j'ai passé mes mains sur un ventre rond qui ne s'aplatissait pas, même quand j'étais couchée sur le dos. Comme j'avais été stupide. La nausée que je ressentais en vidant le poisson n'avait rien à voir avec le sang. Je me suis rappelé Agnes quand elle est tombée enceinte. Tout à coup, j'ai remarqué tous les détails que j'avais ignorés jusque-là. Savoir que j'attendais l'enfant de Mike m'a aussitôt fait vomir sur le plancher du grenier. Le mal avait germé en moi. Il s'était mélangé à mon sang.

22

Sur le lit, à côté de Jenny, les pages changent progressivement de pile. Tyra dort contre sa hanche, le pouce dans la bouche. De temps en temps, un réflexe de succion lui fait émettre de petits claquements de langue. Jenny retire doucement le pouce de sa bouche et insère la tétine à la place, mais Tyra la recrache aussitôt et reprend son pouce. Jenny soupire et retourne à sa lecture. Tant d'histoires, tant de souvenirs dont elle ignorait tout. Elle finit par s'endormir, lumière allumée, une page posée sur sa poitrine.

L'hôpital est gris et immense. C'est un gros bloc de béton, construit en banlieue, agrémenté de détails architecturaux couleur rouille et vert d'eau. Sur le toit s'aligne une suite de grandes lettres blanches annonçant : HÔPITAL DE DANDERYD. Elle guide la poussette de Tyra jusqu'à la porte d'entrée, longeant un aquarium vitré à l'intérieur duquel des patients, vêtus de blanc, se retrouvent pour fumer. Dans le hall, elle croise d'autres malades, en blanc également, certains traînant avec eux une potence sur roulettes à laquelle est suspendue une perfusion. Ils ont en commun d'être tous d'une pâleur hivernale. San Francisco lui semble très loin, tout à coup, dans le temps comme dans l'espace. La maison, l'océan, le trafic. Jack et sa mauvaise humeur d'adolescent, David, Willie. La lessive, le ménage et la cuisine. Il n'y a plus que Tyra et elle, à présent. Une poussette, un enfant. Elle marche dans un long corridor et un sentiment de liberté l'envahit. Elle prend une longue inspiration.

« Elle est bien réveillée, maintenant. Vous allez pouvoir lui parler. Mais elle a besoin de beaucoup de repos, alors ne restez pas trop longtemps. Et pas de fleurs, malheureusement, ajoute-t-elle avec un coup d'œil désolé vers le bouquet que Jenny tient à la main. À cause des allergies. » Jenny s'en sépare à regret et repart avec sa fille vers la chambre de Doris. En l'apercevant, elle se fige un instant. Elle est si petite et si maigre qu'on croirait qu'elle va disparaître. Ses cheveux blancs font une auréole autour de son visage grisâtre sur l'oreiller. Elle a les lèvres presque bleues. Jenny lâche la poussette et se précipite vers le lit. Elle serre délicatement sa vieille tante dans ses bras.

« Ma petite chérie, murmure Doris d'une voix éraillée en lui tapotant le dos. » Un cathéter est fixé à une grosse veine sur le dos de sa main. « Et qui est-ce que je vois là ? »

Doris regarde l'enfant dans la poussette qui la contemple bouche bée et les yeux écarquillés.

« Elle ne dort pas, cette fois. »

Jenny sort Tyra de sa poussette et s'assied au bord du lit, la petite fille sur ses genoux. « Tyra, je te présente *auntie Doris. Auntie* de l'ordinateur, tu te rappelles ? *Say hello, darling.*

— Au trot, au trot, au trot… », chantonne Doris. Jenny remue les jambes de haut en bas pour faire sauter Tyra. Bientôt, son visage ensommeillé se fend d'un large sourire. Et quand Jenny imprime un mouvement latéral avec ses genoux, elle éclate de rire. « Au galop, au galop, au galop. »

« Elle te ressemble, dit Doris en tendant la main vers les petites jambes dodues. Toi aussi, tu étais un beau bébé, comme on dit. »

Jenny lui fait un clin d'œil complice et sourit.

« Je suis contente de voir que tu as gardé ton sens de l'humour.

— Ta vieille tante est encore bien vivante, tu vois.

— Arrête, je ne veux pas t'entendre parler comme ça. Je t'interdis de mourir, Dossi, tu n'as pas le droit.

— Je suis obligée, chérie. C'est l'heure, maintenant, j'ai fait mon temps. Tu ne vois pas que je ne suis plus qu'une vieille marionnette ?

— Je t'en prie, ne parle pas comme ça… » Jenny ferme les yeux pour ne pas pleurer. « J'ai lu un peu, hier soir. Les pages que tu as écrites pour moi. J'ai pleuré en voyant que tu avais décidé de faire ça, de me raconter ta vie. Tout ce qui t'est arrivé. Il y a tant de choses que je ne savais pas.

— Où en es-tu ?

— J'étais fatiguée, je me suis endormie alors que tu arrivais à Paris. Tu devais être terriblement effrayée, assise dans ce train au milieu d'un tas d'inconnus.

Tu étais tellement jeune. Tu avais l'âge que Jack a aujourd'hui. Je n'en reviens pas quand j'y pense.

— Bien sûr que j'étais effrayée. Je m'en souviens comme si c'était hier. C'est étrange d'ailleurs. Quand on vieillit, la mémoire récente s'efface, tandis que les souvenirs d'enfance deviennent aussi vifs que si les choses étaient arrivées la veille. Je me rappelle même les odeurs que j'ai senties ce jour-là, quand le train est entré en gare.

— Vraiment ? Ça sentait quoi ?

— La fumée des poêles à bois, le pain juste sorti du four, la fleur d'amandier et le musc des beaux messieurs sur le quai.

— Le musc ? Qu'est-ce que c'est ?

— Un parfum très courant à l'époque. Ça sent bon, mais fort.

— Tu te rappelles ce que tu ressentais, les premiers temps où tu étais à Paris ?

— J'étais tellement jeune. Quand on est jeune, on pense surtout au présent. Et parfois au passé. Mais ma mère m'avait abandonnée depuis longtemps, alors elle ne me manquait plus tellement. La seule chose qui me manquait parfois, c'était le son de sa voix, quand elle fredonnait toute seule, le soir, nous croyant endormies. Elle chantait bien. Mais je crois que je me sentais en sécurité, chez Madame. C'est le souvenir que j'en ai gardé, en tout cas.

— Quel genre de chansons est-ce qu'elle fredonnait ? Les mêmes que celles que tu me chantais quand j'étais petite ?

— Oui, j'ai dû t'en chanter quelques-unes. Elle aimait les psaumes, elle chantait souvent : *Tryggare kan ingen vara*[1]. Et *Blott en dag*[2]. Mais comme je te l'ai dit, elle se contentait de fredonner, elle ne chantait jamais les paroles.

— Ça devait être joli. Attends, je peux te les faire écouter, si tu veux. » Elle cherche le morceau sur YouTube et montre la vidéo à Doris qui plisse les yeux pour la regarder sur le petit écran du portable. Un chœur d'enfants chante *Tryggare kan ingen vara* avec des voix claires. Les voix se brisent sur les notes les plus hautes.

« C'est exactement comme ça que maman la fredonnait, comme un enfant. Elle ne parvenait jamais à atteindre les notes les plus aiguës. Et chaque fois, elle se sentait obligée de recommencer au début, se souvient Doris en riant.

— J'aimais bien quand tu chantais pour moi. Tu me faisais asseoir sur tes genoux et tu me faisais sauter dans tous les sens. C'était quoi la chanson, déjà ?

— *Prästans lilla kråka skulle ut och åka*... » Doris chante la première phrase et continue ensuite sans les paroles.

« Voilà, c'est ça. Il faut qu'on la chante pour Tyra, celle-là. » Doris sourit et pose sa main sur les cuisses charnues de la fillette. Elles entonnent la chanson en chœur. Jenny trébuche sur les mots, chante un peu en yaourt, puis se souvient et enchaîne avec Doris. Elle passe le bras autour du ventre de sa fille et la balance doucement d'avant en arrière. Le cadre du lit lui scie l'arrière des jambes, mais le moment est trop

1. « Personne ne ressent une telle paix. »
2. « Le corbeau du pasteur partit se promener. »

amusant pour être interrompu par un détail. Tyra glousse de rire. *Et elle tombe par-ci et elle retombe par-là…*

« C'était bien quand tu habitais avec nous. Tu m'as tellement manqué, ma Dossi ! »

Jenny tourne des yeux remplis de larmes vers Doris. Elle est allongée, les yeux fermés, la bouche entrouverte. Jenny avance vite la main vers ses lèvres, sent de l'air chaud. Respire, soulagée. Doris s'est simplement endormie.

23

Elle a honte de ce qu'elle est en train de faire, mais elle ne peut pas s'en empêcher. Les tiroirs, les étagères, les placards, les trucs et les bidules, tout y passe. Elle touche à tout, fouille partout. Elle trouve des photographies, des bijoux, des souvenirs, des pièces étrangères, des tickets de caisse, des notes griffonnées sur des feuilles volantes. Elle examine tout avec attention. Fait des tas, range les objets en fonction de leur valeur. Elle découvre tant de choses dont elle n'avait pas connaissance jusqu'ici.

Un gilet gris à jacquard, en laine tricotée, est posé sur le dossier d'une chaise. Il sent la lavande, le parfum de Doris. Elle l'enfile et s'assied au bord du lit. Tyra est couchée sur le dos, elle dort, les bras en couronne au-dessus de la tête. Elle ne porte que sa couche et son petit ventre rond monte et descend à chaque respiration. Elle a la bouche entrouverte et ronfle un peu. Son rhume ne veut pas la lâcher, l'air est plus frais en Suède et cela complique la guérison.

« Mon trésor adoré », murmure Jenny en lui posant un baiser sur le front. Elle respire la bonne odeur de bébé propre en bordant la couette autour d'elle.

Elle est fatiguée et ferait mieux d'aller dormir, mais les affaires de Doris ont éveillé sa curiosité. Elle retourne s'asseoir sur le sol froid. Lit de vieilles notes de restaurant, certaines rédigées à la main dans une calligraphie élégante. Doris en a gardé une de *La Coupole*, dans une enveloppe fermée sur laquelle elle a tracé un cœur à l'encre noire. Une bouteille de champagne et des huîtres. Le luxe. Elle cherche le restaurant sur Google, découvre qu'il existe encore et qu'il se trouve à Montparnasse. Un jour, elle ira là-bas pour revivre ce que Doris a vécu. Elle se demande avec qui elle y a dîné et pourquoi il y a un cœur sur l'enveloppe.

Elle ouvre une vieille boîte en bois très abîmée. Elle contient quelques pièces françaises et un mouchoir à carreaux en soie dans lequel est enveloppé un gros médaillon en argent. Jenny l'ouvre délicatement. Elle l'a déjà vu et sait ce qu'elle va trouver à l'intérieur. Un portrait souriant, en noir et blanc. Elle approche le bijou de la lampe pour mieux distinguer la petite photographie. Elle est pâle et délavée et les traits du visage ont perdu leur relief. L'homme a les cheveux bruns et courts avec une raie sur le côté. Doris n'a jamais voulu lui dire qui il était. Elle sort la photo du médaillon avec d'infinies précautions. Il n'y a aucun nom inscrit au dos.

Les feuillets imprimés sont posés en tas sur le lit. Il est bientôt minuit, mais Jenny veut en savoir plus. Elle prend une page et se remet à lire. Elle a l'impression d'entendre la voix de Doris à mesure qu'elle avance dans sa lecture.

24

Dès son arrivée à l'hôpital, juste après avoir embrassé Doris, Jenny sort le médaillon de son sac à main et l'agite comme un pendule devant le visage de sa tante.

« Qui est l'homme dans ce médaillon ? »

Doris a un sourire énigmatique, elle papillonne des paupières, mais ne répond pas.

« Allez, dis-moi. Je sais que je t'ai déjà posé la question, mais cette fois, tu ne vas pas t'en tirer comme ça. Qui est-ce ?

— Quelqu'un qui appartient au passé.

— C'est Allan, n'est-ce pas ? Dis-moi que c'est Allan, de toute façon, je le sais. »

Doris nie, mais son sourire et la lumière dans ses yeux la dénoncent.

« Il est beau garçon.

— Bien sûr qu'il est beau garçon, qu'est-ce que tu croyais ? » Doris tend la main et essaye d'attraper le médaillon.

« Un bain de minuit dans la Seine ! C'est incroyablement romantique.

— Fais voir. » Doris ouvre le bijou avec des doigts tremblants et soupire en regardant le portrait. « Je n'y vois pas mieux qu'une taupe, depuis quelque temps. »

Jenny se penche pour prendre la loupe de Doris sur la table de nuit.

La vieille dame éclate de rire. « Si Allan savait que soixante-dix ans après, je suis en train de pleurnicher sur sa photo à travers une loupe, il aurait les chevilles qui enflent ! »

Jenny rit aussi. « Qu'est-il devenu, à propos ? »

Doris a une moue d'ignorance.

« Je n'en sais rien. Je n'ai pas la moindre idée de ce qui a pu lui arriver.

— Il est mort, tu crois ?

— Je ne sais pas. Il a disparu. Nous nous sommes rencontrés à Paris et nous sommes tombés amoureux. Il m'a quittée, et ensuite il m'a envoyé une lettre pour me demander de venir le rejoindre. La lettre a mis un an à me parvenir, et quand je suis arrivée à New York, il s'était marié avec quelqu'un d'autre. Il a cru que je ne viendrais plus. Nous nous aimions toujours et nous avons pleuré ensemble quand nous avons compris qu'il s'agissait d'un malentendu. Ensuite, il est allé faire la guerre en France. Sa mère était française, il avait les deux nationalités, française et américaine. Il m'a écrit une lettre du front pour me dire qu'il m'aimait, qu'il voulait vivre avec moi et qu'il avait été idiot. Il n'est vraisemblablement jamais revenu de là-bas, sinon, je pense qu'il m'aurait donné des nouvelles après la guerre. J'imagine qu'il a dû subir le même sort que le pont sous lequel nous nous étions baignés. Il a été bombardé par les Allemands, tu sais ? Il n'en est rien resté. Un tas de gravats. »

Jenny reste silencieuse un long moment.

« Et toi... Où étais-tu après la guerre ? Il savait où te trouver, au moins ? Il t'a peut-être cherchée ?

— L'amour trouve toujours son chemin, ma petite Jenny, s'il est authentique. C'est le destin qui décide, j'en ai toujours été convaincue. Je suppose qu'il a dû être tué, mais étrangement, je n'ai jamais eu l'impression qu'il était mort. J'ai toujours senti sa présence à mes côtés. Je ne sais pas comment expliquer cela.

— Imagine qu'il soit encore en vie ? Qu'il t'aime encore ? Tu n'es pas curieuse de savoir ce qu'il est devenu ? À quoi il ressemble ?

— Il est probablement chauve et ridé. » La réponse laconique de Doris fait pouffer Jenny. Tyra, qui somnole dans sa poussette, sursaute et regarde sa maman, surprise.

« *Hi, Sweetie.* » Jenny pose la main sur son front. « *Go back to sleep*. Rendors-toi, mon ange. »

Elle roule doucement la poussette d'arrière en avant, espérant que l'enfant va se rendormir.

« S'il est vivant, il faut que nous le retrouvions.

— Allons, qu'est-ce que c'est que ces bêtises, encore ? J'ai déjà un pied dans la tombe. Plus personne n'est en vie. Ils sont tous morts.

— Je suis sûre que non. Allan peut parfaitement être encore en vie. Vous aviez le même âge, non ? Et toi tu es encore là !

— Plus ou moins.

— Arrête, Dossi ! Tu ne m'emmèneras pas sur ce terrain-là. Tu es vivante, un point c'est tout. Et tu as gardé ton humour, en plus. Souviens-toi qu'il y a quinze jours, tu étais en pleine forme et que tu vivais encore chez toi.

— Oublie tout ça. Oublie Allan. C'était il y a longtemps. Tout le monde connaît un Amour avec un grand A dans sa vie, Jenny. Et il dure éternellement. C'est comme ça.

— Ah, bon ? Tu crois que tout le monde a un seul grand amour ? Explique-moi.

— Tu n'en as pas eu un, toi ? Quelqu'un à qui tu repenses, régulièrement ?

— Moi ?

— Oui, toi. » Doris fait un clin d'œil et Jenny rougit. « Un amour impossible ou une histoire qu'on n'a pas vécue jusqu'au bout. Tout le monde a cela. Quelqu'un qui a élu domicile au fond de notre cœur et qui y est toujours resté.

— Et qu'on a idéalisé avec le temps ?

— Évidemment. C'est inévitable. Il n'y a rien de plus parfait qu'un amour perdu. » Doris a les yeux qui brillent. Jenny se tait. Puis elle rougit, à nouveau.

« Marcus. »

Doris éclate de rire et Jenny met le doigt devant sa bouche, tournant la tête vers le bébé endormi.

« Marcus, c'est ça.

— Ne me dis pas que tu te souviens de lui !

— Bien sûr que je m'en souviens. Marcus. C'était ce petit mannequin miniature avec des marques d'autobronzant sur le front. »

Jenny lève les sourcils, étonnée.

« Des marques d'autobronzant ? Il n'avait pas de marques d'autobronzant !

— Si, je crois bien que si. Mais tu étais trop amoureuse pour t'en rendre compte. C'était lui aussi qui se roulait par terre pour user son jean juste comme il fallait les porter à l'époque, tu ne te rappelles pas ?

— Oh, lala, si, je m'en souviens ! » Jenny se tord de rire. « N'empêche qu'il était mignon. Et drôle. Et il m'emmenait danser.

— Il t'emmenait danser ?

— Oui. Il disait toujours qu'il fallait que je me lâche un peu. C'était merveilleux. »

Les deux femmes se sourient, complices.

« Parfois il m'arrive de jouer à : *Et si ?* Tu ne fais jamais ça, toi ? » dit Doris au bout d'un moment.

Jenny la regarde sans comprendre.

« Tu sais, le jeu où on pose la question : Et si… Et si tu avais choisi Marcus comme compagnon de vie ? À quoi ressembleraient tes enfants ? Où auriez-vous vécu ? Est-ce que vous auriez divorcé ?

— Quelle affreuse idée ! Je n'aurais pas rencontré Willie, et je n'aurais pas eu mes enfants ! Je suis sûre que Marcus et moi nous serions séparés. Il aurait été incapable de s'occuper d'un enfant. Non pas que Willie soit un as en la matière, mais lui au moins il est normal ! Marcus était beaucoup trop préoccupé par l'usure de ses jeans pour faire un bon père. Je n'ose même pas imaginer sa réaction si son bébé devait vomir sur sa chemise.

— Tu sais ce qu'il fait, maintenant ?

— Aucune idée. Je l'ai cherché sur Facebook récemment, mais il n'a pas l'air d'y être.

— Il est peut-être mort aussi. »

Jenny la regarde sévèrement. « Tu ne sais pas si Allan est mort.

— Je n'ai eu aucune nouvelle depuis la Seconde Guerre mondiale. Cela fait un sacré bout de temps, je te signale ! Je ne parierais pas sur ses chances d'être encore de ce monde. » Elle conclut sa phrase par un reniflement fataliste et tripote le médaillon. Ses doigts tremblent en ouvrant le bijou et en regardant l'homme souriant à travers sa loupe. Une larme se forme au coin de son œil, grossit et coule sur sa joue.

« C'est vrai qu'elles sont belles, ces amours perdues », murmure-t-elle. Jenny serre sa main tendrement.

Un petit carnet rouge

J. JONES, PAUL

Les mois passaient et mon dégoût envers cette existence qui se développait en moi allait grandissant. Cette vie engendrée par le mal, cet inconnu qui déformait mon corps, dont je ne voulais pas et qui pourtant faisait partie de moi, cet être qui me rappelait tous les jours comment il était arrivé là. Est-ce que mon enfant allait ressembler à ce monstre ? Serait-il aussi mauvais que lui ? Comment pourrais-je l'aimer ? Quand il bougeait trop la nuit, je me donnais des coups de poing dans le ventre pour le faire tenir tranquille. Une fois, j'ai attrapé son pied dans ma main et je l'ai immobilisé. J'avais mal dans ma chair et je me demandais si le bébé avait mal lui aussi.

Paul et moi ne parlions jamais de l'enfant. Ni de ce que nous ferions quand il serait là. Paul était un solitaire et il continuait sa vie de solitaire.

Il n'y avait pas d'argent pour acheter des vêtements. Il m'a prêté les siens, quand les miens sont devenus trop petits. Vers la fin de ma grossesse, j'enveloppais mes jambes et mon ventre dans une couverture en laine que j'attachais au-dessus de ma poitrine avec un vieux fil de pêche. Il n'y avait pas d'argent pour la nourriture, non plus. Nous mangions du poisson et des navets. Ou du pain fait à partir d'une pâte composée de farine et d'eau que nous mélangions avec l'écorce pilée des arbres du jardin. Je passais mes journées dans une sorte de transe. Du cottage à la plage. De la plage à la table. De la table à ma mansarde.

À mesure que mon ventre grossissait, le travail devenait plus pénible. J'avais mal au dos et mon ventre me gênait pour ramasser les poissons dans la caisse. Je pliais les genoux aussi bas que possible, me débattais pour immobiliser des poissons qui m'échappaient sans cesse. Rox ne s'éloignait jamais de moi, mais la majeure partie du temps, j'ignorais ce pauvre chien si fidèle.

L'Amérique n'était plus qu'un vague souvenir, Paris un rêve flou, Stockholm une chimère. Je faisais le compte des jours passés chez Paul en gravant des encoches dans le meuble à pot de chambre à côté de mon lit. Le nombre d'encoches augmentait, rang après rang. Je ne sais pas pourquoi j'éprouvais le besoin de faire cela alors que je ne les recomptais jamais. Je n'avais aucune envie de savoir combien de jours il restait avant l'accouchement. Mais je ne pouvais pas ignorer le temps qui passait. La chaleur a laissé place à un froid humide. Le soleil à une pluie persistante. Les prairies en fleurs à une argile qui collait aux pieds.

Nous étions à table pour dîner le soir où la première contraction m'a terrassée. Je haletais autant de douleur que de panique.

J'ai regardé Paul qui mangeait bruyamment sa soupe de poisson trop liquide. « Qu'est-ce qu'on va faire quand il arrivera ? »

Il a levé la tête. Son visage était couvert d'une épaisse barbe grise dans laquelle s'accrochaient tout le temps des morceaux de nourriture.

« C'est le moment, vous croyez ? a-t-il grogné en regardant un point derrière moi.

— Je ne sais pas. Je crois. Qu'est-ce qu'on va faire ?

— On va laisser faire la nature et ça va bien se passer. J'ai aidé beaucoup de vaches à mettre bas. Je vous aiderai s'il le faut. Montez vous coucher », m'a-t-il ordonné avec un geste du menton vers l'échelle de meunier.

Des vaches. Je lui ai jeté un regard incrédule, puis je me suis effondrée sur la table quand une nouvelle contraction m'a foudroyée. Elle irradiait dans les jambes et les reins et j'ai dû m'accrocher au bord de la table. J'ai commencé à me sentir mal, la soupe menaçait de remonter.

« Je n'arriverai jamais là-haut, je ne peux pas, c'est impossible », ai-je gémi, terrifiée.

Paul a hoché la tête, il s'est levé et il est allé me chercher une couverture qu'il a étalée par terre, devant la cheminée.

La nuit a succédé au soir, et le jour à la nuit et une nouvelle nuit a commencé. Je transpirais, gémissais, vomissais, mais l'enfant refusait de sortir. Finalement les contractions ont cessé et un grand calme a suivi. Paul, qui pendant tout ce temps était resté assis dans son fauteuil à bascule pour me surveiller, a plissé le front, inquiet. Je le voyais dans le brouillard, très loin. Et subitement il était juste à côté. Ses traits étaient tirés, son nez énorme et ses joues creuses. « Doris ! Doris ! Vous m'entendez ? » J'étais incapable de lui répondre, incapable de parler.

Alors il est parti en courant dans la nuit noire. J'ai senti un courant d'air froid quand il a ouvert la porte et je me souviens comme je l'ai trouvé agréable sur ma peau en sueur et mon corps meurtri.

Ensuite, je ne me souviens plus de rien.

Quand je me suis réveillée, j'étais dans mon lit sous les combles. Il faisait sombre et il n'y avait pas un bruit. Mon ventre était plat et j'avais une plaie du nombril au pubis qui me tirait la peau. J'ai passé la main sur le pansement et senti les points en dessous. Une bougie brûlait sur la table de nuit et Paul était assis sur un tabouret à mon chevet. Seulement Paul. Il n'avait pas de bébé dans les bras.

« Ça va ? » Il me regardait avec un regard que je ne lui avais jamais vu. J'ai mis un moment à comprendre que c'était de la peur. « J'ai cru que vous alliez mourir.

— Et je suis vivante ? »

Il a hoché la tête. « Vous voulez un verre d'eau ?

— Que s'est-il passé ? »

Paul a secoué la tête, il avait le regard triste et les lèvres serrées. J'ai posé les mains sur mon ventre et j'ai fermé les yeux. Mon corps était de nouveau à moi. Et la vie qui se trouvait à l'intérieur et qui y était arrivée de la pire façon qu'on pût imaginer, avait disparu pour toujours. J'ai poussé un soupir de soulagement, je me suis détendue et enfoncée dans le rude matelas en crin.

« J'ai couru chercher le médecin mais il n'a rien pu faire. C'était trop tard.

— Il m'a sauvé la vie.

— C'est vrai. Qu'est-ce que vous voulez faire de l'enfant ?

— Je ne veux pas le voir.

— Vous voulez savoir ce que c'était ? »

J'ai secoué la tête. « Ce que j'avais à l'intérieur de moi n'était pas un enfant. Je n'ai jamais eu d'enfant. »

Mais quand Paul a fini par se lever et redescendre du grenier, je me suis mise à trembler. Les tremblements ont commencé dans mon ventre douloureux et ils se sont propagés à mes bras et à mes jambes. Mon corps éliminait le mal. Paul m'a laissée tranquille. Il a compris.

25

L'infirmière intercepte Jenny dans le couloir.

« Elle dort.

— Depuis longtemps ?

— Elle a dormi presque toute la matinée. Elle semble particulièrement épuisée aujourd'hui.

— Qu'est-ce que cela veut dire ? »

La jeune femme secoue la tête d'un air désolé. « Elle est faible, il est impossible de dire combien de temps il lui reste.

— On peut aller s'asseoir à son chevet ?

— Oui, il n'y a pas de problème, mais essayez de la laisser se reposer. Quelque chose l'a bouleversée, hier. Elle a pleuré un long moment après que vous êtes parties.

— Et cela vous étonne ? C'est interdit de pleurer ? Elle est en train de mourir, c'est normal qu'elle pleure. Moi aussi, je pleurerais si j'étais à sa place. »

L'infirmière sourit poliment et elle s'en va sans rien dire. Jenny soupire. Bien entendu, il faudrait mourir avec le sourire. Dans ce pays en tout cas. Se battre toute sa vie, faire comme tout le monde et mourir sans verser une larme. Au fond d'elle-même, elle craint de savoir ce qui a fait pleurer Doris. Avec détermination, elle sort son portable de son sac.

« *Hello !* » Une voix à peine réveillée lui répond de l'autre côté de l'Atlantique.

« Salut, c'est moi.

— Jenny, tu sais quelle heure il est ?

— Je sais, excuse-moi. J'avais besoin d'entendre ta voix. Et puis je te signale que grâce à moi, tu n'es plus réveillé par Tyra toutes les nuits. Je peux bien te réveiller une fois ? Tu me manques, excuse-moi d'être partie si vite.

— Je t'en prie, *sweetie*. Toi aussi, tu me manques. Pourquoi est-ce que tu m'appelles ? Il est arrivé quelque chose ?

— Elle va mourir.

— Ça, on le sait depuis longtemps, chérie. Elle est vieille. C'est la vie.

— On est au milieu de la matinée, ici, et elle est en train de dormir. L'infirmière dit qu'elle est fatiguée et qu'elle a beaucoup pleuré, hier.

— Peut-être qu'elle pleure parce qu'elle a des regrets.

— Ou parce que quelqu'un lui manque…

— Ou les deux, peut-être. Elle est contente que vous soyez là, Tyra et toi ?

— Je crois, oui. »

Ils se taisent. Jenny l'entend bâiller. Elle prend son courage à deux mains. « Chéri, tu crois que tu pourrais m'aider ? Il faut que je retrouve la trace d'un homme qui s'appelle Allan Smith. Il est né dans les années vingt, comme Doris, et il doit se trouver quelque part dans la région de New York. Ou en France. Sa mère était française et son père, américain. C'est tout ce que je sais. »

Willie ne réagit pas. Il ne bâille même plus. Quand il reprend la parole, sa réaction est exactement celle à laquelle Jenny s'attendait.

« Tu peux répéter ? J'ai dû mal entendre. Tu m'as bien dit : Allan Smith ?

— Oui, c'est son nom.

— Tu plaisantes ! Comment veux-tu que je retrouve un Allan Smith, né en 1920 ? Tu sais combien de personnes portent ce nom-là ? Il doit y en avoir des centaines ! »

Jenny respire à fond pour garder son calme, mais veille à ce qu'il ne l'entende pas.

« Et ton copain Stan, celui qui travaille dans la police, à New York, tu ne pourrais pas l'appeler et lui demander de jeter un coup d'œil ? Si Allan habite New York ou ses environs, il devrait le trouver. Dis-lui que c'est important.

— Aussi important que... je ne sais pas, moi... lutter contre le crime à Manhattan ?

— Arrête. Non, bien sûr que non. Mais c'est important pour moi.

— Tu es certaine qu'il vit encore ?

— Non, pas vraiment... » Elle ignore le reniflement excédé de Willie bien qu'il soit assez fort pour qu'on ne puisse l'ignorer. « Mais je le crois. Cet homme a beaucoup compté pour Doris. C'est pour ça que c'est important que tu m'aides à le retrouver. Essentiel, même. Essaye, s'il te plaît. Fais-le pour moi.

— Alors, je résume : tu veux que je me lance à la recherche d'un homme qui a près de cent ans, qui porte le nom le plus commun d'Amérique, qui est peut-être en vie et qui pourrait habiter près de New York ?

— C'est ça, je crois que tu as tout. » Il y a un sourire dans sa voix. Audible, cette fois.

« Tu ne cesseras jamais de m'étonner. Tu ne veux pas rentrer à la maison, s'il te plaît ? Tu nous manques, on a besoin de toi, ici.

— Je reviendrai dès que possible, et je serai de retour encore plus rapidement si tu m'aides avec mon petit problème. En ce moment, Dossi a plus besoin de moi que vous. Et nous avons toutes les deux besoin de savoir ce qu'il est advenu d'Allan Smith.

— OK. Mais tu as d'autres informations sur lui ? Une ancienne adresse ? Une photo ? Son métier ?

— Je crois qu'il était architecte. Avant la guerre en tout cas.

— De quelle guerre est-ce qu'on parle ? Pas de la Seconde Guerre mondiale, quand même ? Je t'en prie, dis-moi qu'elle l'a revu après ?

— Pas trop, non.

— Jenny… Pas trop, ou pas du tout ?

— Pas du tout.

— Tu te rends compte que c'est mission impossible, ce que tu me demandes ?

— Je sais, mais…

— Stan va crever de rire ! Tu veux vraiment que je l'appelle pour lui demander de rechercher un homme qui a disparu pendant la Seconde Guerre ?

— Ah, non ! Tu as mal compris. Il n'a pas du tout disparu. C'est *elle* qui n'a plus eu aucun contact avec lui. Il a dû rentrer chez lui, faire une flopée de mômes, vivre une belle et longue existence, et maintenant, il doit être assis dans un fauteuil à bascule sous une véranda quelque part, en train d'attendre la mort. Comme Doris. Et de penser à elle comme elle pense à lui. »

Le soupir de Willie. Sa voix, résignée, à présent. « Allan Smith donc.

— Allan Smith, oui.

— Je vais essayer. Mais ne te fais pas trop d'illusions.

— Je t'aime.

— Et je t'aime aussi. De toute évidence ! » Son rire affectueux lui donne envie d'être à la maison.

« Comment vont les enfants ?

— Ça va, ne t'inquiète pas. Heureusement qu'il y a le fast-food. Vive l'Amérique !

— Je reviens dès que je peux.

— Dépêche-toi de rentrer. Rien ne fonctionne comme il faut quand tu n'es pas là. Je t'embrasse, chérie. Embrasse Dossi pour moi. »

Jenny jette un coup d'œil dans la salle, voit bouger la couverture de Doris. « Elle se réveille, je te laisse. » Elle murmure tendrement : « À bientôt » à son mari qui est si loin, trop loin, et va rejoindre Doris pour l'accompagner dans la douloureuse attente de la mort.

Un petit carnet rouge

~~J. JONES, PAUL~~ DÉCÉDÉ

Je suis restée couchée pendant des jours, peut-être des semaines, à regarder le plafond en me bagarrant avec les réactions hormonales de mon organisme : mes seins tendus par les montées de lait, mon utérus qui se rétractait peu à peu. J'ai quand même fini par m'ennuyer. Pourtant, je ne suis pas tout de suite descendue rejoindre Paul. J'ai commencé par examiner le grenier et fouiller tous les tiroirs et toutes les armoires. Le meuble à pot de chambre était fermé à clef, mais j'ai forcé la serrure. Dedans, j'ai trouvé une bassine remplie de petites voitures de toutes les couleurs. À l'intérieur du meuble, quelqu'un avait dessiné des chemins à la craie rouge dans tous les sens, d'un côté à l'autre et de haut en bas, en un circuit fantaisiste qui n'avait pu être tracé que par un très jeune enfant. Les voitures étaient pleines de bosses et leur peinture était écaillée. Je les ai ramassées une par une et les ai disposées en rang sur le sol, essayant d'imaginer les gymkhanas qui avaient dû avoir lieu sur ce plancher. Où était cet enfant aujourd'hui ?

J'ai examiné le contenu de toutes les malles. Dans l'une d'entre elles, j'ai trouvé des vêtements roulés et entourés de fil de pêche vert. Je me suis demandé à qui ils appartenaient. Qu'était devenue la femme qui les avait portés ?

La curiosité a fini par me pousser à sortir de ma tanière. En descendant les marches, j'ai senti la cicatrice de mon ventre qui tirait un peu. Mon abdomen était encore distendu et mon dos me faisait aussi mal que pendant les dernières semaines de ma grossesse. Paul m'a souri, m'a dit que je lui avais manqué. Il m'a fait asseoir à table et m'a fait chauffer de la soupe qu'il m'a servie avec un quignon de pain sec. Mais quand je lui ai demandé à qui avaient appartenu les petites voitures, son visage s'est fermé et il a secoué la tête. Il n'a rien voulu me raconter. Peut-être qu'il n'a pas pu. Qui sait quelle peine un individu porte en lui ? Je ne lui ai plus jamais reposé la question, à la place, je me suis mise à inventer l'histoire de cette femme et de cet enfant. Je leur ai donné à chacun un nom et une apparence physique. Dans un vieux cahier, j'ai écrit des nouvelles dans lesquelles je décrivais leur personnalité et narrais leurs aventures. Quand je me suis rendu compte que je commençais à leur parler la nuit, j'ai compris qu'il était temps de partir.

J'ai écrit à Gösta et je l'ai appelé à mon secours. Sa réponse m'est parvenue au bureau de poste du village, deux semaines plus tard. Il y avait longtemps qu'il s'inquiétait de savoir ce qui m'était arrivé et qu'il se demandait où j'avais disparu. Je pouvais enfin venir habiter chez lui, m'écrivait-il. Dans l'enveloppe se trouvaient un nom et une adresse. L'ami d'un ami avait reçu un tableau en échange de la traversée à bord de son cargo pour me ramener en Suède. J'ai quitté le cottage de Paul quelques jours plus tard. Il avait les larmes aux yeux et, à travers les poils de sa barbe grise, je voyais qu'il se mordait la lèvre pour ne pas pleurer. Je crois que c'est à ce moment-là que j'ai vraiment appris à le connaître. Pendant les deux ans où j'avais habité chez lui, il m'avait rarement regardée dans les yeux. En le quittant, j'ai compris pourquoi : pour lui, les adieux étaient devenus trop douloureux.

Paul et moi nous sommes écrit pendant des années. Je lui ai toujours gardé mon affection. Paul, l'ermite, enfermé dans le temple de ses souvenirs. Quand il a fini par s'éteindre, j'ai fait le voyage jusqu'en Angleterre pour l'enterrer avec l'urne contenant les cendres de Rox, son chien adoré, qui l'avait précédé de quelques années dans la mort. Il y avait trois personnes à l'enterrement : le pasteur, son voisin le plus proche et moi.

Un petit livre rouge

N. NILSSON, GÖSTA

Nos retrouvailles furent exactement comme Gösta les avait imaginées. Les matelots ont jeté les bouts d'amarrage, les dockers les ont attrapés et attachés aux bittes du quai. La passerelle métallique a été abaissée et posée sur le pavage irrégulier. Il bruinait et Gösta m'attendait avec un grand parapluie noir. J'ai marché vers lui. Je n'étais plus une jolie jeune fille, je ne ressemblais plus à celle qu'il avait chérie dans sa mémoire. Je n'avais plus un vêtement correct à me mettre, ni même une paire de chaussures digne de ce nom. J'étais mal coiffée et les années avaient laissé leur empreinte sur mon teint qui était gris et brouillé. Cela ne l'a pas empêché de m'ouvrir les bras, ni moi de me jeter dedans sans une seconde d'hésitation.

« Ma petite Doris ! Enfin tu es là ! m'a-t-il murmuré, refusant de me lâcher.

— Cher, cher Gösta, ça fait une éternité, n'est-ce pas ? » ai-je répondu en ravalant mes larmes.

Il a ri, puis il a fait un pas en arrière, m'a pris par les épaules.

« Laisse-moi te regarder. »

J'ai essuyé mes larmes et soutenu son regard, avec un peu d'appréhension. En un clin d'œil, toute notre amitié d'antan fut ranimée. En une seconde, je suis redevenue la petite fille de treize ans. Et il était à nouveau le pauvre artiste incompris.

« Tu as des rides, a-t-il remarqué, caressant du bout des doigts le coin de mon œil.

— Et toi, tu es devenu un vieux bonhomme ventripotent », ai-je rétorqué, hilare, en posant la main sur son ventre. Il a souri.

« J'ai besoin d'une nouvelle gouvernante.

— Et moi, j'ai besoin d'un travail.

— Alors, qu'est-ce que tu en dis ? »

Je tenais fébrilement mon sac de marin, dans lequel j'avais réuni tout ce que je possédais en ce monde.

« On peut faire affaire ? Tu pourrais commencer quand ? »

J'ai levé la tête vers lui avec un grand sourire.

« Maintenant, ça t'irait ?

— Maintenant me semble très bien. »

Il m'a ouvert ses bras à nouveau et nous nous sommes encore embrassés. Cette fois il s'agissait d'une accolade qui scellait notre accord. Nous avons gravi ensemble la colline de Södermalm jusqu'à Bastugatan. En passant devant la maison de Madame, j'avais un nœud à l'estomac. Je me suis approchée et me suis arrêtée devant la porte pour lire le nom sur la boîte à lettres.

« Il y a une famille nombreuse qui habite là, maintenant. Je crois qu'ils ont au moins quatre enfants qui hurlent et tapent des pieds. Göran, à l'étage en dessous, est en train de devenir fou. »

J'ai hoché la tête, mais je n'ai pas fait de commentaire, trop émue pour parler. J'ai posé la main sur la poignée de la porte en me disant que j'avais touché maintes fois cette poignée. Je me suis remémoré la première…

« Allez, maintenant, on va rentrer te mettre quelque chose dans le ventre. » Gösta m'a prise par l'épaule. Je l'ai suivi.

Son hall d'entrée sentait la térébenthine et la poussière. Il y avait des tableaux appuyés contre les murs. Le plancher en pin était maculé de taches de peinture. Les meubles du salon cachés sous des draps blancs. L'évier était rempli de vaisselle sale et il y avait des mouches partout.

« Tu as besoin d'une gouvernante.

— Tu vois, je ne t'avais pas menti.

— Tu viens d'en trouver une.

— Tu sais à quoi tu t'engages ? Je ne suis pas toujours d'humeur égale.

— Je sais.

— Et je te demande une totale discrétion en ce qui concerne…

— Je ne me mêle pas de ta vie privée.

— Très bien.

— Nous avons de l'argent ?

— Pas beaucoup.

— Où est-ce que je vais dormir ? »

Il m'a montré la chambre de bonne. Une petite pièce avec un lit, un bureau et une armoire. Il y avait des revues féminines, des traces de la présence d'une femme. Je me suis retournée vers lui et l'ai regardé d'un air interrogateur.

« Elles donnent leur congé dès qu'elles découvrent… »

Je ne l'ai jamais entendu prononcer le mot « homosexuel ». Nous n'abordions pas le sujet, non plus. Quand, de temps à autre, il recevait des hommes la nuit, je mettais du coton dans mes oreilles pour ne pas les entendre ahaner. Pendant la journée, il était simplement Gösta, mon ami de toujours. Je faisais mon travail, il faisait le sien et, le soir, nous nous retrouvions pour dîner ensemble. Quand il était de bonne humeur, nous bavardions un moment. Parfois nous parlions d'art. Parfois de politique. Jamais nous n'avons eu de relation de maître à servante. Pour lui, j'étais Doris, une amie qui lui avait longtemps manqué et qu'il avait enfin retrouvée.

Un soir, je lui ai parlé des historiettes que j'écrivais dans le cottage de Paul. Sur la femme et l'enfant. Il les a lues avec attention. À plusieurs reprises, je l'ai vu relire la même page.

Quand il a enfin fait un commentaire, il a principalement exprimé son étonnement. « C'est toi qui as écrit tout cela ?

— Oui, pourquoi ? C'est mauvais ?

— Doris, tu as un vrai talent. Tu as un don pour l'écriture. Je te l'ai toujours dit. Tu dois absolument l'exploiter. »

Gösta m'a acheté des cahiers dans lesquels j'ai écrit tous les jours. Des histoires courtes. Je préférais cela. Je n'ai jamais eu le courage de structurer un long récit. Avec mes nouvelles, j'ai pu aider à faire bouillir la marmite. Je les vendais aux magazines féminins. Ils achetaient n'importe quoi du moment que cela parlait d'amour. C'était ce qui faisait vendre. L'amour. Le romanesque. Les *happy ends*. Gösta et moi pouffions de rire dans son canapé bleu marine en lisant à haute voix toutes les banalités que j'inventais. Nous qui étions durement marqués par l'existence, nous nous moquions des gens qui croyaient encore aux histoires qui se terminent bien.

26

« Tu veux bien me donner un peu d'eau ? » demande Doris en tendant la main vers la table. Jenny prend le verre. Doris pose la main sur son poignet et porte le verre à ses lèvres.

« Tu n'as pas envie de boire autre chose ? Du Coca ? Du sirop d'airelles ? Un jus de fruit ?

— Du vin ? » Les paupières de Doris papillonnent.

« Du vin ? Tu veux boire du vin ? »

Doris hoche la tête. Jenny sourit.

« Mais oui, évidemment que tu dois boire du vin. Tu veux du rouge ou du blanc ?

— Du rosé. Bien frais.

— D'accord. Je vais te trouver ça. Cela va prendre un peu de temps, mais tu vas te reposer en attendant.

— Et des fraises.

— Et des fraises. D'accord. Autre chose ? Du chocolat ? »

Doris acquiesce et essaye de sourire, mais elle n'a plus la force de contrôler ses zygomatiques. Seule sa lèvre supérieure se tend et transforme le sourire en un rictus. Elle a du mal à respirer, chaque inspiration provoque un ronronnement dans sa poitrine. Elle est beaucoup plus fatiguée qu'hier. Jenny pose sa joue contre celle de la vieille dame.

« Je reviens très vite », chuchote-t-elle en pensant : *Ne meurs pas pendant que je suis partie. S'il te plaît, Dossi, ne meurs pas.*

Elle court derrière la poussette à travers les flaques de neige, vers le centre commercial de Mörby Centrum. Tyra rit aux éclats, tendant ses petites mains vers les gerbes d'eau qui giclent autour des roues chaque fois qu'elles traversent une flaque de neige fondue. Jenny sent l'humidité traverser le cuir de ses bottes. Une trace noire se dessine autour du pied. La semelle est trop fine pour ce pays. Elle n'arrivera jamais à réparer cela. Elle a oublié de les imperméabiliser.

Au supermarché ICA, elle découvre qu'on ne peut toujours pas acheter d'alcool dans un magasin de nourriture en Suède. Elle peste et repart vers la boutique de vins et spiritueux. Elle est tellement attachée à la Suède où sa grand-mère et sa grand-tante sont nées et ont grandi. Mais apparemment, elle a passé trop peu de temps dans ce pays qu'elle porte aux nues. Elle s'assied sur une chaise près du comptoir pour reprendre son souffle. Au bout de cinq bonnes minutes arrive un homme vêtu d'une chemise verte à carreaux.

« Bonjour, je peux vous aider ?

— Bonjour, je voudrais deux bouteilles de rosé, du bon », dit-elle. Il hoche la tête et l'escorte jusqu'au rayon. Propose une bouteille après l'autre, demande avec quel plat doit s'accorder le vin.

« Ce n'est pas pour accompagner un repas, juste du chocolat et des fraises, répond-elle avec lassitude.

— Vous ne préférez pas plutôt un vin mousseux ? Ou peut-être...

— Non, je voudrais du rosé, le coupe-t-elle, donnez-moi ce que vous prendriez pour vous. » Elle a envie de hurler : Donnez-moi deux foutues bouteilles de rosé, nom de Dieu ! Mais elle se contrôle et sourit poliment lorsqu'il lui tend les deux bouteilles qu'il a choisies. Dès qu'il a le dos tourné, elle se tourne vers le rayon et les échange contre deux autres, avec une étiquette plus raffinée.

— Vous avez des verres ? » demande-t-elle à la femme derrière la caisse en lui tendant son passeport américain.

La femme secoue la tête.

« Essayez chez ICA, ils ont sûrement des verres à vin en plastique. »

Jenny soupire, excédée, et retourne au supermarché. Comment une chose aussi simple peut-elle devenir aussi compliquée ?

Trois fois, la poussette s'enlise dans la neige sur le chemin du retour. Quand elle entre dans le service, elle a si chaud que ses joues sont rouge pivoine. Tyra s'est endormie. Jenny retire sa veste et la suspend aux poignées de la poussette. Son geste fait bouger le sac en plastique avec les bouteilles qui s'entrechoquent. Doris est réveillée et elle sourit en entendant le doux cliquetis. À présent, ses commissures montent normalement et elle n'a plus le teint aussi gris.

« *Pfff*, j'ai pris une de ces suées ! » Jenny attrape un journal et s'évente. « Tu as l'air plus en forme que tout à l'heure !

— Morphine, rétorque Doris d'une voix traînante. On me donne ça pour calmer les douleurs quand elles deviennent insupportables », ajoute-t-elle avec bonne humeur.

Jenny fronce les sourcils. « Où est-ce que tu as mal ?

— Ici et là. Un peu partout. À la hanche et aux jambes et au ventre, aussi. Ça, c'est nouveau. C'est une douleur qui rayonne à l'intérieur. Comme si tout mon squelette était perforé par des milliers de petites aiguilles très pointues.

— Ma pauvre Dossi, c'est affreux ce que tu me racontes ! Et il n'y a rien que je puisse faire pour te soulager ?

— Si, réplique Doris en lorgnant vers le sac de provisions dans le panier de la poussette.

— Tu en veux vraiment ? Tu es sûre que tu as le droit, avec la morphine ? »

Doris hoche la tête vigoureusement et Jenny pose les deux bouteilles sur la table avec la barquette de fraises. Elle tord le sac vide entre ses mains.

« Franchement, quelle importance, je vais mourir de toute façon.

— Non. Je refuse que tu meures. » Jenny se mord la lèvre pour ne pas pleurer.

« Mon cœur, tu dois bien avoir compris, maintenant, que je ne sortirai plus jamais de ce lit ? »

Jenny acquiesce à contrecœur et s'assied sur le lit. Aussi près que possible de Doris qui se rapproche pour que leurs corps se touchent. Le mouvement la fait grimacer de douleur.

« Ça fait si mal que ça ? Malgré la morphine ?

— Seulement quand je bouge. Mais assez parlé de mes bobos. Parle-moi plutôt de Willie. Et de David et de Jack. Et de la maison.

— D'accord, mais d'abord on va trinquer. » Elle verse le breuvage rose pâle dans les deux gobelets en plastique. C'est tout ce qu'elle a réussi à trouver chez ICA. Puis elle appuie sur le bouton de la télécommande pour relever la tête de lit. Doris glisse un peu et Jenny soulève sa tête en posant la main derrière sa nuque. Elle porte délicatement le gobelet à ses lèvres. Elle absorbe bruyamment deux gorgées.

« La Provence, un soir d'été, murmure-t-elle en fermant les yeux.

— Tu es déjà allée en Provence ?

— Souvent. J'y allais régulièrement quand je vivais à Paris. Les nantis donnaient des réceptions là-bas, dans les propriétés viticoles. »

Jenny lui tend une grosse fraise écarlate. « C'était bien ? »

Doris soupire d'aise. « C'était merveilleux.

— Hier soir, j'ai lu le passage sur ta vie parisienne. Tu as vraiment écrit toutes ces pages pour moi ?

— Je ne voulais pas emporter mes souvenirs dans la tombe. Cela me faisait trop de peine d'imaginer qu'ils allaient disparaître à jamais.

— Raconte-moi la Provence en ce temps-là. Parle-moi des fêtes. Avec qui y allais-tu ?

— C'était fascinant. Il y avait des tas de gens célèbres. Des écrivains, des artistes, des créateurs de mode. Tu ne peux pas t'imaginer comme les gens étaient bien habillés. Les matières étaient différentes à cette époque. Elles avaient de la qualité et du lustre.

Nous avions beau nous trouver dans un village en pleine campagne, les femmes étaient toutes vêtues comme pour une remise de prix Nobel. Talons hauts, rangs de perles et énormes diamants. J'entends encore le bruissement des robes en soie. »

Jenny sourit.

« Tu as été mannequin, toi aussi ! Je ne savais pas. C'est pour ça que tu n'avais pas l'air très impressionné quand j'ai travaillé dans la mode. Pourquoi est-ce que tu ne m'en avais jamais parlé avant, Dossi ? Je n'ai aucun souvenir que tu en aies fait mention.

— Sans doute pas. Mais maintenant, je te l'ai raconté par écrit, alors tu vas tout savoir. Ça a juste été un bref épisode dans une très longue vie. Et puis tu sais ce que c'est, quand on est devenue vieille et qu'on partage ce genre de souvenirs, on vous regarde d'un air dubitatif. Qui peut croire en voyant une vieille bonne femme comme moi qu'elle a été mannequin dans sa jeunesse ? D'autant plus que j'ai fini ma vie comme je l'ai commencée. Comme simple domestique. Ni plus ni moins.

— Décris-moi ce que tu portais à ces réceptions.

— Je portais des tenues somptueuses, des créations magnifiques. J'étais là pour ça. Pour défiler devant la haute société dans des modèles de haute couture.

— Ça devait être extraordinaire ! J'aurais tellement aimé savoir tout ça avant, Doris. Moi, je t'ai toujours trouvée magnifique, alors ça ne me surprend pas. Et je suis sûre que cela ne m'aurait pas étonnée. Quand j'étais petite, je te disais tout le temps que j'aimerais te ressembler quand je serais grande, tu te souviens ? »

Doris, émue, lui caresse la joue. Elle a du mal à respirer.

« La vie était plus facile avant la guerre. Et quand on était jeune et jolie, on obtenait beaucoup de choses gratuitement.

— Trop tard, en ce qui me concerne, dit Jenny en tirant avec une grimace ironique sur la peau de son cou. Comment est-ce arrivé ? Comment suis-je tout à coup devenue cette vieille dame toute ridée ?

— Cesse de dire des bêtises. Je t'interdis de parler de toi-même de cette façon. Tu es jeune et belle. Et tu es à peine à la moitié de ta vie. »

Jenny la regarde, réfléchit.

« Il te reste des photos de cette époque ?

— Pas beaucoup, je n'en ai pris que quelques-unes avec moi en quittant Paris. Elles sont rangées dans deux boîtes en fer, dans l'armoire.

— Tu es sûre ?

— Tu les trouveras quelque part, sous les vêtements. Deux boîtes en fer-blanc, cabossées et rouillées. Elles ont traversé la moitié de la planète, et ça se voit. L'une des deux a contenu du chocolat, jadis. C'est Allan qui m'en avait fait cadeau et je n'ai jamais pu m'en séparer. C'est à cause de lui que j'ai pris l'habitude de conserver mes souvenirs dans des boîtes en fer.

— Je les chercherai ce soir. Tout cela est passionnant. Si je trouve des photos, je te les apporterai demain et tu me parleras des gens qui sont dessus. Tu veux une autre fraise ? »

Tyra ronchonne et lève les bras pour que sa mère la sorte de la poussette. Le ronchonnement se transforme rapidement en sanglots sonores. Jenny la détache et serre le petit corps contre elle, l'embrasse sur les joues et la berce à cheval sur ses cuisses.

« Elle doit avoir faim, il faut que je l'emmène à la cafétéria. Dors un peu. Nous reviendrons très vite, et tu me parleras encore de Paris. »

Doris acquiesce. Elle est si fatiguée que ses paupières se ferment avant que Jenny ait eu le temps de partir. Elle la regarde quelques instants, portant Tyra sur une hanche. Doris est enveloppée dans la couverture jaune pâle de l'hôpital, aussi frêle qu'un oisillon tombé du nid. Elle a les cheveux tout plats, on devine la peau blanche de son crâne au travers. Sa beauté l'a quittée avant l'heure. Jenny résiste à l'envie de l'embrasser et s'en va, à pas rapides, vers la cafétéria. *Ne meurs pas, s'il te plaît, ne meurs pas pendant mon absence*, songe-t-elle comme chaque fois qu'elle s'éloigne.

Un petit carnet rouge

N. NILSSON, GÖSTA

Il était perfectionniste jusqu'au bout des ongles et il y avait chez lui une ferveur et une capacité de concentration comme je n'en ai jamais rencontrées, ni avant ni après – à la limite de la folie. Quand il peignait, il pouvait rester debout devant la même toile pendant des semaines. Totalement inaccessible. Il ne mangeait pas, ne parlait pas. Toute son énergie était concentrée sur les innombrables figures géométriques du tableau et sur l'image qu'elles composaient. C'était une histoire d'amour, une passion qui prenait possession de son corps et de sa raison. Il disait souvent qu'il ne pouvait pas lutter, qu'il n'avait pas d'autre choix que de se laisser emporter et de regarder le tableau prendre forme sous ses yeux.

« Ce n'est pas moi qui peins. Je suis surpris chaque fois en découvrant le résultat. Les images viennent à moi, comme si quelqu'un d'autre s'exprimait à travers moi », m'a-t-il expliqué un jour.

Souvent je l'observais à distance. J'étais fascinée de voir que, malgré les critiques d'art qui le descendaient systématiquement en flèche, il gardait son énergie créative. Il y avait heureusement quelques rares personnes qui prétendaient le comprendre et qui lui achetaient ses toiles pour qu'il ne meure pas de faim. Des gens très riches, animés d'une passion dévorante pour l'art. La décoration de l'appartement de Bastugatan était entièrement inspirée par ses fantasmes sur Paris. Les murs de son atelier étaient couverts de représentations de cette ville qu'il aimait tant. Il y avait accroché des tableaux qu'il avait peints lui-même, des coupures de journaux, des cartes postales que je lui avais envoyées. Nous évoquions souvent ce lieu qui nous manquait à tous les deux, il rêvait d'y retourner. Nous nous disions sans y croire qu'un jour nous irions ensemble.

Quand la guerre s'est terminée en 1945, nous avons fait la fête avec les autres dans l'avenue Kungsgatan. Gösta n'aimait pas la foule, mais il ne voulait pas rater ça. Il a défilé avec un drapeau français, moi avec un drapeau suédois. Comme partout en Europe, le retour à la paix avait déclenché une euphorie générale. Les gens riaient, chantaient, criaient et lançaient des confettis.

« Tu comprends ce que ça veut dire, Doris ? On va pouvoir y aller ! On va enfin pouvoir retourner à Paris ! » Gösta agitait son drapeau tricolore comme un fou et je ne l'ai jamais entendu rire d'aussi bon cœur. Lui qui était si amer, si pessimiste, semblait enfin avoir repris espoir.

« L'inspiration, ma chère, il faut que je retrouve l'inspiration. Et c'est là-bas qu'elle se trouve, pas ici. » Il avait le regard d'un dément à l'idée de revoir ses amis artistes de Montmartre.

Mais l'argent a manqué. Et le courage de partir – apanage de la jeunesse – aussi. Paris est resté un rêve. Et tout comme les amours perdues, ce qui n'existe plus que dans nos rêves devient plus merveilleux encore. Dans un sens, je suis contente qu'il n'y soit jamais retourné. La déception aurait été trop cruelle. Il aurait découvert que l'inspiration ne se trouvait pas dans un endroit en particulier, comme il se l'imaginait, mais en lui. C'était à lui de la chercher et de la laisser émerger des tréfonds de son être, aussi ardu et lent que s'avère le processus. Cette quête était un éternel recommencement, il avait peine à le comprendre.

La capitale française planait au-dessus de nos têtes comme l'image idéalisée d'un passé où tout était mieux. On en voit encore les vestiges dans l'appartement. Dans les meubles, les livres en français, les tableaux. Paris, la ville où nos âmes étaient restées prisonnières.

Quand Gösta était de bonne humeur, je lui parlais français. Il ne comprenait que quelques mots de cette langue et je lui en enseignais de nouveaux. Il adorait cela.

« Un jour on ira, Doris, toi et moi », continuait-il à répéter, inlassablement, même après avoir compris que cela n'arriverait pas.

Je ne le contredisais jamais. Je hochais la tête et je souriais.

« Oui, Gösta. Un jour, on ira. Un jour. »

27

Elle nourrit Tyra directement dans le petit pot avec son étiquette bariolée qui indique qu'il s'agit d'un ragoût de bœuf et de pommes de terre. Bio, cela va sans dire. La petite fille est toute barbouillée et à chaque bouchée, Jenny doit racler le trop-plein autour de sa bouche. Tyra mange, docile, mais essaye chaque fois d'attraper la cuillère. Jenny secoue la tête et continue à la gaver.

« Il faut se dépêcher. Vite, vite, Tyra doit avaler le miam », dit-elle en langage bébé, imitant le ronronnement d'un avion à hélice avec ses lèvres en approchant de la bouche. La petite fille ouvre son garage une dernière fois mais ensuite, elle garde la bouche fermée, tente de saisir la cuillère et pleurniche parce qu'elle n'y arrive pas. Les personnes assises à la table voisine tournent vers elles un regard agacé quand le geignement se transforme en un hurlement strident. Jenny renonce et donne la cuillère tant convoitée à Tyra. Elle se tait aussitôt et se met à frapper le petit pot avec son nouveau jouet, faisant gicler la purée partout. Leurs voisins de table fusillent Jenny du regard. *Mêlez-vous de vos affaires, et estimez-vous heureux ! Au moins, elle ne pleure pas*, songe Jenny en essuyant comme elle peut la table à l'aide d'une serviette en papier.

« Maman revient tout de suite, Tyra. » Elle se lève et court acheter un sandwich au comptoir, sans quitter sa fille des yeux. Avant de revenir auprès d'elle, elle a eu le temps de croquer deux bouchées de pain sans garniture. Mais, quand la saveur du jambon suédois envahit ses papilles, elle se fige, ferme les yeux un instant. Un souvenir vient de lui revenir. Les tartines que lui préparait Doris pour l'école – les premiers vrais repas qu'elle avait eus dans sa *lunchbox*. Jusque-là, sa boîte de déjeuner n'avait contenu que des biscuits et une pomme.

Jenny se souvient de l'endroit où elle se trouvait la première fois qu'elle a vu Doris. Elle était assise dans l'angle d'un canapé rouge, enveloppée dans une couverture, en train de regarder fixement un écran de télé vide et neigeux. Elle avait quatre ans. Doris avait frappé à la porte, et elle était arrivée en plein drame. Elle avait tout de suite remarqué sa maman qui dormait par terre sur le tapis de la cuisine avec de la bave qui lui coulait de la bouche. Sa robe couvrait à peine la moitié de ses cuisses, et ses collants étaient filés en dessous du genou. La petite Jenny l'avait vue tomber. Sa maman avait dû se couper sur quelque chose parce qu'elle avait un peu de sang séché sur la figure.

Jenny est secouée d'un tremblement rétrospectif. Le souvenir de sa terreur de l'époque lui coupe le souffle. Elle se rappelle son mouvement de recul quand cette drôle de dame qui parlait anglais avec un accent bizarre était entrée dans la pièce. Elle avait cru que c'étaient les services sociaux de la commune qui venaient la chercher pour l'emmener à l'orphelinat, comme maman disait quand elle était en colère. Jenny avait remonté la couverture plus haut, cachant la moitié de sa figure. Son haleine avait rendu la couverture toute molle et humide à l'intérieur. Doris s'était précipitée vers Elise. C'était elle qui avait mis sa mère en position latérale de sécurité et appelé une ambulance. Elle qui l'avait rassurée en lui caressant les cheveux, jusqu'à l'arrivée des secours. Quand Elise avait été emmenée dans la nuit glacée par deux ambulanciers costauds, Doris était revenue s'asseoir près de Jenny sur le canapé. Ses cheveux étaient humides aux tempes parce qu'elle avait eu très chaud et son cœur battait si fort que Jenny en avait ressenti les pulsations dans son propre corps. Doris pleurait et, en voyant ses larmes, Jenny l'avait trouvée moins effrayante.

Elle grelottait. Regardait dans le vide en claquant des dents. Elle ne pouvait plus s'arrêter de trembler. Doris avait posé doucement une main tiède sous son menton et lui avait caressé longuement le dos avec l'autre. Elle avait murmuré « Là, là, chut… » pendant si longtemps que les mots étaient devenus une mélodie qui avait empli la pièce déserte et silencieuse. Elles étaient restées ainsi pendant des heures. Doris n'avait pas essayé de lui parler. Pas à ce moment-là. Plus tard dans la soirée, Jenny s'était endormie sur les genoux de Doris, sa main sur sa joue.

Jenny est tirée de ses pensées par un bruit sec. Tyra a jeté le petit pot par terre. Elle a de la purée sur la figure et sur son pull-over. Jenny le lui retire et la débarbouille avec. Elle fouille dans le sac à langer pour trouver un haut propre, mais les petits doigts sales ont déjà eu le temps de maculer le ventre rond. Enchantée, Tyra contemple son œuvre, puis tape dessus des deux mains pour bien étaler la substance collante.

« Oh, non, Tyra, ne fais pas ça. S'il te plaît, mon cœur, on est pressées. »

Jenny passe une lingette sur son ventre, son cou, son visage et ses mains et la rassoit à moitié nue dans la poussette. Elle coince le pull propre sous les fesses de Tyra, laisse la table en désordre et s'en va rapidement. Il faut qu'elle retourne auprès de Doris. Elle a besoin d'en savoir plus avant qu'elle ne meure. Elle court dans le couloir et manque de déraper en entrant dans la chambre.

« Comment as-tu fait pour arriver pile à ce moment-là ? »

Doris sursaute, elle dormait. Elle se frotte les yeux. Tyra a froid, elle pleurniche. Jenny lui enfile le pull propre, sans quitter Doris des yeux.

« Qui t'a appelée ? Quand tu lui as sauvé la vie, la première fois que je t'ai vue. Comment as-tu su ?

— C'est… » Elle s'éclaircit la gorge. Elle a du mal à parler. Jenny prend le verre d'eau sur la table de nuit et l'aide à boire.

« C'est elle qui m'a appelée, reprend Doris.

— Maman ?

— Oui, ta maman. Je ne l'avais pas vue depuis plusieurs années. Depuis que tu étais bébé. Elle m'écrivait de temps en temps et moi, je lui téléphonais parfois. Les communications téléphoniques coûtaient cher en ce temps-là, et elle ne me répondait pas toujours quand je l'appelais.

— Qu'est-ce qu'elle t'a dit quand elle t'a téléphoné ? Qu'est-ce qui t'a convaincue de venir aux États-Unis ?

— Chérie…

— Raconte-moi. Tu peux tout me dire. Elle est morte. J'ai besoin de savoir la vérité.

— Elle m'a dit qu'elle allait te faire adopter.

— Me faire adopter, moi ? Mais par qui ?

— Par n'importe qui. Elle voulait aller dans les quartiers riches du New Jersey et t'abandonner sur un trottoir. Elle disait que n'importe quelle vie serait préférable à une vie avec elle.

— Elle n'avait sans doute pas tort. Pour autant que je m'en souvienne, c'était son addiction à la drogue qui dirigeait sa vie, pas elle. N'importe quoi aurait été mieux que cela, sans aucun doute.

— Je suis partie tout de suite. J'ai pris le premier avion depuis Stockholm.

— Et si…

— Oui…

— Et si elle était morte tout à coup, avant d'avoir eu le temps de te prévenir ? J'aurais eu une vie complètement différente.

— Je crois que c'est ce qu'elle voulait pour toi. Elise n'avait plus envie de vivre, elle n'en avait plus la force.

— C'est grâce à toi si elle a survécu.

— Tout est une question de timing. » Doris presse doucement sa main pour lui montrer qu'elle plaisante, malgré le caractère tragique de ce souvenir.

« Je vais passer ma soirée à jouer à : *Et si*...

— Et si je ne t'avais jamais rencontrée ?

— Non, ça je refuse de l'imaginer, même par jeu. Tu es obligée de faire partie de ma vie, Doris. Je ne sais pas si j'y arriverais sans toi. »

Elle fond en larmes.

« Tu m'as sauvé la vie !

— Tu vas t'en sortir, Jenny. Tu es forte. Tu l'as toujours été.

— Je n'étais pas forte le jour où tu as dû me tenir le menton pour éviter que je me casse les dents tellement elles claquaient.

— Tu avais quatre ans, ma chérie. Et puis tu te trompes. Même ce jour-là, tu as été d'une force incroyable. Tu es courageuse. Tu as vécu les premières années de ta vie dans un chaos total et, malgré cela, tu as survécu et tu es devenue la femme que tu es aujourd'hui. Tu te rends compte de cela ?

— Qu'est-ce que je suis aujourd'hui ? Une mère de famille sans carrière qui ne ressemble plus à rien.

— Pourquoi dis-tu cela ? Pourquoi dis-tu que tu ne ressembles plus à rien ? Tu es plus jolie que la plupart des jeunes femmes de ton âge et plus intelligente. Tu le sais très bien. Toi aussi, tu as été mannequin, rappelle-toi. Et tu as fait des études.

— J'ai le visage pâle comme une toile vierge. Et je suis grande et mince. C'est ça être belle ? Non. Ça, c'est être quelqu'un qu'on peut transformer en ce qu'on veut. Quand on veut. Et c'est cela dont on a besoin dans le monde de la mode. Je ne suis jamais allée au bout de mes études. Je n'ai aucun diplôme. J'ai rencontré Willie. Et je suis devenue mère.

— Cesse de te dévaloriser. Il n'est jamais trop tard. Pour quoi que ce soit. » Doris lui lance un regard sévère.

« C'est toi qui dis ça ? Qu'il n'est jamais trop tard ? Tu ne m'as pas dit tout à l'heure que la vie était plus facile quand on était jeune et jolie ?

— Mais tu l'es, jolie ! Et tu as du talent. Il n'en faut pas plus. Change ton regard sur les choses. Concentre-toi sur ce que tu sais faire au lieu de penser à tout ce que tu ne sais pas faire. Recommence à écrire. Cultive-toi. En fin de compte, c'est la seule chose qui dure. On est ce que l'on a dans la tête. »

Jenny renâcle. « Écrire, tu n'as que ce mot-là à la bouche.

— Quand vas-tu te mettre dans la tête que tu es faite pour cela ? Tu as gagné des prix à l'université, rappelle-toi.

— C'est vrai que j'ai gagné quelques prix. Mais de quoi veux-tu que je parle ? Je n'ai rien d'intéressant à raconter. Rien du tout. Ma vie est à mourir d'ennui. Aux yeux des autres, elle peut sembler parfaite, mais elle est sans relief, sans passion, sans surprise. Willie et moi sommes deux amis qui gérons ensemble une société appelée *Famille*. C'est tout ce qu'il y a à en dire.

— Alors invente.

— Inventer quoi ?

— Invente-toi la vie que tu aimerais avoir. Et écris… » Elle fait une pause pour reprendre son souffle, puis chuchote presque : « … tout ce qui te passe par la tête ! Ne laisse pas passer cette chance.

Ne gaspille pas tes souvenirs. Et pour l'amour du ciel, ne gaspille pas ton talent !

— C'est ce que tu as l'impression d'avoir fait ?

— Oui.

— Tu le regrettes ?

— Oui. »

Doris a un spasme et appuie fortement le menton contre la poitrine. Sa bouche se tord et elle ferme les yeux. Jenny appelle à l'aide et une infirmière arrive en courant. Celle-ci presse le bouton d'alarme et aussitôt trois femmes en blanc se retrouvent penchées au-dessus de Doris.

Jenny essaye de voir entre leur dos. « Que se passe-t-il ? Elle va bien ? »

Le visage de Doris a repris son expression normale, sa bouche est à nouveau détendue. Mais son visage est un peu bleu.

« Nous devons la ramener en soins intensifs. » Une infirmière écarte Jenny et lâche les freins du lit d'un coup de pied décidé.

« Je peux l'accompagner ? »

Une autre infirmière, une petite brune, secoue la tête.

« Elle a besoin de repos. Nous vous tiendrons informée.

— Mais je voudrais être là si elle, quand elle, enfin…

— Nous ferons en sorte que vous soyez prévenue à temps. Elle semble à nouveau stabilisée, mais son cœur est faible. C'est normal. Quand on approche de la fin, je veux dire. »

Elle sourit avec compassion et rejoint les deux autres qui se sont déjà éloignées dans le couloir en poussant le lit. Jenny reste là, immobile, le cœur battant. Elle ne peut pas voir Doris, cachée derrière le panneau en contreplaqué du pied du lit. Jenny croise les bras autour de sa poitrine et serre les poings.

28

Elle déniche les boîtes en fer-blanc pleines de photos tout au fond d'une armoire, bien cachées. L'une est enroulée dans une épaisse couche de ruban adhésif, l'autre non. Elle retire le Scotch avec un couteau de cuisine, puis ouvre les deux boîtes dont elle étale le contenu en demi-lune sur la table de la cuisine, mélangeant les souvenirs de Paris avec ceux de New York. Au milieu du tas, elle se reconnaît elle, Jenny, dans la petite fille aux cheveux bouclés qui danse, sa robe en corolle autour des jambes. Elle sourit et met la photo de côté. Celle-là, elle va la garder pour la montrer à Willie. Elle a si peu de souvenirs de son enfance. D'autres photos sont plus anciennes. Sur l'une d'entre elles, Doris est appuyée à un mur, une main retenant son chapeau. Elle est de profil et elle regarde la tour Eiffel. Elle porte une jupe plissée de couleur sombre et un chemisier apparemment assorti, avec un col blanc et des boutons recouverts de tissu. Ses cheveux sont coiffés en vagues souples qui encadrent son visage. Il y a également un portrait en plan serré. Ses sourcils sont fins, nets et peints en noir. Sa peau est poudrée dans une teinte claire et ses lèvres brillantes et très maquillées. Elle a des cils interminables et son regard est voilé, comme si elle se rêvait dans un tout autre endroit. Jenny regarde la photo de plus près. La peau de Doris est complètement lisse, on ne voit pas une ride, pas la moindre tache de rousseur. Son nez est droit, ses yeux immenses, ses joues ont la rondeur de l'adolescence. Doris est incroyablement jeune et jolie.

Jenny laisse son regard glisser sur les clichés, de gauche à droite. C'est comme de faire un voyage dans le temps. Le texte de Doris prend une autre dimension quand elle voit à quel point elle était belle. Elle prend une photo sur laquelle Doris porte des escarpins à lanières et une robe souple à taille basse avec un large drapé sur la poitrine. Elle pose, une main légèrement écartée du corps. Elle a le menton levé et une expression hautaine. Elle a l'air de mépriser l'objectif. Un chapeau cloche est enfoncé sur sa tête. La photo ne ressemble en rien à celles pour lesquelles Jenny posait dans les années quatre-vingt. À cette époque-là, les femmes devaient avoir la bouche en cœur et les lèvres entrouvertes. Les photographes disaient aux mannequins de faire l'amour avec l'objectif et il fallait deviner la naissance de leurs seins dans des décolletés profonds, de préférence enduits d'huile pour les rendre plus appétissants. On se donnait un mal fou pour faire voler les cheveux des modèles dans le souffle d'énormes ventilateurs. Le résultat était rarement satisfaisant d'ailleurs. Les mèches venaient se coller sur la figure, cachaient les yeux ou se dressaient à la verticale. Les ventilateurs étaient le cauchemar des stylistes des années quatre-vingt. Elle sourit en repensant à cela. Un jour, elle montrera à ses enfants les photos d'elle qu'elle a gardées dans une sacoche en cuir noir au grenier. Elles sont encore rangées dans le book qu'elle trimbalait à longueur de journée, le montrant aux photographes et aux agences de publicité pour essayer de décrocher des contrats. Willie a déjà vu ces photos, les enfants jamais ; ils ne savent rien de son passé. Il faut qu'elle le leur raconte. Doris aurait dû lui raconter tout cela depuis longtemps.

Le téléphone sonne et elle se jette dessus pour qu'il ne réveille pas Tyra.

« Bonsoir chéri !

— Je vais te le dire une seule fois et je ne le répéterai pas. Rentre à la maison ! »

Jenny se raidit en entendant le commandement brutal. Elle emporte le téléphone dans la cuisine, après avoir tiré la porte de la chambre, en laissant une petite ouverture pour entendre Tyra.

« Pourquoi, il s'est passé quelque chose ?

— Il se passe que tu n'es pas là. Rentre.

— Non. Nous en avons déjà parlé. Je resterai tant qu'elle est en vie, lance-t-elle, furieuse.

— Tu te rends compte de ce que tu me fais ? Je vais perdre mon job si ça continue.

— Si quoi continue ? Dis-moi ce qui se passe !

— C'est le chaos, c'est tout.

— Les garçons se sont disputés ?

— C'est le moins qu'on puisse dire. Ils se disputent sans arrêt. Je ne peux pas à la fois m'occuper de mon travail et m'occuper de la maison. Ce n'est pas possible. Je ne comprends pas comment tu fais.

— Calme-toi, je t'en prie. Ce n'est quand même pas le bagne. On va trouver une solution, tu vas prendre quelqu'un pour t'aider.

— Combien de temps est-ce qu'il lui reste ? »

Jenny sent quelque chose se briser en elle. Maintenant, c'est elle qui en a assez.

« Combien de temps ? Attends, je vais demander à la grande faucheuse, elle est justement là en train de nous souffler dans la nuque à toutes les deux. Comment veux-tu que je le sache ? Cela dit, merci de prendre enfin de ses nouvelles. Elle ne va pas bien. Et elle n'en a plus pour très longtemps. Et puisque tu ne me poses pas la question, je ne m'amuse pas beaucoup non plus. Je l'aime. Elle a été comme une grand-mère pour moi, comme une mère. Elle m'a sauvé la vie et je n'ai pas l'intention de la laisser mourir toute seule. Comment peux-tu même me poser une question pareille ? »

Willie se tait. Quand il parle à nouveau, c'est d'un ton contrit, désolé.

« Pardonne-moi, mon amour. J'ai dépassé les bornes. Mais je suis complètement perdu, ici, tu comprends ? Sérieusement, comment fais-tu pour arriver au bout d'une journée ? C'est horrible.

— J'y arrive parce que je vous aime. C'est aussi simple que ça. »

Elle entend qu'il sourit à l'autre bout de la ligne. Attend ce qu'il va dire.

« Comment s'appelle cette fille que nous avions engagée comme baby-sitter, la dernière fois ?

— Celle qui habite sur Parkway Drive ? Sophie.

— Tu crois qu'elle pourrait venir nous donner un coup de main ? Préparer la *lunchbox* le matin et être là l'après-midi, quand ils rentrent de l'école ?

— Peut-être. Appelle-la. Je t'envoie son numéro.

— Merci. Je t'ai déjà dit que tu es une perle ?

— Non. C'est la première fois.

— Alors, je te demande pardon. Tu fais un travail fantastique. Et je suis un égoïste.

— Pas faux.

— Mais tu m'aimes quand même ? »

Elle hésite un instant. Prend son temps pour répondre.

« Oui. Parfois. Tu as tes bons côtés.

— Tu me manques.

— Toi tu ne me manques pas quand tu es comme ça. Il faut que tu comprennes à quel point c'est important pour moi d'être ici. Et que c'est assez dur sans que tu essayes de me faire culpabiliser en plus.

— Je m'en veux. Et je te promets que c'est sincère.

— OK.

— Pardonne-moi, je t'en supplie.

— Je vais y réfléchir. Où en es-tu avec Allan ?

— Hein ? Qui ?

— Allan Smith. Tu devais voir avec Stan. Ne me dis pas que tu as oublié ! Il faut absolument qu'on le retrouve !

— Merde ! Je suis désolé ! C'est vraiment le bordel à la maison, chérie, ça m'est complètement sorti de la tête.

— Comment as-tu pu oublier ? C'est terriblement important ! Pour moi et pour Doris.

— Encore une fois, pardon. Je suis irrécupérable. Je l'appelle tout de suite. On raccroche et je l'appelle ! Je t'aime. À très vite ! »

Un petit carnet rouge

A. ANDERSSON, ELISE

Une petite robe rouge avec une jupe ample. Des boucles blondes et des frisottis aux tempes. Des bras qui battaient l'air. Tu ne t'arrêtais jamais de danser, Jenny. Tu tournais sans cesse autour de mes jambes. J'essayais de t'attraper et tu éclatais de rire. Parfois, je réussissais à te prendre une main et nous riions ensemble. Je faisais des prouts avec ma bouche sur ton ventre. Ton ventre tiède et doux… Tu me tirais les oreilles, tu me pinçais les lobes entre tes doigts. Tu me faisais mal, mais je ne te demandais jamais d'arrêter. Je ne voulais pas te chasser alors que tu t'approchais enfin.

Ces moments que nous avons eus ensemble ont été les plus beaux de ma vie. Je n'ai jamais connu la joie d'être mère. C'était peut-être aussi bien. Mais je t'ai eue, toi. J'ai eu le privilège de faire partie de ton existence. De t'aimer d'un amour inconditionnel. D'être auprès de toi quand ta maman n'en était pas capable. Et tu ne peux pas savoir le bonheur que ça a été pour moi. Parce que j'ai pu t'aider à un moment où tu en avais besoin. Je l'ai vécu comme un cadeau et, encore aujourd'hui, il m'arrive d'avoir un peu honte de la joie que je ressentais quand, parfois, elle devait s'éloigner de toi. Quand j'avais le plaisir de préparer ton déjeuner, de t'accompagner à l'école, de poser un baiser sur ta joue en te souhaitant une bonne journée. Quand c'était moi qui te faisais faire tes devoirs, qui t'emmenais au zoo, qui te chantais des chansons qui parlaient d'animaux et allais manger une glace avec toi.

Après chacune de nos visites au jardin d'acclimatation, tu refusais de manger de la viande. Tu serrais les lèvres quand je voulais te donner du jambon, du poulet ou du poisson.

« Le poisson est content d'être vivant, disais-tu d'un ton décidé. Je veux qu'il vive. Tous les animaux ont le droit de vivre ! »

Alors nous mangions du riz et des pommes de terre pendant des semaines jusqu'à ce que, comme font souvent les enfants, tu oublies les animaux et que tu te remettes à manger de la viande. Déjà quand tu étais petite, tu avais bon cœur, Jenny. Tu aimais la terre entière. Même ta maman qui ne se montrait pas à la hauteur de tes attentes. Elise ne s'occupait pas de toi. Elle ne savait pas de quoi tu avais besoin. Elle n'avait pas la vie facile, mais toi non plus. Ce n'était simple pour personne de la côtoyer.

Elle t'envoyait des cadeaux du centre de désintoxication. D'énormes jouets que nous allions chercher au bureau de poste. Un tipi d'Indien, une maison de poupée, d'énormes peluches, plus grandes que toi. Tu te souviens ? Tu les attendais toujours avec impatience. Plus d'impatience que tu n'avais de la retrouver, elle. Nous jouions avec tes jouets pendant des heures. Juste toi et moi. Toi, moi et le jeu. Nous étions si bien ensemble.

29

Au fond des boîtes, il y a aussi des lettres. De minces enveloppes adressées à Doris, avec des timbres américains. Jenny remarque l'année d'affranchissement et l'écriture. Elle les lâche comme si elle s'était brûlé les doigts. Les lettres tombent sur le plancher.

Le jet de la douche réchauffe son corps et, pourtant, elle continue à trembler. Elle est assise par terre, recroquevillée dans l'angle du bac, la pomme de douche entre ses genoux. Elle regarde son reflet dans l'Inox. Elle voit ses yeux, fatigués, et les rides profondes, au coin. Elle devrait aller dormir, se coucher auprès de Tyra. Mais à la place, elle enfile la robe de chambre rose de Doris et va s'asseoir à la table de la cuisine. Elle regarde les lettres. Est-ce dans ces lettres que sa mère dit qu'elle ne veut plus d'elle ?

Enfin, elle ose. Elle les sort de la boîte.

Hello Doris, j'ai encore besoin d'argent. Tu peux m'en envoyer ?

Elle les lit, les unes après les autres. Les lettres ne contiennent aucune formule de politesse, aucune question sur la santé de Doris.

Les livres que tu m'as postés sont bien arrivés. Merci. Les bouquins de classe, c'est bien, mais j'ai surtout besoin d'argent. Il nous en faut pour manger et pour acheter des vêtements à la petite. Merci pour ta compréhension.

Jenny trie les lettres par date. Les premières parlent d'argent. Ensuite, le ton change.

Doris, je ne supporte plus de l'avoir à la maison. Tu veux savoir comment elle est venue au monde ? Je ne te l'ai jamais raconté. J'étais complètement défoncée. À l'héro, comme d'habitude. Je ne sais même pas à quoi il ressemblait. Juste qu'il a débarqué de je ne sais où et qu'il m'a baisée toute la nuit. Par tous les trous. J'avais des bleus partout le lendemain. Tu imagines quel genre de gosse peut naître dans ces conditions ? Elle était accro à la naissance. Elle n'arrêtait pas de chialer. Reviens m'aider, s'il te plaît.

Elle lit encore.

Elle ne veut plus dormir depuis que tu es partie. Elle ne s'endort que lorsqu'elle tombe d'épuisement. C'est comme ça tous les soirs. Je ne vais pas la garder. Demain, je la donnerai au premier venu. Je n'ai jamais voulu qu'elle naisse.

« *Hello ? Hello ?* Qui est-ce ? »

Jenny est assise, en état de choc, le téléphone à la main.

« Jenny ? Jenny, c'est toi ? Il est arrivé quelque chose ? Doris est morte ?

— Elle ne m'aimait pas.

— Qui ? Doris ? Bien sûr qu'elle t'aimait. Comment peux-tu dire ça, chérie ?

— Maman.

— Qu'est-ce que tu veux dire ? Que s'est-il passé ? Qu'est-ce que Doris t'a raconté ?

— Elle ne m'a rien raconté. J'ai trouvé des lettres. Des lettres dans lesquelles maman dit qu'elle me haïssait. Que j'étais accro à l'héroïne à ma naissance.

— Tu le savais déjà, non ?

— Elle a été violée. Une nuit entière. C'est comme ça que j'ai été conçue.

— C'est vrai ?

— J'aurais voulu ne jamais lire ces lettres.

— Ma chérie… » Il respire pesamment au bout du fil. « Avant de les ouvrir, tu savais que c'était elle qui les avait écrites ?

— J'ai reconnu son écriture. Je n'ai pas pu m'empêcher de les lire. »

Elle craque et se met à hurler, hystérique. « Putain d'enfance de merde !

— Oui. Mais tu es adulte, maintenant, mon amour, et tu as une belle vie. Et tu m'as, moi. Et les enfants. Et ils adorent leur maman. Et moi je t'aime, plus que tout. »

Elle renifle, se frotte les yeux. Passe la main dans ses cheveux. « Je t'ai, toi. Et j'ai les enfants.

— Et tu as eu Doris pour prendre soin de toi, toute ta vie. Imagine si elle n'était pas venue.

— Maman m'aurait donnée à quelqu'un.

— Doris est venue quand ta mère a dû partir en cure de désintoxication. Je suis sûr que c'est à ce moment-là qu'elle a écrit ces lettres et qu'elle n'était pas dans son état normal. Ça coûtait cher de téléphoner en ce temps-là. Elle a dû les écrire et les mettre à la boîte sans réfléchir à ce qu'elle faisait. Doris n'aurait pas dû les conserver. Vous avez aussi eu des bonnes périodes, ta mère et toi.

— Qu'est-ce que tu en sais, putain ?

— Ne jure pas. J'essaye de te consoler. Et je le sais parce que c'est toi qui me l'as dit.

— Peut-être que je t'ai raconté des histoires. Pour te faire croire que j'étais normale.

— C'est ce que tu as fait ?

— Peut-être. Quelquefois. Je n'en sais rien.

— Mets ces lettres à la poubelle. C'est du passé. Ça n'a plus d'importance. Essaye de dormir un peu.

— Je crois que c'est très important, au contraire. J'ai vécu toute ma vie dans l'illusion.

— L'illusion de quoi ?

— L'illusion qu'elle m'avait aimée malgré tout.

— Bien sûr qu'elle t'a aimée. Elle était droguée quand elle a écrit ces saletés. Et nous, on t'aime. *Je* t'aime. Je t'aime plus que tout au monde. Les enfants t'aiment. Il y a des tas de gens qui t'aiment. Ne l'oublie jamais. Et ce qui est arrivé à ta mère n'était pas de ta faute.

— Ce n'était pas de ma faute.

— Non, ce n'était pas de ta faute. Ce n'est jamais la faute des enfants quand les parents sont inaptes à les élever. C'était à cause des drogues.

— Et du viol.

— Ne pense pas à ça. Il était écrit que tu devais venir au monde, c'est ça qu'il faut retenir. Tu étais destinée à être ma femme et la merveilleuse maman de nos enfants. »

Elle pleure. « Doris va mourir bientôt.

— Je comprends que ce soit difficile pour toi. Pardonne-moi d'avoir été égoïste en te demandant de rentrer à la maison.

— Tu ne me demandes plus de rentrer, alors ?

— Non. Tu me manques. Je t'aime, j'ai besoin de toi, mais je comprends, à présent. Je voudrais être près de toi pour te couvrir de baisers.

— Et me serrer dans tes bras.

— Oui. Et te serrer dans mes bras. Essaye de dormir, ma chérie. Tout va s'arranger. Je t'aime. Plus que tout. »

Jenny raccroche et regarde à nouveau les lettres. Elle ne veut pas, elle ne doit pas, mais elle le fait quand même. Elle relit les mots, encore et encore. Les mots d'une mère absente. D'une mère qui n'en était pas une.

30

Ce n'est pas la peur. Ni la nausée. Ni le chagrin. Ni la peine d'être séparée de sa famille, en Amérique. Ce sont les souvenirs oubliés qui remontent à la surface. L'un après l'autre, ils reviennent la hanter. Toutes ces choses qu'elle a refoulées depuis toujours la tiennent éveillée en cette nuit calme et noire à Stockholm. Elle finit par avoir la tête tellement encombrée qu'elle laisse à nouveau Tyra toute seule et retourne s'asseoir dans la cuisine, enveloppée dans le couvre-lit, ses jambes nues pliées sous le menton. La liasse de feuillets imprimés est posée sous ses yeux. La vie de Doris. Elle reprend sa lecture, à la recherche de bons souvenirs. Mais elle n'arrive pas à se concentrer, les lettres se mélangent. Elle ne parvient plus à trouver un sens à tous ces mots suédois.

Les mauvais souvenirs sont en anglais. Toutes les choses laides sont arrivées en Amérique. Les passages en suédois évoquant le bonheur et la sécurité. Doris est l'Amour. Elle est venue quand on a eu besoin d'elle, elle est restée tant que sa présence était nécessaire. Pendant des mois, parfois. Même après qu'on avait laissé Elise sortir de désintoxication. Doris a apporté la normalité dans la vie de Jenny. Pour une enfant qui n'avait jamais vécu une vie normale, qui s'était contentée de l'apercevoir, de loin, chez ses amis, la normalité était la plus belle chose du monde. Des tartines dans sa *lunchbox*, quelqu'un pour lui rappeler de prendre sa tenue de sport et de faire ses devoirs, une signature sur le mot de la maîtresse, deux nattes à ses cheveux longs, des vêtements propres et un repas chaud sur une assiette en porcelaine.

Tout le contraire de ce qu'elle avait connu. De la vie qu'elle avait quand elle était seule avec sa mère. Partir à l'école avec des chaussures trouées, par exemple. Elle se souvient d'une paire dont la semelle droite était si usée qu'on voyait sa chaussette au travers. Elle traînait toujours ce pied-là derrière elle, pour ne pas que ses camarades voient la chaussette sale et se moquent d'elle. Ce subterfuge lui avait donné une démarche particulière qui lui était restée toute sa vie.

Les soirs où Doris lui annonçait que sa mère allait bientôt revenir étaient les pires, son inquiétude l'accompagnait jusque dans le sommeil. Doris promettait en général de rester un peu et elle tenait toujours sa promesse. Merveilleuse et rassurante Dossi.

Jenny retourne dans la chambre et se couche en chien de fusil contre le corps tiède de sa petite fille. Pose ses lèvres dans les doux cheveux de bébé. S'essuie les yeux dans l'oreiller. Elle ne peut plus respirer, ses narines sont bouchées par les larmes et la morve. Elle se relève et va dans la salle de bains pour se moucher et trouver des gouttes pour le nez. En regardant dans l'armoire à pharmacie de Doris, elle découvre de la laque, des bigoudis et de la crème réparatrice pour les cheveux. Elle se rappelle l'importance que Doris accordait à ses cheveux. Elle les brossait soigneusement de cent coups de brosse par jour. La première fois que Jenny l'a vue, ils étaient encore longs et épais, avec quelques fils argentés qui partaient de la lisière du front et se mélangeaient au blond foncé. Elle ne les teignait jamais et préférait les laisser devenir gris naturellement. Maintenant ils sont blancs et elle n'en a presque plus. Elle les a fait couper très court et Jenny est sûre qu'elle a détesté cela. Elle a complètement oublié les gouttes qu'elle était venue chercher et, à la place, elle rassemble rouleaux, lotion de coiffage et crème réparatrice dans une trousse de toilette.

Doris ne va pas mourir laide. Elle qui a été l'une des plus jolies femmes du monde. Elle fouille dans son maquillage. Trouve du fard à paupières, un blush rouge orangé et de la poudre. Un rouge à lèvres, aussi. Soudain, elle est tout excitée et se met à examiner les vêtements de Doris dans le placard. Doris ne doit pas mourir dans l'horrible chemise en coton de l'hôpital qui glisse pour un oui pour un non, offrant aux regards sa peau blanche et ridée. Mais les robes sacs que Doris porte tous les jours ne conviennent pas. Il y a trop de gris et de noir sur ces cintres et trop peu de couleurs gaies. Elle décide qu'elle ira lui acheter une nouvelle robe. Moderne et colorée. Jaune, verte ou rose. Élégante et confortable.

Robe.

Elle note le mot sur un morceau de papier qu'elle pose sur la trousse de toilette.

Il est quatre heures du matin quand elle retourne enfin se coucher. L'éclairage public laisse passer un rai de lumière entre le bas des stores et l'appui de fenêtre. Elle ferme les yeux et retourne en pensée dans le New York de son enfance. Ce n'est plus Tyra qui est couchée à côté d'elle pour lui tenir compagnie et soulager sa peine. C'est Doris. Doris qui la console et qui l'aime. Qui lui caresse la tête quand elle a peur. Qui la rassure et l'endort. Elle fredonne tout bas l'air que Doris lui chantait, jadis :

Summertime, and the livin's easy. Fish are jumpin'. And the cotton is High…

Sa mère ne l'aimait pas. Elle pousse un long soupir.

Mais Doris l'aimait. Et Doris était là. C'est Doris qui compte. Elle continue à chantonner, tout doucement, puis de manière presque inaudible, et enfin le sommeil l'emporte.

Un petit carnet rouge

A. ANDERSSON, ELISE

Quand elle rentrait d'une cure de désintoxication, Elise était toujours bien coiffée avec une nouvelle coupe et une nouvelle couleur. Elle avait les joues roses et arrivait les bras chargés de cadeaux : des jouets, des vêtements et des peluches. Mais rien de tout cela ne changeait ta façon de la regarder. Tu te cachais derrière mes jambes, tu t'accrochais à ma cuisse. Elle n'a jamais pu t'atteindre, ni à cette époque ni après. La distance entre vous n'a fait que grandir. Plus âgée, tu avais une porte à fermer et des camarades avec qui jouer. Mais je t'assure qu'elle a vraiment essayé et j'espère que tu te souviens aussi des bons moments. La fois où elle avait préparé un repas avec entrée, plat et dessert au milieu de la semaine et invité tes meilleurs amis. Ou celle où elle n'avait pas dormi de la nuit pour te confectionner un déguisement d'Halloween, un crabe orange avec des pinces rembourrées. Tu étais si fière en faisant le tour du quartier avec ton petit panier rempli de bonbons, alors que tu arrivais à peine à marcher parce que le costume était si lourd qu'il te faisait trébucher. J'aurais bien voulu avoir une photo ou un film de ce jour-là. Cela aurait amusé tes enfants de voir ça.

Elise ne ressemblait à personne de ma famille. Ni à ma mère ni à ta grand-mère Agnes. Peut-être les gènes de sa folie lui venaient-ils de sa grand-mère paternelle. Kristina était une femme angoissée. Je n'ai jamais bien compris la nature instable d'Elise, et souvent cela me démangeait de lui demander de faire un effort. Elle me mettait en colère. Surtout quand il lui venait des idées stupides comme de se prostituer pour rapporter plus d'argent ou bien de te confier à l'adoption. Mais je sais qu'elle ne disait cela que pour que je lui donne plus d'argent, ou pour m'obliger à rester. Et sa stratégie fonctionnait, puisque je restais avec vous. Évidemment. Je le faisais pour toi. Tu te souviens de l'été où elle a décidé de se raser la tête pour se libérer de toute contrainte ? Et elle l'a fait, malgré nos protestations. À une période, elle se promenait toute nue à la maison. Elle disait que c'était pour que tu deviennes un esprit libre. Elle avait beaucoup d'idées saugrenues, ta pauvre maman.

Et puis tout à coup, elle rencontrait un homme et, du jour au lendemain, elle calquait sa personnalité sur la sienne. S'il était musicien, elle se mettait à adorer la musique, s'il était avocat, elle ne s'habillait plus qu'en tailleur strict. Elle a cru en Dieu, elle a été bouddhiste, athée, bref, le dernier qui avait parlé avait raison.

Tu as des souvenirs de ce que je te raconte, Jenny ? Tu étais là, tu as vu tout cela. Nous ne la connaissions pas. Tu ne savais pas qui elle était et moi non plus. Je ne suis d'ailleurs pas sûre qu'elle le savait elle-même.

31

« Regarde ce que je t'ai apporté », dit Jenny d'un air triomphant à une Doris très fatiguée. Elle sort les affaires de la trousse de toilette.

« Prête pour une séance au salon de beauté ? »

Doris a un pâle sourire et elle secoue la tête, amusée.

« Tu sais que tu es folle, toi ? murmure-t-elle.

— Je ne vais pas laisser ma vieille tante mourir avec des cheveux aplatis sur le crâne », plaisante Jenny. Elle se mord la lèvre en voyant l'air effrayé de Doris. « Pardon, ce n'est pas ce que je voulais dire… Oh, non… C'était stupide de ma part de plaisanter là-dessus. Vraiment stupide.

— Ils sont si plats que ça ? Je ne me suis pas regardée dans une glace depuis ma chute. »

Jenny éclate de rire quand elle comprend que la frayeur dans les yeux de Doris n'était pas liée à l'évocation de sa mort.

« Non, pas complètement… mais on peut mieux faire. Laisse-moi exécuter un petit tour de magie. »

Avec précaution, elle soulève une par une les fines mèches blanches. Les cheveux glissent et s'emmêlent dans les dents du peigne rouge.

« Je te fais mal ? »

Doris secoue la tête.

« J'adore ça, continue. »

Jenny lui soulève doucement la tête de l'oreiller pour accéder derrière, elle lui retient la nuque et fait glisser le peigne. Puis elle enroule les cheveux sur les bigoudis, une mèche à la fois. Il y en a si peu et ils sont si fins que huit rouleaux suffisent et qu'on aperçoit le crâne entre chacun d'entre eux. Elle asperge les bigoudis de lotion de coiffage et enveloppe la tête de Doris dans un torchon à carreaux rouges et blancs avec un *A* majuscule brodé avec du fil de coton plus clair, dans une calligraphie élégante.

« Tu te rends compte ? Ce torchon a appartenu à ma mère. Et il est comme neuf ! C'est sa voisine qui me l'a donné quand je suis rentrée d'Angleterre, il faisait partie des objets qu'elle avait laissés à sa mort, raconte Doris.

— D'Angleterre ? Quand es-tu allée en Angleterre ?

— Tu liras cela dans mes Mémoires. »

Doris bâille et repose la tête sur l'oreiller.

« C'est extraordinaire tout ce que tu as écrit. Je lis un petit passage tous les soirs. Il y a tant de choses que j'ignore sur ta vie.

— Je tiens à t'offrir mes souvenirs. Pour qu'ils ne tombent pas dans l'oubli.

— Tu te rappelles tant de choses. Tant de détails.

— Il me suffit de fermer les yeux et de réfléchir. Quand le temps est tout ce qui nous reste, la pensée a tout loisir de voyager.

— Je me demande de quoi je me souviendrai quand j'aurai ton âge. Ma vie a été moins intéressante que la tienne. Tant s'en faut.

— La vie est rarement passionnante sur le moment. Elle est juste compliquée. Ses reliefs apparaissent avec le recul. Beaucoup plus tard. »

Doris soupire.

« Je suis très fatiguée, dit-elle dans un murmure. Je crois qu'il faut que je me repose un peu.

— Tu as besoin de quelque chose ?

— Je voudrais du chocolat. Un petit carré de chocolat au lait. »

Jenny plonge la main dans son sac. Se souvient de la tablette de chocolat qu'elle a mangée en douce cette nuit, pendant que la petite dormait. Mais elle ne trouve que l'emballage vide et quelques miettes à moitié fondues. Elle se tourne à nouveau vers Doris, mais elle est déjà endormie. Jenny s'empresse d'approcher les doigts de ses lèvres entrouvertes. Un léger souffle tiède la rassure aussitôt.

« Viens, Tyra, on va faire une petite course. » Elle sort la petite fille de la poussette et la fait marcher. Elle la bouscule, lui chatouille le ventre et Tyra glousse de rire. Le contraste entre la vie toute neuve, débordante d'esprit aventureux et de gaieté, et la vie qui s'éteint dans ce lit d'hôpital est libérateur. Avec sa fille, elle peut rire, malgré la peine qu'elle a dans le cœur. Elle la prend dans ses bras et la renverse d'un côté à l'autre.

« *Le corbeau du pasteur partit se promener...* », chante-t-elle à haute voix, faisant sourire les infirmières qu'elle croise dans le couloir. Tyra s'accroche à son cou.

« *Mommy !* » s'écrie-t-elle en plongeant le nez dans ses cheveux. Jenny sent la morve froide couler sur sa peau et lève un bras pour l'essuyer dans sa manche. Par mégarde, elle donne un coup de coude à Tyra qui se met à hurler.

« *Mommy, Mommy* », pleurniche-t-elle en battant des bras comme si elle venait de perdre l'objet le plus précieux qu'elle possédait. Elle veut revenir où elle était, dans le cou de sa mère. Où il fait chaud et où elle se sent en sécurité. Jenny s'empresse de la serrer à nouveau contre elle, bien fort. Elle lui caresse doucement le dos.

« *Mommy's here, sweetheart* », chuchote-t-elle en l'embrassant dans les cheveux. C'est comme si elle manquait à la petite fille alors qu'elle est là, tout près. Elle se demande ce que ressentent les deux autres. Si leur maman leur manque, à eux aussi.

Tyra s'accroche de toutes ses forces à elle et elles font le restant du trajet sans se presser, jusqu'au kiosque et au chocolat qu'elle est venue chercher.

Lorsqu'elles reviennent au chevet de Doris, Jenny lui caresse tendrement la joue. Elle dort toujours profondément. Tyra tape la main de Doris et Jenny s'apprête à l'en empêcher quand Doris ouvre les yeux.

« C'est toi, Elise ? » demande-t-elle d'une voix ténue. Elle a du mal à fixer son regard.

« Non, ce n'est pas Elise, c'est moi, Jenny. Comment te sens-tu ? Tu as mal ? » Jenny tourne la tête pour voir s'il y a une infirmière quelque part. « Attends, je vais chercher quelqu'un. »

Elle pose l'enfant dans la poussette et se précipite dans le corridor. Il n'y a personne. Dans le bureau des infirmières, elles sont trois avec chacune sa tasse de café. Elle entre.

« Il y a un problème avec ses yeux, ils tournent dans ses orbites. »

Elle entend Tyra pleurer et précède les infirmières dans la chambre. Doris est en train d'essayer de consoler la petite fille malgré sa grande faiblesse. Elle tente de lui chanter une chanson, mais à la place des notes, des bruits discordants passent ses lèvres et font pleurer la petite fille encore plus fort.

« *Mommy !* » Son visage est strié de larmes, un épais filet de mucus d'un jaune verdâtre monte et descend de ses narines à chaque respiration. Jenny la prend dans ses bras. Doris chuchote, sa voix ténue pleine de désespoir :

« Pardon, j'ai essayé… »

Elle voudrait les embrasser toutes les deux en même temps. Rattraper la vie qui abandonne la plus vieille et insuffler du courage et de la force à la plus jeune. Les infirmières examinent Doris et Jenny les observe à distance. Elles gonflent le tensiomètre, posent l'oxymètre de pouls sur son index, le stéthoscope sur son cœur.

« Elle est très faible. Elle délire un peu. » Les infirmières ramassent le matériel et quittent la pièce.

Elle délire un peu. *Un peu !* Comme si c'était normal, songe Jenny.

« Et si on enlevait ces rouleaux, maintenant ? » propose-t-elle, enjouée.

La vieille dame acquiesce.

« Pour que tu sois supersexy. »

Doris sourit faiblement. Jenny ne fait rien pour sécher les larmes qui débordent et coulent jusqu'au bout de son nez. Un à un, elle déroule les bigoudis.

« Il paraît que l'eau salée fait du bien aux cheveux », dit Doris d'une voix éraillée.

Jenny sourit à travers ses larmes.

« Tu vas tellement me manquer. Je t'aime si fort.

— Moi aussi, je t'aime, ma chérie adorée. Et toi aussi, je t'aime », ajoute-t-elle en s'adressant à Tyra qui s'est calmée et est très occupée à jeter par terre tout ce qui se trouve dans le panier de la poussette. Jenny la remet sur le lit pour que Doris puisse parler avec elle. Mais la petite geint et veut redescendre. Elle se jette dans le vide, sûre que les bras de sa maman seront là pour la rattraper.

« Laisse-la jouer par terre, ce petit trésor. Ce n'est pas très amusant de regarder mourir une vieille dame. »

De retour sur le sol, Tyra s'attaque aussitôt à un livre d'enfant. Elle le jette si fort contre le pied du lit qu'une partie de la couverture est arrachée. Jenny ne prend pas la peine de la réprimander. Du moment qu'elle s'amuse et qu'elle reste tranquille, tout va bien. Elle coiffe les cheveux de Doris et les fixe avec de la laque. Les mèches fines ont gagné en volume et couvrent maintenant les parties chauves. Jenny regarde le résultat, satisfaite, et commence à s'occuper du visage de Doris. Elle poudre doucement les joues ridées, rehausse les pommettes avec le blush, applique le rouge à lèvres. Le maquillage redonne de la vie à la figure pâle. Elle prend une photo et la montre à Doris qui hoche la tête, enchantée.

« Les yeux aussi, tu veux bien ? » murmure-t-elle.

Jenny se penche et étale au pinceau une fine couche de fard rose irisé. Les paupières de Doris sont lourdes, elles pendent sur ses yeux et ne laissent entrevoir que la moitié de l'iris. La couleur se colle dans les plis de la peau et le résultat est irrégulier, mais Jenny ne s'attarde pas là-dessus.

« Je t'ai acheté une robe. Une très jolie robe. Tu pourras dormir avec, si tu veux. Elle a l'air très confortable. »

Elle prend dans le panier de la poussette le sac de chez Gina Tricot qui a échappé à l'entreprise de destruction de Tyra. C'est une robe en jersey d'une belle couleur framboise écrasée, sans motif avec des manches longues et un col rond. Le tissu est plissé sous la poitrine.

« Quelle jolie couleur, dit Doris doucement, tendant la main vers la robe pour en sentir la matière.

— Je trouve aussi. Je me suis souvenue que tu aimais le rose. Tu m'achetais toujours des robes roses. Maman avait horreur de ça. Elle trouvait cela trop classique.

— Hippie ! » Doris a une quinte de toux.

« Oui. C'est vrai. C'était une hippie. Je ne sais pas d'où elle tenait ses idées, mais sa façon de vivre l'a mise en danger trop souvent, soupire Jenny. Et elle a fini par la tuer.

— La drogue est une invention du diable », murmure Doris.

Jenny ne répond pas. Elle aide Doris à passer la robe, quelques centimètres à la fois. « Qu'est-ce que tu sais sur mon père ? » s'enquiert-elle.

Doris lui jette un bref regard et secoue la tête.

« Rien du tout ?

— Non, rien. Nous en avons déjà parlé, ma chérie.

— Je sais que tu en sais plus que tu ne veux bien le dire. J'ai trouvé les lettres de maman. Elles étaient dans la boîte avec les photos. Maman me haïssait.

— Non, ma petite fille, ne crois surtout pas ça, car ce n'est pas vrai. Elle était toxicomane et elle avait besoin d'argent pour acheter sa drogue. Elle m'envoyait ces lettres sur un coup de tête quand elle allait mal. Elle n'avait jamais les moyens de me téléphoner. Je ne sais pas pourquoi j'ai gardé ces lettres. C'était stupide de ma part.

— Elle s'est fait violer. »

Doris ne répond pas. Elle ferme les yeux.

« Toi, tu m'aimais, je le sais. Je le sens.

— Elise t'aimait aussi.

— Quand est-ce qu'elle m'aimait ? Quand elle s'envoyait de l'héroïne dans les veines ? Quand elle vomissait sur le carrelage de la cuisine en me laissant nettoyer derrière elle ? Ou quand elle voulait me donner à des étrangers ?

— Elle n'était pas dans son état normal quand elle faisait ces choses-là. » La voix de Doris est de plus en plus faible.

« Elle me promettait tout le temps qu'elle allait arrêter.

— Elle essayait, mais elle n'y arrivait pas.

— C'est pour ça que tu m'as aimée. Parce que je n'avais pas de maman ? »

Doris rouvre les yeux, ils sont brillants et se remettent à tourner dans ses orbites. Jenny se penche vers elle précipitamment.

« Pardon, pardon, arrêtons de parler de ça. Je t'aime tellement. Tu as été tout pour moi.

— Je suis venue chaque fois que tu avais besoin de moi, dit Doris tout bas. Et je t'ai aimée parce que je t'ai aimée, c'est tout.

— Ne parle plus maintenant, Dossi. Repose-toi. Je vais rester là et te tenir la main.

— Où est Gösta ? On lui a apporté son café ?

— Tu délires, Doris. Gösta est mort. Il est mort avant ma naissance. Tu t'en souviens, n'est-ce pas ? »

La mémoire lui revient et elle acquiesce.

« Ils sont tous morts.

— Mais non, pas tous. Ils ne sont pas tous morts.

— Tous ceux que j'aimais. Tous, sauf toi. »

Jenny lui caresse doucement le bras, à travers le tissu rose foncé de sa nouvelle robe.

« N'aie pas peur », murmure-t-elle, mais Doris ne lui répond pas. Elle s'est rendormie. Sa poitrine se soulève péniblement à chaque inspiration, un râle profond gronde dans sa poitrine.

Une infirmière vient relever la barrière de protection.

« Je crois qu'il vaudrait mieux qu'elle dorme, à présent. Et vous et la petite demoiselle devriez aller en faire autant », dit l'infirmière avec un regard vers Tyra.

Jenny essuie ses larmes. « Je ne veux pas la laisser. Je ne peux pas dormir ici ? »

L'infirmière secoue la tête.

« Rentrez chez vous. Nous avons l'habitude, nous saurons quand ce sera vraiment la fin. Elle devrait passer la nuit, et si son état s'aggrave, nous vous appellerons aussitôt.

— Vous me promettez de m'appeler, au moindre changement, même infime ? »

L'infirmière acquiesce, compréhensive. « Je vous le promets. »

Jenny quitte à regret le service et se dirige vers les ascenseurs. Tyra gigote dans la poussette. Elle veut marcher. Les longues heures passées sans bouger, au chevet de Doris, l'ont mise de mauvaise humeur. Jenny la détache et la laisse marcher à côté d'elle. Elle s'accroche fermement avec sa menotte à la barre oblique et avance, maladroitement, les jambes écartées.

Jenny consulte son téléphone, elle a dix appels manqués, tous de Willie. Il lui a aussi envoyé un SMS très court : *Tu ne vas pas le croire, Allan Smith est vivant. Appelle-moi !*

32

« C'est vrai ? Il est vivant ?

— Si c'est le même Allan Smith, oui, il est vivant.

— Va le voir !

— Tu es folle ! Je ne peux pas aller à New York ! Qui s'occuperait des enfants ?

— Emmène-les. Vas-y !

— Jenny, je commence à croire que tu as perdu la tête.

— Il faut absolument que tu y ailles ! Doris a vécu seule. Toute sa vie. À part quand elle habitait chez cet artiste gay pour qui elle travaillait. Elle n'a aimé qu'un seul homme de toute son existence et cet homme, c'est Allan Smith. Elle ne l'a pas revu depuis la Seconde Guerre mondiale. Tu comprends ? Elle doit le revoir avant de mourir. Vas-y ! Emporte ton ordi pour que nous puissions nous parler par Skype. Appelle-moi quand tu y seras.

— Nous ne savons même pas s'il s'agit du même Allan Smith. Imagine que ce soit quelqu'un d'autre !

— Quel âge a-t-il ?

— Il est né en 1919.

— Ça pourrait coller.

— Il habite Long Island. Il est veuf depuis vingt ans.

— Ça correspond aussi. Allan était marié.

— D'après l'e-mail de Stan, il a vécu en France entre 1940 et 1976. Il a repris une usine et fait fortune dans la fabrication de sacs à main.

— Doris m'a dit qu'il était parti faire la guerre en France.

— Il avait une mère française, il a deux noms de famille, dans son passeport. Allan Lesseur Smith.

— C'est forcément lui, sa mère était originaire du sud de la France. Vas-y !

— Jenny, tu es complètement folle. Les enfants ne sont pas en vacances. Je ne peux pas tout laisser en plan et partir comme ça !

— On s'en fout de l'école ! » Elle parvient à peine à contrôler sa voix. « Quelle importance s'ils manquent quelques jours de classe ? Il n'y a rien de plus important que cela, pour l'instant. Il ne lui reste plus beaucoup de temps et il faut qu'elle le revoie une dernière fois avant de mourir. C'est peut-être une question d'heures. Vas-y ! Si tu ne le fais pas pour une autre raison, fais-le pour moi. Je t'en supplie !

— Si je le fais, tu me promets de rentrer ?

— Évidemment que je vais rentrer. Quand je me serai occupée de tout.

— OK. Je vais y aller, mais c'est vraiment pour te faire plaisir. Je trouve ça complètement insensé. Je n'en reviens pas que tu me fasses faire un truc pareil…

— Va tout de suite à l'école pour récupérer les garçons, ensuite vous filez à l'aéroport et vous prenez le premier avion pour New York. Si Mme Berg proteste, dis-lui qu'une personne de la famille est gravement malade. C'est une raison valable, je crois.

— Une raison valable ?

— Oui, tu sais bien, il y a des règles pour justifier l'absence d'un élève. Certaines excuses sont valables, d'autres pas. Enfin, de toute façon, on s'en fiche, vas-y maintenant ! Dépêche-toi. N'oublie pas l'inhalateur de David, pour son asthme.

— Et qu'est-ce que je fais quand j'arrive là-bas ?

— Tu parles avec lui. Tu t'assures que c'est le bon Allan et tu lui demandes s'il se souvient de Doris. Ensuite tu m'appelles.

— Et à ton avis, ça va changer quoi pour elle de savoir qu'il est en vie ? Qu'il a toujours été en vie ? Elle va mourir malheureuse. Est-ce qu'il ne vaut pas mieux qu'elle meure en pensant qu'il a été tué pendant la guerre ?

— Tu pourras me dire tout ce que tu voudras, je ne t'écoute plus. Pars maintenant ! Je vais te raccrocher au nez, sinon !

— C'est bon, j'y vais, même si je ne comprends toujours pas pourquoi. Ne te fais pas trop d'illusions, quand même, il y a encore un risque que ce ne soit pas lui.

— Je sais. Et pour l'instant, je ne te demande pas de comprendre. Je te demande juste de le faire. C'est le bon choix, crois-moi. Je raccroche maintenant. Ne m'en veux pas, j'ai vraiment besoin de faire cela pour elle. »

Elle coupe la communication avant qu'il ait eu le temps de répondre, met son téléphone sur silencieux et le range dans son sac. Tyra s'est assise par terre et elle est à nouveau en train de tout sortir du panier. Elle a étalé les affaires en demi-cercle autour d'elle. Une banane, un livre, plusieurs couches propres, un collant taché de vomi, des biscuits au riz. Jenny ramasse le tout avec un sourire embarrassé pour les gens qui les regardent en passant. Tyra s'éloigne en zigzaguant dans le couloir, elle la rattrape et la ramène à la poussette. Elle se débat quand elle la rassied dedans et pleurniche quand sa mère lui met son manteau et son bonnet.

« On va rentrer à la maison maintenant. Et on va manger. Chut ! »

Les pleurnicheries se sont transformées en pleurs bruyants. Tyra est inconsolable. Le filet de morve verte fait l'ascenseur sous son nez chaque fois qu'elle reprend son souffle entre deux sanglots. Jenny la laisse pleurer. Elle a autre chose en tête. Elle manœuvre la poussette aussi vite qu'elle peut, espérant que le mouvement va calmer la petite fille, et faire cesser la honte.

Un petit carnet rouge

S. SMITH, ALLAN

Il paraît qu'on n'oublie jamais son premier amour. Qu'il reste dans notre mémoire pour toujours. Allan n'a jamais quitté la mienne. Qu'il soit mort au front ou bien de vieillesse, en moi, il vit toujours. Tout au fond de mon être débile. Et quand j'irai dans ma tombe, je l'emporterai avec moi et partirai avec l'espoir de le retrouver là-haut. S'il était resté auprès de moi, je suis sûre que nous ne nous serions jamais séparés.

Il a toujours dit qu'il était français dans son cœur, américain dans son corps et que sa tête était un subtil mélange des deux. Mais je sais qu'il se sentait plus français qu'américain. Son français était teinté d'une petite touche de la rondeur caractéristique de la langue anglaise telle qu'on la parle aux États-Unis. Je me moquais toujours de son accent quand nous nous promenions, bras dessus bras dessous, dans les rues de Paris. Ce rire est resté dans mon cœur comme le symbole du bonheur. Un bonheur que je n'ai jamais retrouvé, malheureusement. Il avait en lui un mélange d'intelligence et de légèreté. Il était aussi réfléchi qu'insouciant, aussi dissipé que sérieux.

Il faisait des études d'architecture et, chaque fois que, par la suite, j'ai vu un article dans un journal sur un nouveau projet immobilier, je l'ai lu d'un bout à l'autre, espérant tomber sur son nom. Je continue à le faire aujourd'hui. Ce qui est ridicule, bien sûr. Maintenant, avec Internet, je n'aurais peut-être aucune peine à le retrouver. Mais à l'époque, c'était plus compliqué. Ou peut-être ne me suis-je pas donné assez de mal. J'ai envoyé des lettres, des tas de lettres, en poste restante, bien que je ne sache pas dans quelle partie du monde il se trouvait. J'en ai envoyé à des bureaux de poste à Manhattan, des bureaux de poste à Paris. Mais je n'ai jamais reçu de réponse. Il est devenu un fantôme avec qui je parlais le soir. Un souvenir dans un médaillon. Le grand amour de ma vie.

Gösta nous a acheté un canapé en échange de deux toiles. Un grand canapé confortable recouvert de velours violet. Nous nous y asseyions le soir et partagions une bouteille de vin rouge en nous racontant nos rêves et en échangeant nos pensées qui partaient dans tous les sens. Nous riions et pleurions ensemble.

Gösta me posait beaucoup de questions sur les hommes. Il était franc et sans gêne et me demandait parfois des choses très intimes. Il était le seul à connaître l'existence d'Allan, mais il avait du mal à me comprendre. Il m'accusait d'être obsessionnelle. Il s'évertuait à me dissuader de continuer à aimer un absent. Il voulait que je m'intéresse à d'autres hommes. Ou à une femme. Pour Gösta, cela ne faisait aucune différence.

« C'est la personne et pas le genre, dont on tombe amoureux, Doris. Cela ne se situe pas au niveau du sexe. On est attiré par une âme sœur et on ne forme plus qu'un seul être. L'amour se fout du sexe, les gens devraient faire la même chose », disait-il.

Le plus grand bonheur dans l'existence est de pouvoir exprimer son opinion, et de ne recevoir que de l'amour en retour, même si l'avis de l'autre diffère. C'est pour cela qu'il était si agréable de vivre avec quelqu'un d'aussi tolérant que Gösta. Nous avions tout pour être heureux ensemble. Sauf l'amour charnel. Un jour, il a essayé de m'embrasser. Cela s'est terminé par un énorme fou rire partagé.

« Bon, ce n'était pas extraordinaire, ce qu'on vient de faire là », a-t-il dit en éclatant de rire et en tirant la langue. Ce fut le moment le plus torride de notre cohabitation.

Mon existence n'a pas été solitaire. Gösta était ma famille. Et tu es ma famille, Jenny. J'ai été heureuse, vraiment. Allan est toujours resté inaccessible, mais je puis affirmer malgré cela que j'ai eu une belle vie.

Souvent, quand je suis seule, je pense à lui. De plus en plus, avec l'âge. Je m'étonne encore que quelqu'un puisse prendre autant de place dans le cœur de quelqu'un d'autre. Je me demande toujours ce qu'il est devenu. Est-ce qu'il est mort sur le champ de bataille ? A-t-il eu le temps de devenir vieux ? Et s'il est devenu vieux, à quoi est-ce qu'il ressemble ?

A-t-il les cheveux gris ou blancs ? Est-il gros ou mince ? A-t-il pu réaliser tous les projets dont il rêvait ? A-t-il pensé à moi ? Était-il aussi passionné avec la femme qu'il a épousée ? L'a-t-il aimée comme il m'a aimée ?

Toutes ces questions tournent en boucle dans ma tête et il en sera ainsi jusqu'au jour de ma mort. Peut-être nous retrouverons-nous au paradis. Peut-être trouverai-je enfin le repos entre ses bras. L'espoir de le revoir suffit à justifier le fait de croire en Dieu. S'il existait, je dirais : Salut, Dieu. C'est mon tour, à présent. Mon tour d'aimer et d'être aimée.

33

Il y a encore tant de feuillets dans la pile. Tant d'histoires. Peut-être y en a-t-il d'autres dans l'ordinateur, celui qui se trouve sur la table de chevet, à l'hôpital. Jenny tourne les pages, choisit les passages qui parlent de la même personne. Lit dans l'ordre les histoires d'Elaine et d'Agnes, de Mike et de Gösta. Tout un destin en quelques centaines de lignes.

Tant de souvenirs. Tant de morts. Quels secrets ont-ils emportés dans leur tombe ? Elle va chercher le petit carnet d'adresses en moleskine rouge et le feuillette. Les noms qui ne sont pas mentionnés dans les récits de Doris l'intriguent. Qui était Kerstin Larsson ? Sur un bloc-notes à côté du lit, elle inscrit son nom en caractères d'imprimerie. Demain, elle posera la question. Elle demandera à Doris comment est morte Kerstin. Quelle place elle a occupée dans la vie de Doris.

Son doigt glisse d'un nom à l'autre. Son nom à elle s'y trouve aussi. C'est l'un des rares à n'avoir pas été barré d'un trait tremblant. Mais l'adresse n'est pas la bonne. C'est l'ancienne. Celle de son appartement d'étudiante, celui où elle habitait pendant la courte période où elle a essayé de faire des études. Avant Willie. Avant les enfants. Était-elle plus heureuse à cette époque ? Plus gaie ? Elle frissonne, resserre le gilet tricoté de Doris autour d'elle. Peut-être. Elle barre l'adresse et inscrit soigneusement la nouvelle. Celle où habite sa famille, celle où devrait être son bonheur. Celle où il est peut-être.

Doris lui avait payé des cours de création littéraire. Six mois d'atelier d'écriture et de lecture à haute voix, en groupe. Elle avait adoré l'écriture et détesté la lecture en public. Elle ne supportait pas la critique. Mais un jour, Willie était arrivé. Fort, intelligent et rassurant. Il lui faisait oublier ses idées noires, et ils s'amusaient bien ensemble. Ils faisaient du surf, du vélo, ils jouaient au tennis. Pour lui, elle avait tout lâché, arrêté les études et pris un job de serveuse dans un restaurant. Que serait-il arrivé s'il n'avait pas débarqué dans sa vie ? Si elle avait continué à écrire ? Doris lui parle toujours de l'écriture. Elle lui demande comment ça se passe, comme si elle n'avait jamais arrêté. La vérité, c'est qu'elle n'a presque rien écrit depuis tout ce temps, mais ce qui est vrai aussi, c'est que le processus d'écriture sommeille encore en elle, comme le vague souvenir d'un rêve insaisissable. Elle sait qu'elle le porte en elle. Qu'elle possède ce talent. Au fond d'elle, elle en a conscience. Mais d'abord, sa situation ne lui permet pas de se consacrer à la littérature. Qui s'occuperait des enfants ? Qui ferait la cuisine et le ménage ? Ensuite, elle trouve trop difficile de s'y mettre. Seul un pour cent des manuscrits envoyés aux maisons d'édition deviennent des livres. Un pour cent. Les chances sont trop faibles. Pourquoi ferait-elle partie de ce tout petit pourcentage ? Et si le talent ne suffisait pas ? Et si elle échouait ?

Jenny chasse ces pensées et va chercher son portable. Elle presse le nom de Willie sur la liste des derniers appels.

« Salut chéri. Comment ça va ? Vous êtes partis ?

— Non, pas encore. »

Elle pousse un soupir. « Willie, s'il te plaît…

— Je vais y aller. J'ai pris un billet pour demain matin. David ira chez Dylan, Jack va se débrouiller tout seul jusqu'à mon retour.

— Merci. » Le soulagement point dans sa voix mais les larmes ne sont pas loin. « Oh, Willie, merci !

— J'espère que cela en vaudra la peine. » Sa voix à lui est tendue, éteinte.

« Qu'est-ce que tu veux dire ?

— Je comprends ta démarche, ce que je ne comprends pas, c'est pourquoi tu veux lui faire subir ça.

— Mais… c'est une telle évidence ! Elle est mourante. Cet homme est le grand amour de sa vie ! Je ne vois pas ce qui t'échappe là-dedans ! C'est pourtant limpide ! Mais peut-être que tu n'as jamais été amoureux ?

— Allons, Jenny. Tu ne vas pas tomber dans le pathos, maintenant. Je comprends parfaitement. Et je sais ce que c'est que d'aimer vraiment ! Je t'aime et j'espère que tu n'en doutes jamais.

— OK.

— Allez. Ne sois pas triste, je vais t'aider à le retrouver cet Allan, je pars demain.

— OK.

— Je t'aime. Il faut que j'y aille, maintenant.

— OK, salut. »

Elle raccroche. Essuie une larme. Inspire profondément. Expire lentement.

Elle fouille sa mémoire. Ils avaient quinze ans quand ils se sont rencontrés. En ce temps-là, quand ils étaient un jeune couple, ils pouvaient passer des journées entières au lit. Faire l'amour dix fois dans la même journée, jusqu'à l'épuisement. Ça, c'était de l'amour. Il y a longtemps qu'ils n'ont pas fait l'amour. Elle réfléchit. Peut-être une fois, depuis son dernier accouchement. Son ventre est détruit après trois grossesses. Faire l'amour n'a plus de sens, maintenant. Ils n'en tirent aucun plaisir. Ni l'un ni l'autre.

Elle fronce les sourcils.

Une seule fois depuis que Tyra est née ?

Ce n'est pas possible !

Elle va se blottir contre sa fille dans le lit, en cuiller. Avant, elle dormait comme ça, avec Willie. Le nez enfoui dans sa nuque. L'odeur de Tyra est acide et sucrée à la fois. Les petites boucles en tire-bouchon dans sa nuque sont humides. Willie aussi a les cheveux bouclés. Il vit en elle.

Elle le rappelle.

« Oui, répond-il sèchement.

— Moi aussi, je t'aime.

— Je sais. Évidemment qu'entre nous c'est le grand amour. Je n'en ai jamais douté, et je n'ai jamais aimé une autre femme que toi.

— Et nous sommes encore amoureux l'un de l'autre, n'est-ce pas ?

— Bien sûr.
— Tant mieux.
— Allez, va dormir, maintenant. Tu as besoin de repos.
— D'accord.
— Je t'appelle dès que je sais si c'est le bon Allan.
— Merci !
— Je fais ça pour toi. Je ferais n'importe quoi pour toi. Ne l'oublie pas.
— C'est une preuve d'amour.
— Mais oui. Je me tue à te le dire. »

34

En entrant dans la chambre de Doris, Jenny sent une forte odeur d'urine. Les infirmières sont en train de changer le drap.

« Elles ont fait tomber la poche, s'excuse Doris discrètement, avec une grimace dégoûtée.

— Vous avez renversé de l'urine dans son lit ? dit Jenny, furieuse.

— Oui. Nous sommes confuses… C'était un accident. Nous allons changer ses draps tout de suite.

— Elle va pouvoir prendre une douche, j'espère ? »

Les cheveux de Doris sont à nouveau tout plats. La robe rose est souillée et roulée en boule sur le sol. On a couvert son corps d'une serviette beaucoup trop petite, en attendant de lui remettre la chemise blanche de l'hôpital.

« D'après le planning, elle ne doit aller à la douche que demain.

— Vous plaisantez ! Elle est couverte de pisse !

— Nous allons la laver avec un gant de toilette. Il faut plus de personnel si nous devons la doucher.

— Je me fous de savoir ce qu'il vous faut. Vous

renversez de l'urine sur une patiente, vous changez le planning, c'est tout ! »

Dans un silence gêné, elles commencent à laver Doris au gant. Tout à coup, l'une s'arrête et s'exclame :

« Bien sûr, vous avez raison, évidemment que nous allons lui donner une douche ! Vous croyez que vous pourriez nous aider ? »

Jenny acquiesce et cale contre le mur la poussette dans laquelle Tyra dort profondément. Ensemble, elles asseyent Doris dans un fauteuil de douche et la roulent vers la salle de bains. Son menton repose sur sa poitrine, elle n'a pas la force de se tenir droite. Jenny la savonne avec précaution.

« Nous allons refaire ta mise en plis.

— Tu ne vas pas laisser ta vieille tante mourir moche, réplique Doris dans un murmure.

— Non. Ma vieille tante ne mourra pas moche. Je te le promets. D'ailleurs, tu ne l'as jamais été. Tu es la plus belle femme que j'ai jamais connue.

— Ça, ce n'est pas vrai. Parce que c'est toi, la plus belle. » Doris s'essouffle en parlant.

Elle s'endort dès qu'elles la remettent au lit. Jenny pose la main sur son front.

« Comment va-t-elle ?

— Son pouls est faible. Le cœur se bat vaillamment, mais il ne tiendra pas longtemps. C'est une question de jours, à présent. »

Jenny pose sa joue contre celle de Doris. Comme elle faisait quand elles étaient toutes les deux sur le canapé du salon, à New York. Brusquement, elle est redevenue cette petite fille. Naufragée, effrayée.

Doris est sa bouée, c'est elle qui la maintient à la surface.

« Je t'en prie, ne m'abandonne pas », chuchote-t-elle. Elle lui pose un baiser sur le front. Doris dort toujours, une faible respiration après l'autre. L'enfant se réveille et gémit dans sa poussette. Jenny la prend dans ses bras, mais la petite gigote et veut descendre. Elle la pose par terre et se couche à demi sur le lit de Doris. Tout près d'elle. Respire calmement.

« Il faudrait surveiller votre fille, lui reproche une infirmière en arrivant un peu plus tard avec Tyra sur la hanche. Il y a des objets dangereux dans un hôpital. »

Jenny hoche la tête, sourit, désolée. Récupère la petite fille et lui donne un paquet de bonbons. Sa langue claque quand elle sent le goût du sucre se répandre dans sa bouche. Jenny la remet dans sa poussette et attache la sangle autour de son petit corps plein de vie.

« Reste un peu tranquille, s'il te plaît. Sage. Maman doit…

— Elle en a assez ? grince Doris, d'une voix presque inaudible.

— Ah, tu es réveillée ? Comment te sens-tu ? Tu t'es endormie après la douche.

— Je suis très fatiguée.

— Nous n'avons pas besoin de parler, si tu n'en as pas la force.

— Si. Je veux te raconter, encore. Tout ce que je n'ai pas eu le temps de t'écrire. Et je voudrais aussi répondre à tes questions.

— Oh, lala ! J'en ai tellement, je ne sais même pas par où commencer. Tu ne t'es pas étendue beaucoup sur les années que tu as passées avec Gösta.

— Et pourtant, notre cohabitation a duré vingt ans.

— Je n'en reviens pas que vous ayez vécu si longtemps ensemble. Il s'est occupé de toi. Il était gentil ? Tu l'aimais ?

— Comme un père.

— Tu as dû être affreusement triste quand il est mort.

— Oui. » Doris acquiesce et ferme les yeux. « C'était comme de perdre un bras.

— Que s'est-il passé ? Comment est-il mort ?

— Il est mort de vieillesse, tout simplement. Il y a très longtemps. Dans les années soixante.

— Quand je suis née ?

— Un peu avant. Quand une personne qu'on aime meurt, une autre naît.

— Et tu as hérité de tout ce qu'il avait.

— Oui. L'appartement, quelques meubles et ses tableaux. J'ai vendu les grandes toiles qui ont rapidement pris de la valeur.

— Aujourd'hui, elles valent des millions de couronnes.

— Si Gösta avait su ça !

— Il aurait été heureux, je suppose, et fier. » Jenny rit à travers ses larmes.

« Je ne sais pas. L'argent n'a jamais été un moteur pour lui. Mais si ses tableaux s'étaient vendus plus tôt, il aurait pu réaliser son rêve et retourner à Paris. Nous aurions pu y aller ensemble.

— Tu aurais aimé y retourner ?

— Oui.

— Il doit savoir qu'il est devenu célèbre. Peut-être qu'il est un ange et que tu vas le retrouver au ciel. » Elle prend sur la table l'un des anges en porcelaine de Doris et le lui tend.

« Il avait peur de la mort. En ce temps-là, on prétendait que les homosexuels n'avaient pas leur place au paradis. Il y croyait.

— Il était croyant ?

— Pas officiellement. Mais en secret. Comme tout le monde.

— Si le paradis existe, je suis sûre que Gösta t'attend là-haut.

— On va faire une de ces fêtes ! » Doris s'étouffe quand le rire monte dans sa poitrine comme des bulles dans un verre de champagne.

« Tu es merveilleuse. J'adore quand tu ris. Ton rire est mon soutien. Il est toujours là, en moi. Je l'entends chaque fois que j'en ai besoin.

— Le combat de chamallows.

— Ah oui, tu te souviens ? » Jenny pouffe en y repensant. « Dans cette cuisine où nous n'arrivions pas à faire entrer la table. Toi, maman et moi. Qu'est-ce qu'on a ri. Et mangé. J'ai eu mal au ventre toute la nuit.

— C'est bien de faire des folies, parfois. »

Jenny hoche la tête et lui caresse les cheveux du plat de la main. Les quelques mèches qui restent sont aussi douces que des cheveux de bébé.

« Allez, maintenant, on va te recoiffer. »

Doris dort tandis qu'elle enroule ses cheveux fins sur les bigoudis. Son souffle est profond. Tyra a fini ses bonbons, mais Jenny la laisse pleurnicher et se débattre dans la poussette. Elle continue la mise en plis de Doris. Elle ne prend sa fille dans ses bras que lorsque les infirmières viennent se plaindre qu'elle dérange les autres patients.

35

Le téléphone sonne.

Jenny tâtonne dans le noir pour décrocher. Tyra renifle de petits sanglots en dormant. « Allô ! » Elle chuchote, ivre de sommeil, le cœur battant parce qu'elle a peur que l'appel vienne de l'hôpital.

« Jenny ! Connecte-toi sur Skype !

— Hein ?

— J'ai Allan à côté de moi. C'est bien lui. Il est vieux et malade, comme Doris. Mais il se souvient d'elle. Il a pleuré quand je lui ai dit qu'elle était encore en vie. »

Jenny s'assied dans le lit, bouleversée. Allan !

« Tu l'as trouvé !

— Oui ! Tu es avec Doris ? Sinon, vas-y tout de suite !

— On est au milieu de la nuit, mais je peux y aller quand même.

— Prends un taxi, dépêche-toi.

— D'accord. Je t'appelle dès qu'on arrive là-bas. »

Elle saute du lit, court dans la salle de bains. S'asperge la figure d'eau froide, enfile les vêtements de la veille, appelle un taxi. Elle range son ordinateur dans le sac à langer, entre les couches, et enveloppe Tyra dans une couverture. La petite fille ronchonne quand elle l'installe dans la poussette, mais elle ne se réveille pas. Même pas quand Jenny lui fait descendre les marches sur les roues arrière. Le taxi est déjà devant la porte. Elle s'assied sur la banquette pendant que le chauffeur replie la poussette et la range dans le coffre. Ils traversent la ville endormie, en silence. À la radio passent de vieilles chansons d'amour. *Purple Rain*, entre autres, dont elle connaît les paroles par cœur. Les souvenirs la font sourire. Willie et elle dansant le slow dans la cuisine tandis qu'il lui fredonnait cet air à l'oreille. Ils dansaient serrés l'un contre l'autre. Elle sentait son érection contre son ventre. Avant les enfants, avant le quotidien. Quand elle sera rentrée, elle lui repassera la chanson. Et ils danseront à nouveau.

« C'est la petite qui est malade ? » Le chauffeur rompt le silence en quittant la rocade.

« Non, nous allons voir quelqu'un. Je peux vous demander de vous arrêter devant l'entrée principale ? »

Il acquiesce et freine doucement. Quand Jenny sort de la voiture avec Tyra dans les bras, il a déjà sorti et ouvert la poussette.

« J'espère que tout va bien se passer », dit-il.

Elle le remercie distraitement, mais elle est trop stressée pour sourire.

Quand Jenny, qui a réussi à ne pas se faire remarquer, entre sur la pointe des pieds, elle trouve Doris éveillée, le regard vif et le teint plus coloré que lorsqu'elle l'a quittée tout à l'heure.

« Tu ne dors pas ! chuchote-t-elle pour ne pas réveiller les autres patients.

— Non, répond Doris, tout sourire.

— Tant mieux, car j'ai une surprise pour toi. Il faut qu'on aille dans le couloir et qu'on te remette ta belle robe. » Elle débloque les freins et pousse le lit vers la porte. Une infirmière entre à ce moment-là, les yeux écarquillés.

« On peut savoir ce que vous faites ? »

Jenny met un doigt sur sa bouche et continue sa manœuvre. La femme les accompagne, visiblement décontenancée. « Qu'est-ce qui ne va pas chez vous ? Vous croyez que vous pouvez tout simplement… Vous savez quelle heure il est ?

— Je vous demande juste de nous laisser ici, un petit moment. C'est très important. Et ça ne peut pas attendre. Nous ne pouvons pas rester dans la chambre parce que les autres patients dorment. Je vous promets que nous n'allons pas faire de bruit. »

Elle pousse le lit dans un angle de la salle commune et semble si déterminée et euphorique que l'infirmière finit par hausser les épaules et tourner les talons sans ajouter un mot.

Jenny sort la robe du sac à langer. Elle est encore un peu humide après le lavage à la main.

« Qu'est-ce que tu fabriques, Jenny ? Tu m'emmènes danser ? »

Jenny rit. « Je t'ai dit que c'était une surprise. Mais, dans un sens, oui, c'est un peu ça. »

Elle peigne délicatement les boucles de Doris et applique un peu de blush sur ses joues.

« Les lèvres aussi. » Doris tend les lèvres comme pour un baiser.

Jenny mélange du rose et du beige afin d'obtenir la nuance que Doris préfère et atténue ensuite la couleur en tapotant la bouche sèche et mince avec un mouchoir en papier. Enfin, elle s'assied au bord du lit, son ordinateur portable sur les genoux.

« Dossi, il est vivant ! s'exclame-t-elle, incapable de garder le secret plus longtemps.

— Hein ? Qui est vivant ? De quoi est-ce que tu parles ?

— Nous avons, enfin, c'est Willie qui… Nous avons retrouvé Allan. »

Doris sursaute et la regarde avec de grands yeux.

« Allan ? s'écrie-t-elle, affolée.

— Il veut te voir, te parler sur Skype. Willie est chez lui en ce moment, il attend mon appel. » Elle ouvre le clapet argenté de l'ordinateur.

« Non ! Je ne veux pas qu'il me voie comme ça ! » Son regard part en tous sens, comme si elle cherchait une issue, ses joues deviennent écarlates, et ce n'est pas à cause du maquillage. « Allan…

— … est vieux, et mourant, lui aussi. C'est votre dernière chance de vous revoir. Il faut être courageuse et la saisir.

— Mais imagine qu'il…

— Quoi ?

— Imagine qu'il ne soit pas tel que je me le rappelle. Imagine que je sois déçue. Ou que lui le soit ?

— Il n'y a qu'une seule façon de le savoir. Prends le risque. Je nous connecte. »

Doris tire la couverture jusqu'au menton. Jenny la redescend.

« Tu es ravissante, crois-moi. »

Elle clique sur l'avatar de Willie et l'application lance l'appel. Il répond aussitôt.

« Bonjour Jenny, bonjour Doris ! » Willie agite la main et sourit. Des cernes sombres sous ses yeux trahissent son manque de sommeil. « Vous êtes prêtes ? »

Jenny acquiesce. Willie tourne l'écran vers un homme assis dans un fauteuil en velours marron foncé. Doris regarde l'image intensément. L'homme tient les mains jointes sur ses genoux et ses jambes, recouvertes d'un plaid rouge, sont allongées sur un repose-pieds. Il a le visage ridé et les joues creuses. Sa veste pend de travers sur ses épaules maigres. Comme à Paris. Sa chemise est boutonnée jusqu'en haut et la peau de son cou pend au-dessus du col. Il sourit et agite une main osseuse, plisse les yeux en regardant l'écran. Willie apparaît sur le côté de l'image.

« Branche la caméra, Jenny », dit-il en posant l'ordinateur sur les genoux du vieil homme.

Jenny regarde Doris qui regarde Allan dans les yeux, la bouche entrouverte, bouleversée. Jenny lui demande l'autorisation d'allumer la caméra et elle hoche la tête, avec un réel enthousiasme, à présent.

Allan sursaute en voyant apparaître la femme toute menue, dans son lit d'hôpital.

« Oh, Doris », soupire-t-il, les yeux pleins de larmes. Il tend vers elle une main tremblante, comme s'il voulait la toucher.

Ils se regardent un long moment sans rien dire. Le visage de Jenny se tord de mimiques impatientes derrière l'écran et elle fait des moulinets avec la main pour inciter Doris à parler. Mais c'est Allan qui finit par rompre le silence.

« Je ne t'ai jamais oubliée, Doris. » Les larmes coulent sur ses joues ridées.

Doris tripote le médaillon que Jenny lui a mis autour du cou. Elle essaye de l'ouvrir, mais ses doigts tremblent et elle n'en a pas la force. Jenny se penche pour l'aider et Doris montre la photo à Allan. Il s'approche de l'écran pour mieux voir et sourit.

« Paris, dit-il.

— Ce furent les plus beaux moments de ma vie. » Elle lui adresse ses premiers mots dans un murmure et ses yeux débordent aussitôt. « Je ne t'ai jamais oublié.

— Tu es toujours si incroyablement jolie.

— J'y ai passé les mois les plus heureux de mon existence. Tu… » Sa voix se brise sur le pronom personnel. Son regard devient flou et s'échappe. Jenny pose la main sur son poignet pour sentir son pouls. Il est très faible. Doris est à nouveau très pâle.

« Je t'ai cherché, dit-elle d'une voix rauque.

— Moi aussi, je t'ai cherchée. Je t'ai écrit, mais je ne savais pas où envoyer mes lettres.

— Que s'est-il passé ? Où es-tu parti ?

— Je suis resté en France après la guerre. Pendant de nombreuses années. »

Doris sèche ses larmes. « Et ton épouse ?

— Elle est morte en couches. Le bébé aussi. J'ai fini par me remarier, mais j'ai attendu longtemps.

Je t'ai cherchée partout, je suis allé à New York. Personne ne savait où tu étais. À la fin, je n'avais plus d'endroits où chercher. Où avais-tu disparu, où as-tu vécu toutes ces années ?

— J'ai quitté New York pour te retrouver, je suis retournée en Europe. Je pensais me rendre à Paris, mais c'était la guerre quand je suis arrivée, les temps étaient durs. J'ai fini par retourner en Suède, à Stockholm.

— Je n'ai jamais cessé de penser à toi. Je n'ai jamais oublié nos dîners, nos promenades… notre escapade en Provence, en voiture. »

Doris ne dit rien mais un sourire plein de tendresse éclaire son visage à ce souvenir. Jenny pleure d'émotion devant le bonheur évident de la vieille dame, son regard qui est subitement revenu à la vie. Doris envoie un baiser à Allan et continue :

« La nuit où nous avons dormi à la belle étoile, tu te souviens ? Une nuit merveilleuse !

— Quand je t'ai enlevée pendant ton défilé de mannequin.

— Tu perds la mémoire. Ce n'est pas du tout ce qui s'est passé. Tu as attendu sagement que j'aie fini de travailler et c'est moi qui suis venue te rejoindre. Je t'ai trouvé endormi dans l'herbe devant le château. Tu ne te rappelles pas que je t'ai réveillé avec un baiser ?

— Je me souviens. Je me souviens de chaque pas que j'ai fait à tes côtés. Je n'ai jamais été aussi heureux. »

Tristement, Doris répond d'une voix éteinte : « Tu m'as brisé le cœur, à New York. Pourquoi as-tu fait ça, si tu m'aimais ?

— Je n'avais pas le choix, mon amour. C'est à cause de toi que je suis parti pour l'Europe.

— Qu'est-ce que tu racontes ? Tu m'as dit que tu partais pour t'engager ? Tu m'as quittée pour aller faire la guerre !

— Je me suis enfui. Je ne pouvais plus regarder ma femme dans les yeux en sachant que tu te trouvais dans la même ville. Je ne pouvais pas m'empêcher de penser à toi. »

Ils se regardent en silence. À l'arrière, on entend Willie se racler la gorge. Jenny se penche pour vérifier si on le voit à l'écran, mais Allan est toujours seul à l'image. Elle prend son téléphone et lui envoie un cœur émoji sans message d'accompagnement.

« Quand je pense que tu es encore en vie, je n'arrive pas à le croire. » Doris sourit et tend les doigts vers l'écran. Il fait la même chose de son côté.

« Mon Amour, murmure-t-il.

— Tu es si loin, pourquoi es-tu si loin ? se plaint Doris, la voix épaisse de larmes. Je voudrais que tu me prennes dans tes bras une dernière fois. Que tu me serres contre toi. Que tu m'embrasses.

— C'est incroyable que tu aies gardé ma photo dans ce médaillon toutes ces années. Si j'avais su… Nous aurions pu… Nous aurions dû… Oh, Doris… Tous ces enfants qui seraient nés de notre amour. Toutes ces années que nous aurions pu passer ensemble. » Il enfouit le visage dans ses mains, s'oblige à relever la tête. S'efforce de sourire à travers ses larmes, les doigts écartés devant la figure. « Nous nous reverrons au ciel, mon ange. Je m'occuperai de toi, là-haut. Je t'aime, Doris. Je t'ai aimée chaque jour de ma vie depuis l'instant où je t'ai rencontrée. Ça a toujours été toi et moi, au fond de mon cœur, ça a toujours été nous. »

Les paroles d'Allan résonnent dans le corridor désert. Doris a reposé sa tête sur l'oreiller. Elle lutte pour garder les yeux ouverts, tente de répondre, mais seuls des sons étranglés sortent de sa gorge.

Jenny essuie ses larmes derrière l'écran. Elle se déplace et se penche vers la caméra.

« Bonjour, Allan. Je suis désolée, elle est terriblement faible, j'ai peur qu'elle n'ait plus la force de continuer à parler avec vous.

— J'ai la force. » Doris a retrouvé un peu de voix, les mots sont chuchotés.

« Dors, mon amour, je vais rester là et te regarder dormir. Tu es tellement jolie. Aussi jolie que dans mon souvenir. La plus jolie femme du monde.

— Et toi, tu as toujours été un beau parleur, riposte Doris avec un sourire las.

— Pour te décrire, il n'y a pas de paroles assez belles. Il n'est rien sur cette terre de plus beau que toi. Il n'y a jamais rien eu de plus beau à mes yeux.

— Je n'ai jamais cessé de t'aimer, Allan. Depuis toujours. Chaque heure, chaque jour, année après année, j'ai continué à n'aimer que toi. Pour moi, ça a toujours été nous.

— Moi aussi, Doris, je t'ai toujours aimée et je t'aimerai toujours. »

Doris sourit et s'endort, le sourire aux lèvres. Allan la regarde en silence. Les larmes coulent sur ses joues, il ne se soucie plus de les cacher.

« Vous pourrez vous reparler demain, dit Jenny en revenant devant la caméra.

— S'il vous plaît, n'éteignez pas tout de suite. Je vous en prie. Laissez-moi la regarder encore un peu. »

Jenny lui sourit, un large sourire malgré les larmes et les sanglots qui l'étouffent. « Je laisse l'ordinateur allumé, vous arrêterez vous-même la communication, quand vous voudrez. Je comprends. Je comprends. »

36

Jenny contemple Doris endormie et Allan sur l'écran du portable. Il est assis, immobile dans son fauteuil, les yeux clos, et ne tarde pas à s'endormir, lui aussi. Le téléphone vibre dans sa poche. Elle sourit en voyant le visage de Willie sur FaceTime.

« Je comprends, dit-il d'un ton plein de tendresse. Je comprends parfaitement, maintenant.

— C'est… l'Amour, avec un grand A. Je tenais à offrir cela à Doris, je ne voulais pas la laisser partir avec dans le cœur un amour malheureux.

— Je sais. J'ai tout compris. Et je t'aime. Tu es merveilleuse parce que tu es capable de deviner ce genre de choses. J'ai eu si peur de te perdre. Je serais si heureux d'avoir le privilège de passer le restant de ma vie avec toi. Pardonne-moi d'être si con, de temps en temps.

— C'est bon de t'entendre dire cela.

— De m'entendre dire quoi ? Que je t'aime ou que je suis con ?

— Les deux, rétorque-t-elle en éclatant de rire.

— Je voudrais que tu sois là, près de moi. Je voudrais te tenir serrée contre moi, longtemps.

Je comprends ce que tu vis et à quel point ça doit être dur. Pardonne-moi encore une fois. Je ne voulais pas te blesser.

— Je sais. Moi aussi, je voudrais que tu sois là. Pour lui dire au revoir. »

Doris gémit dans son lit, Jenny chuchote rapidement : « Il faut que j'y aille, je t'aime, bisou », et elle s'empresse de retourner au chevet de Doris. Allan a toujours l'air de dormir, elle rabat le clapet de l'ordinateur pour ne pas risquer de le réveiller. Elle s'assied sur le lit de Doris et pose la main sur son front. Il est frais, et pourtant il est couvert de sueur. Ses yeux flottent dans le vague sans parvenir à s'arrêter sur un point précis. Elle court chercher l'infirmière.

« Allan ! appelle Doris. Allan ! »

Une infirmière arrive en courant, elle écoute le cœur de Doris.

« Ce n'est pas bon. J'appelle le médecin.

— Nous avons joint un de ses vieux amis. Je n'aurais peut-être pas dû, comme ça, à l'improviste, au milieu de la nuit. »

Jenny pleure.

« Elle mourra quoi que vous fassiez, trésor, elle est très vieille. » L'infirmière se poste à côté de Jenny. Elle lui entoure les épaules, lui caresse le dos pour calmer ses tremblements.

« Doris ! Doris, je t'en prie, réveille-toi ! S'il te plaît, parle-moi… »

Doris lutte, parvient tout juste à soulever une paupière. Elle regarde Jenny de son œil unique. Ses lèvres sont d'un bleu violacé.

« Je… te souhaite… assez…, chuchote-t-elle, épuisée, avant de fermer les yeux.

— … Assez de soleil pour illuminer tes jours, assez de pluie pour apprécier le soleil, assez de joie pour nourrir ton âme, assez de peine pour savoir profiter des petits plaisirs et assez de rencontres pour savoir dire adieu. » Les lèvres tremblantes, Jenny termine la phrase qu'elle a entendue si souvent dans la bouche de Doris. Le conseil qu'elle lui a donné tout au long de sa vie.

Le souffle rauquc de Doris se transforme en un râle profond qui fait sursauter les deux femmes. Doris ouvre les yeux et pose sur Jenny un dernier regard, clair et doux.

Et elle s'en va.

37

Les larmes coulent à flots sur ses joues, elle prend un stylo et trace un mince trait tremblant sur le nom inscrit à l'intérieur de la couverture. *Doris Alm*. À côté, elle écrit : DÉCÉDÉE. Elle l'écrit une fois, deux fois, trois fois, quatre fois. Quand elle s'arrête d'écrire, il n'y a plus de place sur la page.

Sur la table sont étalées les affaires que Doris avait avec elle à l'hôpital. Quelques bijoux. Le médaillon. La robe rose. Les vêtements dans lesquels on l'a transportée là-bas, une tunique bleu marine avec des manches pleines de bouloches et un pantalon en laine grise, en charpie. Son sac contenant son portefeuille et son téléphone portable, encore allumé. Son ordinateur. Que va-t-elle faire de ces objets ? Elle ne veut rien jeter. Elle veut garder l'appartement tel qu'il est. Au moins pendant un temps. Elle regarde autour d'elle et passe la main sur la surface rugueuse de la table en bois. Doris a toujours eu cette table. Rien n'a jamais changé dans cet appartement.

Soudain, elle se rappelle ce que Doris a écrit à propos des lettres. Il doit y avoir quelque part d'autres boîtes que les deux qu'elle a déjà trouvées. Elle se précipite dans la chambre et se met à quatre pattes pour regarder sous le lit. Et là, dans l'angle le plus reculé, elle aperçoit une vieille boîte en fer rouillé. Elle la sort de sa cachette et souffle dessus pour enlever l'épaisse couche de poussière. Elle l'ouvre. Retient son souffle. Il y a tant de lettres. Ce soir, elle les lira toutes.

Tyra tape des casseroles et des poêles l'une contre l'autre dans la cuisine et jubile d'être à l'origine d'un tel vacarme. Jenny la laisse faire, elle lui tourne le dos pour que la petite fille ne voie pas sa maman pleurer. Depuis quelques jours, elle ne lui a pas accordé beaucoup d'attention. Par chance, elle aura vite oublié. Heureusement, elle est trop petite pour comprendre.

Jenny est fatiguée. Elle a passé une nuit et toute une journée sans dormir, et à présent que le soir tombe, elle a la peau qui tire et les yeux gonflés. Elle se frotte le visage et pose la tête entre ses bras, sur la table. La petite fille en elle a perdu son unique point de repère. Elle n'a pas envie d'être une maman. Elle ne veut pas être adulte. Elle a juste envie de se rouler en boule et de pleurer toutes les larmes de son corps. Jusqu'à ce que Doris vienne la consoler. Ses yeux se mouillent. Ils débordent, Jenny renifle, se met à sangloter sans pouvoir s'arrêter.

« Maman, triste. » Tyra lui tape la cuisse, fort. Elle tire sur son pull-over. Jenny la prend dans ses bras et la serre contre elle. Les petits bras s'enroulent autour de son cou.

« C'est juste que Dossi manque beaucoup à maman, trésor, dit-elle doucement à la petite fille en l'embrassant sur la joue.

— Hôpital ! » s'écrie Tyra en gigotant pour descendre de ses genoux. Elle court vers sa poussette, mais Jenny secoue la tête.

« Non, pas maintenant, *sweetie*. Tiens, tu peux jouer avec ça, si tu veux, dit-elle en lui tendant le téléphone. C'est fini, l'hôpital », murmure-t-elle pour elle-même.

Elle soulève le clapet de l'ordinateur de Doris, l'allume et regarde apparaître les icônes. Il y a deux dossiers sur le bureau. L'un s'appelle *Jenny*. L'autre a été intitulé *Notes*. Elle ouvre celui qui porte son nom et survole les fichiers contenus dans le premier document. Elle en a déjà lu la plupart, ce sont les mêmes que les feuillets imprimés. Le deuxième document est nommé *Décès*. Le mot lui fait froid dans le dos. Elle hésite un instant, mais finit par cliquer dessus. Il contient deux fichiers, l'un est le testament de Doris. Il est bref. Il dit que tout doit revenir à Jenny et qu'un testament authentifié se trouve dans une enveloppe, collée sous le plateau du bureau. Il dit que Doris veut des roses rouges sur son cercueil et qu'elle veut entendre du jazz à son enterrement plutôt que des psaumes. Enfin il y a un court message à l'intention de Jenny :

N'aie pas peur de la vie, Jenny. Dévore-la. Existe. Ris. La vie n'est pas là pour s'occuper de toi, c'est toi qui dois t'en occuper. Saisis les opportunités qui se présentent et fais-en quelque chose.

Je t'aime plus que tout, depuis toujours, ne l'oublie jamais. Chère, chère Jenny.

En *post-scriptum* elle a ajouté :

Écris ! C'est ton talent. On doit cultiver les talents qu'on possède.

Jenny rit à travers ses larmes. En réalité, l'écriture était le talent de Doris. Elle l'a compris en lisant ses Mémoires. L'écriture était probablement le rêve de Doris. Mais c'est aussi celui de Jenny. Elle accepte enfin de le reconnaître.

Jenny ouvre le second dossier et le parcourt lentement. Ce sont les derniers souvenirs de Doris.

Un petit carnet rouge

~~N. NILSSON, GÖSTA~~ DÉCÉDÉ

Maintenant, ils sont presque tous morts. Je t'ai raconté leur histoire. Celle de tous ceux qui ont compté, en bien et en mal. Gösta s'est éteint dans son lit. J'étais assise sur une chaise à son chevet. Je lui tenais la main. Elle était chaude et, petit à petit, elle s'est refroidie. Je ne l'ai pas lâchée avant de sentir que toute vie l'avait quitté et qu'il ne restait plus de mon vieil ami que son enveloppe corporelle. Il est mort de vieillesse. Il a été mon second grand amour. Un amour platonique. Un ami sur qui m'appuyer. L'homme qui avait vu l'enfant en moi chez Dominique, et qui a continué à voir cette enfant quand mes cheveux sont devenus gris.

Maintenant je peux te raconter le secret de Gösta. J'avais promis de ne jamais le raconter de son vivant, et j'ai tenu ma promesse. Mais je n'ai pas l'intention d'emporter de secret dans la tombe, alors je te passe le relais.

L'appartement a une pièce secrète. Elle mesure deux mètres sur deux et se trouve derrière la penderie de la chambre de bonne. On y accède en poussant la plinthe au fond du placard. C'est là que Gösta a caché les tableaux qu'il a faits de Paris. C'était son coffre aux trésors. La pièce existe toujours. Elle est pleine de toiles représentant l'endroit qu'il aimait le plus au monde. Paris était la ville de Gösta.

Ces œuvres t'appartiennent, désormais. Si tu veux les dévoiler aux yeux du monde, il faudra le faire dans une galerie parisienne. Il aurait été si fier d'être exposé là-bas.

Un petit carnet rouge

~~A. ANDERSSON, ELISE~~ DÉCÉDÉE

Et enfin, je voudrais te parler de ta mère. Sa vie pèse sur la tienne depuis toujours. Rien de ce que je pourrais écrire ne changera l'image que tu gardes d'une maman qui n'a jamais cessé d'essayer, mais qui a toujours échoué. Rien ne pourra rembobiner le film, ni faire tomber par terre et se briser la seringue qu'elle s'est vidée dans le bras.

Mais moi je peux soulager ma conscience. T'écrire ce que je n'ai jamais osé te dire et qui m'a hanté toutes ces années. J'espère que je serai morte quand tu liras ceci. Si je ne le suis pas, je te demande de laisser cette histoire telle que je vais te la raconter et de ne pas chercher à l'embellir. Je serai incapable de te répondre si tu me demandes de t'en dire plus.

Tout est de ma faute. J'ai abandonné Elise quand elle avait le plus besoin de moi. À plusieurs reprises. La première fois quand j'ai fermé la porte de la maison en laissant un bébé en pleurs à la garde d'une grand-mère malade et affaiblie. Le jour où j'ai décidé de repartir en France pour retrouver Allan. Elise pleurait et moi, j'ai fermé cette porte. Je n'ai pensé qu'à moi et à mon bonheur. Tu as vu en moi un être d'engagement qui se préoccupait des autres et les aidait. Je n'ai pas toujours été cette personne. Ce jour-là, je n'ai pensé qu'à moi-même et à mon avenir. J'ai sacrifié Elise sur l'autel de mon avenir. Chaque fois que Carl, ton grand-père, m'écrivait pour me supplier de revenir, je jetais ses lettres à la corbeille à papier. Je me contentais d'envoyer des cadeaux à ta mère à chacun de ses anniversaires. Une peluche coûteuse ou une jolie robe. Comme si un cadeau avait pu remplacer ma présence.

Le problème n'était pas la drogue, mais la façon dont sa vie a commencé. Elle était fragile, inquiète. Et cette fragilité l'a poussée vers la drogue qui l'aidait à surmonter ses peurs. Sans elle, elle aurait été une meilleure mère.

J'ai souvent essayé de parler avec elle. Tenté de la convaincre d'oublier le passé. De voir tout ce que la vie avait de merveilleux à lui offrir. Elle n'a jamais voulu m'écouter. Elle n'était heureuse que lorsqu'elle était défoncée. Les drogues lui faisaient oublier tous ses problèmes.

Je ne suis retournée à New York que lorsque Carl m'a appelée pour m'annoncer ta naissance. Gösta venait de mourir et j'étais seule. Je t'ai aimée dès la première minute où j'ai posé le regard sur toi. Je tenais ton petit pied dans ma main et je ne pouvais plus te quitter des yeux. Je suis revenue quand tu as eu un an, quatre ans, cinq ans, six ans, et ainsi de suite chaque année, jusqu'à ce que tu entres à l'université.

J'ai perdu un enfant à la naissance. Un enfant dont je ne voulais pas, auquel je n'ai jamais pensé comme à un enfant. Mais l'absence de ce bébé sorti de mon ventre, elle, m'est restée. En venant au monde, tu as comblé ce manque. Tu es devenue mon tout et je t'ai aimée dès la première fois que je t'ai vue. Tu m'as permis de réparer le mal que j'avais fait et je me suis promis que jamais il ne t'arriverait malheur. Que je t'apporterais, toute ta vie, l'appui et le soutien dont tu aurais besoin. Car la vie est dure, Jenny. Très dure.

Promets-moi de ne plus en vouloir à ta mère. Je suis sûre qu'Elise t'aimait. Pardonne-lui. J'aurais dû être là pour elle comme je l'ai été pour toi. Mais je n'ai pas pu. Tout est de ma faute. Je te demande pardon.

Épilogue

Elles sont assises par terre dans la cuisine de Jenny. Elles trient les enveloppes d'après les dates d'affranchissement. Elles ouvrent celles qui ne l'ont pas été. Jenny est avec Mary, la petite-fille d'Allan. C'est elle qui a téléphoné pour la prévenir que son grand-père était mort. Moins de quarante-huit heures après Doris. Elle aussi avait trouvé des lettres.

Les enveloppes ont deux points communs. Toutes portent la mention *destinataire inconnu*, et toutes ont été renvoyées à leur expéditeur.

7 NOVEMBRE 1944
POSTE RESTANTE ALLAN SMITH, PARIS

Cher Allan,

L'inquiétude de ne pas avoir de tes nouvelles me ronge. Pas un jour ne passe sans que je pense à toi. Je cherche ton visage dans les photos d'actualité, scrutant les traits d'un soldat après l'autre. J'espère que tu as quitté Paris indemne et que tu es de retour à New York. Je suis actuellement en Suède, à Stockholm.

Ta Doris

20 MAI 1945

POSTE RESTANTE DORIS ALM, NEW YORK

Je suis en vie, Doris. La guerre est enfin terminée et je pense à toi chaque jour. Où es-tu ? Je me demande ce que vous faites, ta sœur et toi, j'espère que vous allez bien. Écris-moi. Je vais rester ici, à Paris. Si tu lis cela, viens me rejoindre.

Ton Allan

30 AOÛT 1945

POSTE RESTANTE DORIS ALM, NEW YORK

Chère Doris,

Mon vœu le plus cher serait que tu entres un jour au bureau de poste de Grand Central et que tu trouves mes lettres. Je sens que tu es en vie, tu ne quittes pas mes pensées. Je veux te revoir. Je suis toujours à Paris

Ton Allan

15 JUIN 1946

POSTE RESTANTE ALLAN SMITH, NEW YORK

Parfois, il m'arrive de me demander si tu n'existes que dans mes rêves. Tous les jours, à un moment ou à un autre de ma journée, je pense à toi. S'il te plaît, cher Allan, donne-moi un signe de vie. Juste quelques mots. Je vis toujours à Stockholm. Je t'aime.

Ta Doris

1946, 1947, 1950, 1955, 1960, 1970… Ils n'ont jamais cessé de s'écrire pendant toute leur existence. De courtes lettres qui leur revenaient chaque fois, sans avoir atteint leur destinataire. Il aurait suffi que…

Et si…
Jenny et Mary se sourient.
« C'est incroyable. Ils se sont aimés toute leur vie. »

Dans chaque tombe repose un amour.
Il y a tant d'amour.
Un simple regard qui bouleverse une vie entière.
Des doigts qui s'entremêlent sur un banc public.
Un parent qui voit pour la première fois
son enfant nouveau-né.
Une amitié si forte que la chair ne compte pas.
Deux corps qui chaque fois qu'ils s'effleurent
se fondent en un seul.
L'Amour.
Ce n'est qu'un mot. Mais il contient tant de choses.
Finalement il n'y a que l'amour qui compte.

As-tu aimé assez ?

PAPIER À BASE DE FIBRES CERTIFIÉES

Le Livre de Poche s'engage pour l'environnement en réduisant l'empreinte carbone de ses livres. Celle de cet exemplaire est de :
300 g éq. CO_2
Rendez-vous sur
www.livredepoche-durable.fr

Composition réalisée par NORD COMPO

Achevé d'imprimer en France par
CPI BRODARD & TAUPIN (72200 La Flèche)
en octobre 2019
N° d'impression : 3035746
Dépôt légal 1re publication : novembre 2019
LIBRAIRIE GÉNÉRALE FRANÇAISE
21, rue du Montparnasse – 75298 Paris Cedex 06

85/7618/9